増補 名詩の美学

西郷竹彦 著

黎明書房

増補版によせて

『名句の美学』の刊行と相まって『名詩の美学』を上梓、はやくも二十年の歳月が過ぎた。その間、西郷文芸学も体系化され、これまで曖昧であったところも、そのほとんどすべてが理論的・実践的に明確になってきた。その成果はすべて整理・統合され、十数年前、『西郷竹彦文芸・教育全集』全36巻（恒文社刊）として刊行された。

最近、『名句の美学』好評・再刊を機として、『名詩の美学』の再刊を要望する声もあり、この機会に、本書全巻を通じて著者の分析・批評・解釈の基盤としてある「虚構としての文芸の自在に相変移《そうへんい》する入子型重層構造」（西郷模式図・モデル）を「補説」として巻末に収録し、再刊することとなった。

なお、この機会に、宮沢賢治の詩「烏百態」と「永訣の朝」をも巻末に増補することとした。何故、本書初版に賢治詩の収録を見送ったか、という事情については、本書初版の「おわりに」に次のように述べておいた。

また、宮沢賢治の詩については、近く『賢治童話「やまなし」の世界――二枚の青い幻燈です』（仮題・黎明書房）に触れるはずで、本書では見送った。

以上の理由により、宮沢賢治の詩は割愛したが、しかし、本書の読者が必ずしも宮沢賢治の愛読者であるとも限らず、この際、本書の再刊を機に、賢治の代表的な、かつ、もっとも愛唱されている、「永訣の朝」の理論的分析と、それにもとづく鑑賞を「増補」収録することとした。

著　者

はじめに

詩における美とは何か。

そのことの詳しい説明は本文にゆずるとして、ひとまず手取り早くたとえを引くならば、メビウスの環のごときもの、といえようか。

メビウスの環とは、カバーの図のように、ひとひねりひねった形をしている。（幾ひねりしてもいいが、ここでは煩をさけて〈ひとひねり〉としておく。）

ここで、この環の表と裏に目をつけてみよう。

すると、表が裏となり、裏が表となる――という奇妙さに気付くだろう。

日常的、現実的、常識的には、表は表であり、裏は裏であって、表は裏ではありえない。にもかかわらず、メビウスの環にあっては、表は表、裏は裏という現実をふまえながら、表が同時に裏であるという現実をこえた世界となる。

このように〈現実をふまえ、現実をこえる世界〉を私は虚構と名づけている。（世間でいうところの「つくりごと」「フィクション」ではない。）

メビウスの環は表が同時に裏であるという矛盾を止揚・統合《アウフヘーベン》（一つにせりあげる）したおもしろさ・味わいをもっている。このおもしろさを〈虚構された美〉と思っていただければいい。

もう一つたとえを引こう。

下図の立方体の図の一角に黒点がある。

さて、現実の立方体にあっては、この黒点は、こちらがわ手前に突出した角にあるか、あちらがわ奥のほうの角にあるか、いずれかである。

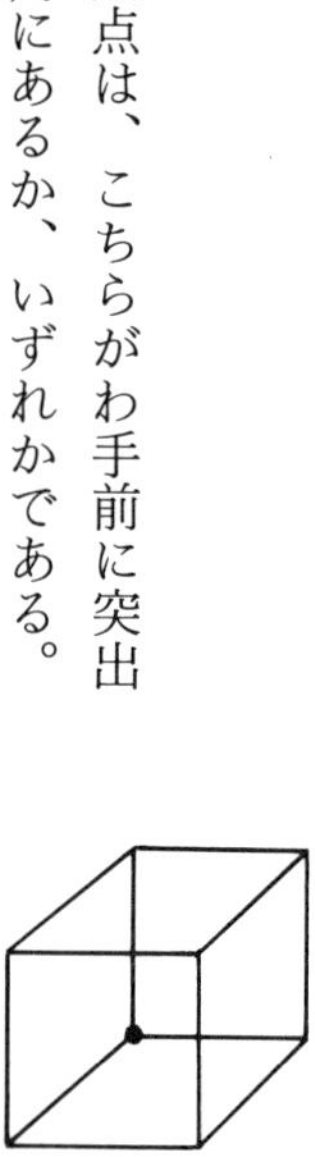

しかし、この図にあってはこの黒点は、こちらにあるとも、あちらにあるとも見える。もちろん現実の立方体にはありえない。だが、現実をこえて虚構世界としてのこの図にあっては、この黒点は、こちらにあると同時にあちらにあるという矛盾を止揚・統合したものととらえることができる。
そうとらえるとき、この図はおもしろい。このおもしろさが、たとえれば虚構の美というわけである。
以上は、いずれもたとえである。たとえはしょせんたとえにすぎない。では、詩における美とは何か。虚構の美とは。そのことの正しい深い理解は本文を読んでいただく以外にはない。が、とりあえず私の文芸学における〈虚構〉〈美〉ということについて抽象的であるがまとめておく。

・虚構とは現実をふまえ、現実をこえた世界である。虚構を創出する方法を虚構の方法という。
・文芸は虚構であり、それは真実を美として表現する。したがって、文芸（虚構）の美は虚構された美である。
・文芸（虚構）の美とは、異質な（あるいは異次元の）矛盾するものを止揚・統合する弁証法的な構造の発見・創造、体験・認識である。

近代・現代詩に関する書はこれまでにも数多く刊行されている。本書はその上に「屋上屋を架す」つもりはない。これまでの文献のほとんどは、詩人の伝記的事実やその詩の成立の背景・事情、また詩句の注釈・鑑賞などに終始している。したがって、本書は、これらのことについては一切触れずすべてを割愛した。

しかし、詩の文芸としての美の本質・構造を理論的、具体的に一貫して叙述した書を私は知らない。本書が、もし、何らかの意義があるとするならば、この一点にかかわっている。

本書では、明治以降今日までの名詩の中から、四十篇ほどを選んだ。小・中・高の国語教科書の教材として読者になじみ深いものも多いはずである。

紙数の関係で残念ながらとりあげられぬ詩も多かったが、詩の美の多様さを一応見渡せるものとなったのではないかと思う。

本書前半（といってもほとんどであるが）は、二十二篇の名詩をとりあげ、一つひとつ、これまでの代表的な評釈をできるだけ引用しつつ、私の美の構造仮説にもとづく解釈を展開した。

後半（第20章）は、美の多様性という観点から、さらに二十一篇をとりあげ、これまでの解釈の引用は一切省き、私の美についての論のみを述べた。

なお、私の文芸学、とくに虚構論、美論については次の拙著を参照いただけると幸いである。

『西郷竹彦文芸教育著作集・全23巻』（明治図書出版）

『名句の美学〈上・下巻〉』（黎明書房）

西郷竹彦

一九九三年五月一日

目次

凡例

・とりあげた詩は、すべて定稿とした。ただし、出典は省略した。
・作品、引用文の歴史的仮名遣いはそのままにした。ただし、漢字は、すべて新字にした。
・引用文はすべて〈　〉に入れた。
・引用文の執筆者名はそのつど記したが、煩を避け一々出典は挙げなかった。

序　現実をふまえ、現実をこえる世界
――佐藤春夫「海の若者」

虚構とは何か

詩はことばの芸術、文芸であり、それは虚構の世界であるといわれる。では、虚構とは何か。『広辞苑』によれば次のように解されている。

①事実でないことを事実らしく仕組むこと。うそ。いつわり。作りごと。②文学上の一技法で、創作の際、事実でないことを事実であるかのごとく組み立てること。フィクション。

これが世間一般の通念としてある虚構である。

図式化すれば、

現実 ― 虚構

ということである。いいかえれば、虚構とは現実の対置概念と考えられている。しかし、これは虚構というものの本質的な理解ではない。通説であり俗説である。文芸の本質にもとづいて考えるならば、〈虚構の世界とは、現実をふまえ、現実をこえる世界〉というべきであろう。（西郷文芸学における虚構の定義）

これを図式化すれば、

虚構 ＜ 現実をふまえ／現実をこえる

虚構 ＜ 現実／非現実

となるだろう。

世間では、すでに紹介したとおり、現実の対置概念を虚構と考えているが、これは正しくない。現実の対置概念は虚構ではなく、非現実というべきである。

文芸学における虚構とは現実と非現実という対概念を止揚・統合したところに成立するものである。

虚構とは、現実をふまえ、現実をこえる世界である。

ところで、現実をふまえ、現実をこえるためには、ある具体的な方法がとられねばならないが、その方法を虚構の方法という。虚構の方法には（このあと、詳しく述べることになるわけだが）、さまざまな方法がある。

さて、詩が虚構であるということ、それが現実をふまえ、現実をこえる世界であるということ、そして、そのために、どのような虚構の方法がとられるかということ、そのことを具体的に理解していただくために、小・中学校の国語教科書教材として読者におなじみのいくつかの詩をひきあいにしよう。

まずは、佐藤春夫の詩「海の若者」をとりあげる。

佐藤春夫「海の若者」

佐藤春夫は周知のとおり和歌山県の南端、太平洋に臨む新宮市の生まれであり、この詩も詩人春夫の少年時代からの漁師町での経験が背景となっている。(説明の便宜のため一連番号を付す。)

海の若者

1　若者は海で生れた。
2　風を孕《はら》んだ帆の乳房で育つた。
3　すばらしく巨《おほき》くなつた。
4　或る日　海へ出て
5　彼は　もう　帰らない。
6　もしかするとあのどつしりした足どりで
7　海へ大股に歩み込んだのだ。
8　とりのこされた者どもは
9　泣いて小さな墓を立てた。

おそらく、この詩は、漁師町で生い育った詩人春夫の経験・記憶がもとになって生まれたもので、通説としての虚構の概念からすれば、この詩は事実（あるいは現実）をふまえたものであって、虚構と呼ばれるものではない。いわゆる「フィクション」の範疇に属するものではない、と考えられよう。

しかし、私はこのような詩も、現実をふまえ現実をこえる虚構の世界であると考える。

では、この詩において〈現実をふまえ、現実をこえる〉とは、どのようなことか。

詩――虚構の世界

1　若者は海で生れた。

〈海で生れた〉といっても、もちろん魚のように海の中で生まれたわけではない。「海のそばで」あるいは「海のそばの村で……」ということの省略である。

しかし、この省略のおかげでこの〈若者〉は、いわば海の世界（世界像）の中で生まれたというイメージ（人物像）をつくりだすものとなる。

「海のそばで」とあれば、若者の生まれた場所、その海との空間的位置関係を説明しているだけのことになる。しかし〈海で生れた〉とあることで、海のそばでという現実をふまえながら、その現実をこえて、海の世界で生まれたというイメージになってくる。

父母・兄弟や仲間たち、父祖の生きてきた海の世界のそのただ中で生まれたというイメージとなる。若者を生んだものが若者の母であるという現実をふまえながら、現実をこえて若者が母なる海の子として生まれたというものとなる。

かりに〈海で〉と「海のそばで」とを視覚的なイメージ（絵として）のちがいとしてみれば、〈海で〉のほうは一面あおあおとした海の世界に若者の人物像がうかんでくるが、「海のそばで」というと、海の青は片隅に追いやられ、陸を背景とした若者像となってくる。色彩でいえば海の青をバックとした若者の人物像となるか陸の色をバックとした人物像となるか、若者の像にちがった彩をあたえるものとなるだろう。

この一行は省略法によって、海のそばで漁師の母親の子として生まれたという現実をふまえながら、母なる海の子として青い海の世界で生まれたという現実をこえるものとなる。

2　風を孕《はら》んだ帆の乳房で育つた。

現実をふまえて読むならば、これは〈風を孕《はら》んだ帆〉のような〈乳房で育つた〉となるだろう。つまり、この比喩から読者は、風をはらんだ帆のように生命力あふれる漁師の母親のその健康な乳房で育てられた若者のすこやかな姿を思いうかべるであろう。そこには白い帆のような明るいさわやかなエロチシズムさえ感じさせられる。

しかし、これを比喩としてではなく、文字どおり母なる海の〈帆の乳房〉そのもので育ったと、現実をこえて読むならば、母なる海の帆のふところに抱かれて育った海の子のイメージがうかびあがってくる。まさしく、それは〈海の若者〉像である。

この一行を比喩としてとらえながら、同時に比喩ではないものとしてとらえるという、相反し、矛盾する二重の読みが可能であり、またそのような読みこそがこの詩を虚構としてとらえるということになるのである。

3　すばらしく巨《おほき》くなつた。

「大きく」とあれば体のみが大きいというイメージにとどまるが、〈巨〉は、この現実をふまえながら、現実をこえたものとして心身ともにすばらしく巨なものに育った、いわば巨人のイメージとしての若者像になるであろう。「大きく」と〈巨《おほき》く〉という漢字の表記法のちがいによって、以上のような現実をふまえ、現実をこえるイメージの広がりと深まりが生まれてくる。ところで、〈生れた〉〈育つた〉〈巨《おほき》くなつた〉という変化をともなって発展する反復法は、現実には十年、二十年という歳月をふまえながら、その現実をこえて、たたみかけるようなテンポでぐんぐん育っていく若者のイメージを生みだしている。

4　ある日　海へ出て

5　彼は　もう　帰らない。

このわかち書（表記法）には、一語一語噛みしめて語る趣きがある。それぞれの語の重みを感じさせる。わかち書における一字あきの空間は、いわば無重の思いをこめた沈黙の空間である。

もちろん、それは、若者が海へでて嵐か何か不慮の事故で遭難して死んだにちがいないという現実をふまえて読むからである。

しかし、どこにも「死」ということばは語られない。むしろ、あの巨人となった海の若者は母なる海の世界へ帰っていったのではないか、と現実をこえて読みたくなるであろう。

6　もしかするとあのどつしりした足どりで
7　海へ大股に歩み込んだのだ。

話者は若者の肉体的な死をそれとして認めながらも、しかし、海に生き、海の男として永遠の夢に生きた主人公であると思いたいために、〈もしかすると……〉と語りはじめる。にもかかわらず〈……たのだ〉と断定する。仮定にはじまって断定でしめくくる。しかも〈のだ〉という強意表現をまでする。この矛盾をはらむ表現のありように、話者の〈若者〉に対する思いがみごとに表現されているといえよう。

現実の死をふまえながら、現実をこえて永遠の生を語るところにこの詩の虚構性があり、この詩の虚構された美（あとで詳しく述べるつもりである）もまたそこに生まれるのである。〈どつしりした足どりで……大股に歩み込んだ〉という比喩表現は若者の巨人としてのイメージをつくりだしている。

若者を生み育て巨くした海。その母なる海のもとへいま彼は帰っていった。若者の人物像が広大深遠な海の巨さにまでかぎりなくふくらんでいく感じさえする。海と一つとなった若者のイメージがある。

前半がわかち書きであったのに対して、後半は二行にわたる長いセンテンスでしかもつづけ書きになっている。それは荘重なおもおもしい情感をひきおこす。この息の長い一句は区切って読んではならない。だからこそ、この長いセンテンスを読みきることは息詰まる感じさえあたえる。

8　とりのこされた者どもは
9　泣いて小さな墓を立てた。

この一節は、若者のことではなく、〈とりのこされた者ども〉つまり、家族や村人たちのことを語っている――という現実をふまえながら、実は現実をこえて、裏がえしに若者の人物像を刻みあげている。
〈とりのこされた者ども〉という見下げた卑小表現は逆に若者の人物像を対比的に美化するものとなる。〈泣いて……小さな墓を立てた〉とあることで、〈小さな墓〉となってしまった若者に対する村人や家族の深い悲哀の情を感じさせると同時に、逆に巨人であった若者の巨さをそこにしのぶことにもなるであろう。

ところで、先に述べたとおり、一般には、この詩の終節は若者ではなく〈とりのこされた者ども〉について語ったものとされる。現実をふまえての事柄としてはそのとおりであるが、現実をこえたイメージとしてとらえるならば、ここも若者の人物像を刻みあげていくところとして解釈すべきところである。

したがって、この詩は①→⑦までは若者のこととして、⑧⑨は村人や家族のこととして現実の次元だけで前後に二分しないで、現実をこえた虚構としてとらえ、①→⑨まですべて若者の人物像の変化をともなって発展する反復として見るべきである。このことを「ことがらの筋」ではなく「虚構の筋」（「イメージの筋」と略称）という。

文図化すると、

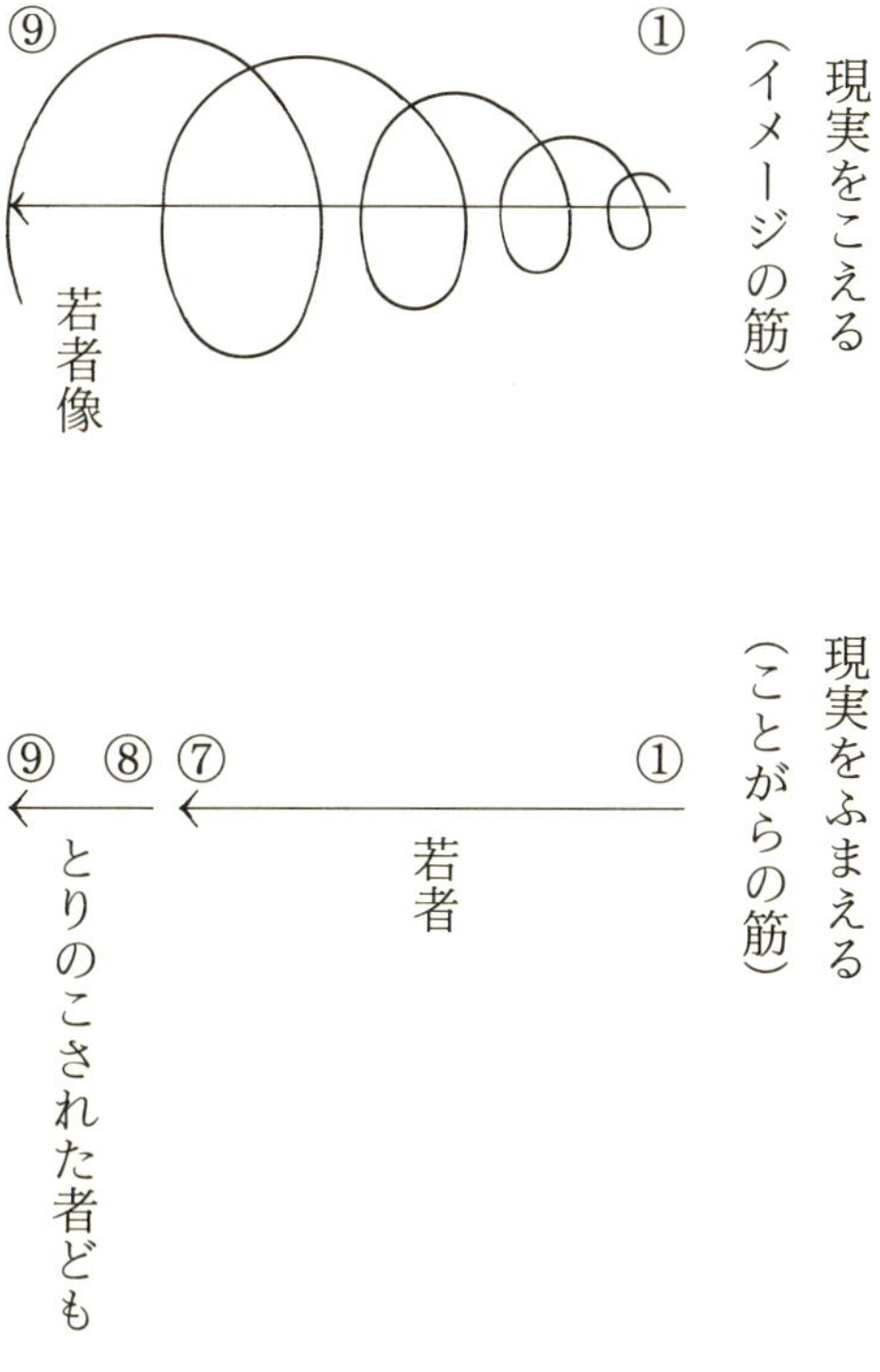

この詩の最後の一節は、いかにも春夫らしい。主人公の巨大なイメージに悲しみの色をそえるこの詩の味わい（美）に、春夫の詩風を見ることができよう。

以上、「海の若者」の詩が〈現実をふまえ、現実をこえる虚構の世界〉であることを具体的に述べてきたが、ここで、このことを図表化してみようと思う。

現実をこえる ←―――――― 現実をふまえる

①②③ 反復法
表記法
比喩法

・海（母）で生まれた ←―― 海のそばで（村で）生まれた
海（母）の子
・海（母）の乳房で育った ←―― 漁師の母のたくましい乳房で育った
・すばらしい巨人となった ←―― たくましい若者となった

④⑤⑥⑦ わかち書
仮定―断定
比喩法

・海（母のもと）へ帰った ←―― 海へ出て遭難して死んだ
・海の世界へ夢を求めて生きていった ←―― たくましい体を海にしずめてしまった

⑧⑨　対比法

・いまも若者は海の世界に←――残された者どもは若者をあわれみ、
（人々の胸の中に）巨人　泣いて若者の死をとむらった
として生きつづけている

以上、見てきたとおり、この詩は現実としてはたくましく育った若者が遭難したことを、残された者たちが小さな墓をたて悲しみ、とむらったということである。

このような詩を世間では、虚構（フィクション）とはみなさない。

しかし私は文芸学における虚構という考え方（定義）にもとづいて、すでに詳説したとおり、この詩は現実をふまえながら現実をこえる世界――つまり虚構であると主張する。

とすれば、この詩における美とは何か。つまり、虚構された美（虚構の美）とは何か。

虚構の美

この詩において、現実をふまえて読んだときのイメージとそれに伴う感情と、現実をこえて読んだときのイメージと感情はたがいに異質な相反するものとなる。

そのことを図表化してみよう。

現実をこえる

自分を生んで育ててくれた母なる海にロマンをいだき、夢をいだき、ついに巨人のように永遠に海の世界に生きつづけた。なんとすばらしく、かがやかしく悲壮な人生であることか。

⇑

現実をふまえて

せっかく大きくたくましく育ったのに、とうとう海で遭難して帰らぬ人となってしまった。とり残された者たちは小さな墓をたててその死をとむらった。なんと切なく悲しいことか。

ごらんのとおり、現実をふまえたときのイメージ体験と現実をこえたイメージ体験はたがいに異質であり、この詩はこの両者の矛盾がともにせりあがり一つにとけあっているものとして味わうべきである。この味わいを美という。

このように異質な矛盾するものが止揚・統合（アウフヘーベン）される弁証法的な構造を体験・認識するところに美が成立する。

そのことを虚構された美（虚構の美）というのである。

美 ＜
- なんと切なく悲しいことか（現実をふまえ）
- なんとすばらしく、かがやかしく悲壮な人生であることか（現実をこえる）

＞ 異質・矛盾

ついでに、この詩の世界（海）についても、虚構された美を見ることができる。若者を生み育て巨くした海。それは深い慈しみを見せる母性的なイメージとしての海である。しかし一方、海は若者をきたえ、ついにはその生命をまで奪ってしまう厳しくおそろしい父性的な海のイメージでもある。にもかかわらず海は、ひきかえに永遠の生を若者にあたえたのである。

この異質な矛盾するものを止揚・統合したところに、この海の世界の弁証法的な美の構造を見ることができよう。

虚構の世界とは何か。また虚構の美とは何か。春夫の詩「海の若者」をひきあいにして具体的に詳しく述べてきたが、さらに井伏鱒二の詩「つくだ煮の小魚」をテキストとして再説したいと思う。

この詩も小・中学校の詩教材として扱われてきたことのある詩である。しかし、これまでこの詩を「虚構」として解釈したものは一つとしてない。

1　矛盾するイメージの二重性
――井伏鱒二「つくだ煮の小魚」

現実をふまえ、現実をこえる虚構の世界の美ということを、文体とのかかわりで〈イメージの二重性〉という観点から分析解明してみよう。

詩人ではないが独自の文体の詩作をもって知られる井伏鱒二の「つくだ煮の小魚」をひきあいにして具体的に所説を展開しよう。

井伏鱒二の「屋根の上のサワン」や「山椒魚」は中学校国語教科書の教材として知られているが、「つくだ煮の小魚」は教育の現場にも、一般の読者の間にもなじみのない詩であろうと思う。

「つくだ煮の小魚」（定稿）を次に紹介する。

つくだ煮の小魚

ある日雨の晴れまに
竹の皮に包んだつくだ煮が
水たまりにこぼれ落ちた
つくだ煮の小魚達は
その一ぴき一ぴきを見てみれば
目を大きく見開いて
環になつて互にからみあつてゐる
鰭も尻尾も折れてゐない
顎の呼吸《いき》するところには色つやさへある
そして水たまりの水底に放たれたが
あめ色の小魚達は
互に生きて返らなんだ

詩の第一印象

この詩を教師たちの集まりや学生たちに読んでもらって、その第一印象をたずねるとおおむね次のように二つにわかれる。

まず第一のグループは、一度生命を失ったものは、ついに再び生を得ることはないということの「かなしさ」「むなしさ」「きびしさ」「はかなさ」、あるいは、したがって、生命というものの「とうとさ」といったものをこの詩から感じさせられるという。いわば生命あるものの悲劇とでもいえようか。

第二のグループは「生あるものの悲劇」という深刻なものではなく、いくら一人前に生きている形や姿をとっていても、しょせんはつくだ煮はつくだ煮でしかない。これは形骸のみあって生命なきものの喜劇性をあらわしたものではないか、というのだ。だから、この詩全篇から受ける印象は、ある「こっけいさ」「おかしみ」「ユーモア」で、どこか道化た、茶化したところさえある、という。

はっきり二分できるわけではないが、だいたいこのような二つの相反する傾向の印象を得ている。

さらに話し合いをすすめ、読み深めていくと、この二つの傾向は各人の中で微妙にまじりあい、かさなりあってくるようである。つまり、この詩の世界は、「なにやらもの悲しく、しかしなにやらおかしみを感じさせる世界」といったふうなところに落ちつく。

私はこのことを〈イメージの二重性〉と名づけているが、このような矛盾をはらんだ詩の印象は、いったいどこから生まれるのか。行を追ってことば・表現・文体を分析しつつ、あきらかにしようというわけである。

つまり、それは私のいう〈現実をふまえ、現実をこえる虚構の世界〉としての詩の美の構造をあきらかにしようということなのだ。

まずは筋の展開にしたがって、〈つくだ煮の小魚〉の形象とそれを見ている視点人物（一人称の人物――話者）の形象とをたがいに相関させながら、あきらかにしていこう。

視点人物（話者）の形象
↓
対象（つくだ煮の小魚）の形象

冒頭の一節（初稿と定稿）

〈ある日雨の晴れまに〉という冒頭の一節は、みごとにこの詩の世界のイメージの二重性をあらわしている。つまり土砂降りの雨の日でもなく、また、かっと陽の照りつける晴れた日でもない。逆にいえば雨もよいの日であると同時に、その晴れまでもあるということだ。降らず照らずのいわば〈あはひ〉の日和ということなのだ。

初稿は四連よりなるが、第一、二連のみを引用する。

或る日雨のはれま
路の上に竹の皮の包みがおち

なかから　つくだにがこぼれ出た

そこへまた雨が降り出して
くぼみに水がたまり
つくだにの小魚は
十分水にひたされた

初稿の第一、二連からもうかがえるように、この詩の世界は降っているでもなく、照っているでもない、まさに〈雨の晴れま〉という「暗いような明るいような」イメージの二重性をもっている。明るさと暗さの〈あはい〉に成りたつ世界といえよう。

このことは、たがいに異質な矛盾するものを一つに止揚・統合する虚構の美の世界をつくりだすものとなっている。

視点人物（詩における抒情主体）

詩における視点人物を、抒情的主人公とか抒情主体と呼ぶときがある。（話者あるいは話主ともいう。）

この詩には直接読者の眼に見える形で、具体的な姿をもって人物が登場しているわけではないが、あきらかにつくだ煮の小魚を対象として眺めているものの存在（目と心）を指摘できよう。たとえば、〈その一ぴき一ぴきを見てみれば〉という形で、身をのりだし小魚たちの一ぴき一ぴきに注意深く視線を送っている人物の目を感じるであろう。また、〈互に生きて返らなんだ〉と嘆いている人物の存在を感じとれるはずである。

もちろん、ここに引用した二句は、とくにはっきりと誰でも指摘できるところをあげただけで、視点人物の眼とその心は詩全篇のすみずみにまで反映している。

ところで、対象〈つくだ煮の小魚〉に対するこの視点人物の態度あるいは姿勢を考えてみよう。

まず〈竹の皮に包んだつくだ煮が／水たまりにこぼれ落ちた〉を例にとる。この〈落ちた〉は「落ちていた」ではない。視点人物の登場以前にすでに「落ちていた」のではない。つまり、視点人物自身が「落とした」にちがいない。にもかかわらず、「落とした」と書かずに、〈落ちた〉と、まるで、他人事でも語るような〝つきはなした〟語り方をしている。これは対象をある距離を置いて打ちながめている姿勢である。

そのくせ、視点人物は〈一ぴき一ぴきを見てみれば〉というふうに対象を子細に見つめている。（初稿では〈其一尾一尾をしさいに見てみれば〉とある。）対象にむかって、おそらくは、膝をかがめ、身をのりだしているにちがいない態度をとっているといえよう。ただ「見れば」ではなく、〈見てみれば〉という態度は、〈こぼれ落ちた〉という姿勢とは相反する。ここにも二重性をもった人物の性格がみごとにでている。

なお、〈こぼれ落ちた〉というのは、つくだ煮を主語にたてての表現である。たんなる〈つくだ煮〉がやがて〈つくだ煮の小魚達〉となり、はては〈あめ色の小魚達〉というふうに〈もの〉から、〈生きもの〉へとイメージアップしていく過程の第一段階で、人間を主語として、人間がつくだ煮を落としたとしないで、〈もの〉がまるでひとりでにある「意志」をもって〈落ちた〉かのような感じさえあたえている。

そういえばこの詩の初稿において作者はこのところを〈なかからつくだにがこぼれ出た〉とさえ表現している。

すでに詩の冒頭においてつくだ煮の形象は〈もの〉のようでもあり、〈生きもの〉のようでもあるという二重性を、わずかながらではあるが付与されている。

なお視点人物が対象を「つきはなして」いる姿勢をあらわす表現として、〈そして水たまりの水底に放たれたが〉という句をとりあげよう。これは〈あめ色の小魚達〉を主語に立てて、〈放たれた〉と受身の形にしたのであるから、文章の背後には小魚達を「放した」ものがあるわけで、それはほかならぬ視点人物その人を指していることはいうまでもない。しかし、ここでも作者は、「放した」ではなく〈放たれた〉としている。

視点人物のイメージの二重性は一言でいえば、「つきはなしているようでもあり、身をのりだしているようでもある姿勢」ということになろうか。

〈もの〉と〈生きもの〉の二重性

〈つくだ煮の小魚達〉という表現は何気ない表現のようで、じつは異様な表現ではなかろうか。〈もの〉としてのつくだ煮なら〈小魚〉とだけでいいはずである。生きものの複数形である〈達〉をつけて〈小魚達〉とある。〈つくだ煮の小魚〉で読者は〈もの〉のイメージを思いうかべるが、つづいて〈……小魚達〉とあるので、それが〈生きもの〉のイメージに転化する。〈もの〉のようでもあり、〈生きもの〉のようでもあるという二重性をもった表現である。一般に私たちは〈つくだ煮の小魚達〉とはいわない。この詩の題名にあるとおり〈つくだ煮の小魚〉というはずである。イメージの二重性とはことばをかえていえば、〈現実をふまえ、現実をこえるイメージ〉といえよう。

初稿においては、題名からすべて〈小魚〉となっていて〈小魚達〉は一語もない。

第一連の〈つくだ煮の小魚〉は三、四連では〈あめ色の無数の小魚は〉となっている。ところが定稿においては、〈つくだ煮〉、〈つくだ煮の小魚達〉、〈あめ色の小魚達〉となっている。

〈目を大きく見開いて〉という表現は、〈生きもの〉としての小魚のイメージをあたえるとともに、死んで〈目を大きく見開いて〉いる小魚のイメージをも生みだす。というより、むしろここでは死んだつくだ煮の小魚も〈目を大きく見開い〉たままなのだが、わざわざ〈目を大きく見開いて〉とあることで、かえって生きて〈目を大きく見開いて〉いる錯覚をあたえる、というべきかもしれない。つまり、〈もの〉であると同時に〈生きもの〉でもある矛盾するイメージの二重性をもっているということなのだ。

〈環になつて互にからみあつてゐる〉という表現も〈もの〉と〈生きもの〉の二重性をもつイメージである。（初稿の〈また環のごとく曲り／他と他と互ひにからみあい〉も二重性をもっている。）

〈鰭も尻尾も折れてゐない〉という表現もまた異様である。ふつうは生きた魚の鰭や尻尾が千切れているとか、傷ついているとか言うはずである。しかし、ここであえて〈折れてゐない〉としたのは、〈もの〉としての〈つくだ煮の小魚〉の固形のイメージをあたえる効果をねらったものであろう。

〈顎の呼吸《いき》するところには色つやさへある〉も同様。〈顎の呼吸《いき》するところ〉とは、「えら」のことである。釣の名人として自他ともに許す作者井伏鱒二が、「えら」をわざわざこのように「ぎこちない」「もってまわった」言い方をしたのはほかでもない、〈呼吸《いき》〉という語から読者が〈生きもの〉のイメージを受けながら、しかし〈顎の呼吸《いき》するところ〉という、まるで何かの部分品でも指すような〈もの〉のイメージをも同時に受けることを「計算」しての表現といえよう。

〈色つやさへある〉というのは、もちろん〈生きもの〉のイメージを生む表現であるが、〈さへ〉ということは言外に〈生きもの〉ではないことを前提としている。

ところで、ここまでのイメージの筋について考えるときに、それぞれの行末に次のことばを補ってみると、話者の思いが感じられるはずである。

　目を大きく見開いて（いるのに）
　環になつて互にからみあつてゐる（のに）
　鰭も尻尾も折れてゐない（のに）
　顎の呼吸《いき》するところには色つやさへある（のに）
　そして水たまりの水底に放たれたが（それなのに）

（それなのに）〈あめ色の小魚達は／生きて返らなんだ〉と話者の思いは展開していく。つまり、〈小魚〉の生をねがう話者の目と心が〈もの〉としてのつくだ煮の小魚を〈小魚達〉と〈生きもの〉視しているのだ。

〈あめ色の小魚達〉の〈あめ色〉は、つくだ煮となった小魚の人工的な着色を示していることで〈もの〉としてのイメージをつくっている。しかし、同時にそれは何かぬめぬめした生魚の肌の感触をも感じさせ〈生きもの〉のイメージをもあたえるものとなっている。ここでも〈もの〉と〈生きもの〉という異質な矛盾する二重のイメージがある。くりかえすが、これは現実をふまえ現実をこえる虚構ということである。

かなしみとおかしみと

〈あめ色の小魚達〉という一句は、着色された小魚と同時にぬめぬめした生きている小魚の、おかしみとかなしみを表裏一体のものとして体験させられる。

それは、この一句に先行する連に描かれた小魚のイメージがすでに述べたように二重性をもっていて、そのため、小魚のイメージが読者にそこはかとないかなしみとおかしみを感じさせているからでもある。

そして、このかなしみとおかしみという異質な矛盾するものが止揚・統合される（一つにせりあがりとけあう）ところに私のいう〈虚構の美〉があるというわけなのだ。

この虚構の美の体験は〈互に生きて返らなんだ〉という一句においてきわまる。生きて返らなかったということには、話者の悲しみ、嘆きがあるが、〈返らなんだ〉という俗にくだけた口調のために、苦笑をかみしめている感じもしないではない。

「やっぱり死んだものは生き返ることはないのだなあ」という感慨とともに、「やっぱり死んだものは死んだものさ。つくだ煮の小魚が生き返るはずはないさ」といったおかしみとも感じさせられるのである。

文語調と俗語調

この詩は、〈放たれた〉という文語調と、〈返らなんだ〉という俗語調の、たがいに異質な肌あいのちがう語り方が、しかも木に竹つぐ違和感をひきおこすことなく、たくみに融合された文体をなしている。ここにもイメージの二重性をひきおこす根拠の一つがある。一度死んだものは再び生きて返ることはありえないという重いテーマがこのような文体によって、深刻さと軽妙さとをともにかちえているところは、さすがに井伏鱒二である。ユーモアとペーソスのないまぜになった井伏文学の一典型たりえている。

ところで、先ほど、この詩の各行に「——のに」「——それなのに」ということばをつけ加えて読んでみたが、実は、この詩は逆に「……としても」ということばをつけ加えても読めるし、また読みたくなる文体をもっている。つまり、次のようにである。

目を大きく見開いて（いるとしても）
環になつて互にからみあつてゐる（としても）
鰭も尻尾も折れてゐない（としても）
顎の呼吸《いき》するところには色つやさへある（としても）
そして水たまりの水底に放たれたが（やっぱり、だめなものはだめ）

「――のに」「――それなのに」とつけ加えて読めば、やはり生き返れなかったのが、残念だな、というなげきとかなしみを感じさせるが、「……としても」とつけ加えて読むと、それはそうさ、つくだ煮の小魚がどんなに形だけは生きている小魚そっくりだとしても、しょせん死んだものは死んだもの、だめなものはだめにきまっているじゃないか、とでもいった苦笑が口辺にうかんでくる。この文体は、「――のに」と、「……としても」というまったく相反するイメージを同時に生みだす文体であるのだ。

ささいな題材の深刻にして軽妙な主題

〈竹の皮に包んだつくだ煮が／水たまりにこぼれ落ちた〉という冒頭の事柄はじつに卑近なささいな、きわめて日常的な題材である。にもかかわらず、これは卑俗・卑近を超えたものになる。つまり、死んだもの、生命を失ったもの（いや、むしろ生命を奪われたものは、というべきか）は、たとえどのような条件があたえられようと、また姿形の上ではまったく生きているものと同じであったとしても、二度と再び生き返ることはないという、きわめて深刻な悲劇的な主題を展開している。だがしかし、それを深刻ぶって語っているのではなく、軽妙洒脱に、おかしみ、ユーモアさえにじませて主題化しているのである。

この悲喜劇の世界をユーモアとペーソスをないまぜにした二重性のイメージとして虚構して

いる作者の手並はさすがである。なお、定型詩の音数律をくずした独特な散文的リズムは、物語詩としての世界をつくりだしている。さりげない語りの口調が飄々とした味わいを生みだしている。

初稿について

すでにこの詩の初稿の第一連、二連は引用紹介したが、ひきつづき三連、四連をつぎに引用しておく。

それだのに
あめ色の無数の小魚は
腹をかへし
また輪のごとく曲り
他と他と互ひにからみあひ
ひと群のひと塊になつたまま
互ひに生きてかへらなんだ

其一尾一尾をしさいに見てみれば

めをみひらいた小さい目玉は
小さくとも目ではあるが
また鰭も尾も
もとの型を失はないが
あめ色の無数の小魚は
互ひに生きてかへらなんだ

初稿を定稿と比べると、歯切れの悪さや、重複が見られる。定稿のほうがやはりすっきりとして、しかも二重性をもったこの詩の主題・思想がくっきりとうかびあがってくる。初稿の〈鰭も尾も／もとの型を失はないが〉は抽象的であるが、〈鰭も尻尾も折れてゐない〉となったことで具体的となり、〈もの〉と〈生きもの〉の二重性が生かされている。(このことを、定稿のほうが初稿に比べて虚構度が高いという。)

定稿に比べて初稿にはある「くどさ」がある。初稿の三連と四連には「あめ色の無数の小魚は〉〈互ひに生きてかへらなんだ〉という句がくり返されている。定稿では〈つくだ煮〉——→〈つくだ煮の小魚〉——→〈あめ色の小魚達〉というふうにイメージが変化・発展していく。そして、さいごに決定的な〈互に生きて返らなんだ〉という句でぴしりと決まったという感じになる。

初稿の一連、二連は整理されて定稿では一連にまとめられ、すっきりしている。また、〈めをみひらいた小さい目玉は／小さくとも目ではあるが〉というまわりくどい言い方が定稿では〈目を大きく見開いて〉と簡潔でしかも、〈生きもの〉のイメージをも生みだすものとなっている。

その他細かくいえばきりがないが、とにかく初稿と定稿を〈くらべよみ〉するならば、作家というもののことばに対するきびしさというものについて考えさせられる。推敲ということの意味を学ぶこともできよう。

視点（話者）の主観性と対象の客観性

視点（話者）…………………主観性
↓
対象（つくだ煮の小魚達）………客観性

つくだ煮の小魚が〈もの〉と〈生きもの〉のイメージの二重性を生みだし、また読者がかなしみとおかしみ、ペーソスとユーモアという二重性を体験するというのは、もとはといえば、文芸の形象というものが、主観と客観の弁証法的な統一体であるということによる。

対象であるつくだ煮の小魚の〈もの〉としての客観性は否定すべくもない。同時に、話者（視点人物）が〈生きもの〉としての復活を心ひそかにねがう思いをもって対象をみつめている主観性が、詩全篇のすみずみまで反映していることもまた、否めない。

〈もの〉でしかない対象の客観性と、〈生きもの〉として見ようとする話者（視点人物）の主観性――その両者のあらがいと形象における統一が、前述したとおりのイメージの二重性を生みだしているのである。それは、「見えるもの」と「見られないもの」とのドラマチックな関係といってもいい。

話者（視点人物）の目と心（主観性）と、対象の客観性との相関関係の展開が〈形象相関の展開の過程〉といわれるものであり、〈イメージの筋〉と名づけているところのものである。

読者は、話者の〈内の目〉をとおして話者と同化し、かつまた〈外の目〉から対象を異化しつつ、この両者の相関関係をドラマチックに共体験（同化と異化）していくというわけである。

複眼的な視点のありよう

この作品における視点人物（抒情的主人公）の視点は、たとえていえば、一方の眼では〈ものの〉としてつきはなして見ていながら他方の眼では〈生きもの〉として見ようとする。つまり、一方で身をひきながら、同時に身をのりだし、身を入れて見ているといった矛盾する複眼的な性格をもっている。この「つかずはなれず」の複眼的な視点の性格がかなしみとおかしみ、ペーソスとユーモアという異質な矛盾するものを止揚・統合する独自な弁証法的な構造をもつ美の体験・認識となるのである。

井伏美学の魅力

詩「つくだ煮の小魚」について考察してきたイメージの二重性ということは、実は、井伏のすべての作品に共通するもので、これが井伏の独特な風格となり、魅力となっている。

井伏文学の風格、その散文の文体について、亀井勝一郎は、〈大山獄の巌にほりつけた彫刻といった感じではない〉といい、〈むしろ波の上に漂う散文ともいうべきで、波紋を定着せしめんとしつつ、あちらへゆらり、こちらへゆらり、とめどもなくゆらいでいるようで、時には作品などに頓着せしめんとすることなく、意に介せず流るるままに流しておく、こういう種類の、空想力の豊かな跳躍性をもった散文なのだ。飄々たる作風と言われているが、飄々踉々というべきであろう。飄々として明るく、踉々として暗い〉〈波の上の散文〉といっている。いい得て妙といえよう。たしかに二つのたがいに異質なイメージの〈あはひ〉を〈あちらへゆらり、こちらへゆらり、とめどなくゆらいでいるよう〉である。そして、〈流るるままに流しておく〉という自在さを読者に感じさせる。それは人生の重大事について述べながら、こだわり、執着というものをはなれた人間の風格といえようか。

〈飄々として明るく、踉々として暗い〉ということばも、この詩の〈雨の晴れま〉という冒頭のイメージについて述べた〈明るいような暗いような〉という私のことばと見合っているといえまいか。それは〈おかしいような、かなしいような〉ということばで置きかえることもできよう。あるいは〈ユーモアをふくんだペーソス〉ともいえよう。
井伏のユーモアを分析して亀井は次のように述べている。

井伏さんは屢々ユーモア作家と呼称される。作品に諧謔を弄しているのは事実だが、しかしユーモアとは悲しいものである。悲劇よりも喜劇の方が悲しいと感じた人によってのみ描かれるものである。そしてその根底にあるのは、人間観察、文明批評のきびしさだ。井伏さんの何げない描写の奥に、厳しい拒絶をみるべきである。俗に入れば入るほど、この反応的厳しさは深くならなければならぬ性質のものである。また深くなるにしたがって、その表現は軽妙とならねばならぬであろう。私は井伏さんの作品にある軽い揶揄を好む。しかし井伏さんの人や風格をみる眼は概して温かい。少なくとも表現の上では、どぎつい悪の追究はない。悪人の描けぬ作家のようにみえる。いや、悪人を描きえたとき滑稽になるのだ。言わば諧謔の調子につつまれる。真綿で頸をしめるのだ。では善人を描いたときはどうなるのか。やはり何となく滑稽になる。同様に悲しいのである。そこで幽かな厭世がうかがわれる。

ユーモアは井伏さんにとって、二様に用いられる武器である。温かい愛情の所作であるが、また人を手厳しく叱責する復讐の所作でもある。文学は善悪の彼岸に遊ぶものだ。宗教では超越への祈念となるところを、井伏さんは俗に在るまま、俗に対する懐しさと哀しさの同時的発想に基づく諧謔の裡に彼岸を形成するのである。

井伏のユーモアの本質をついた亀井の批評に蛇足を加えることもないのだが、あえて、イメージの二重性という観点から亀井の評言を私なりにパラフレイズしてみようと思う。

〈ユーモアは悲しいもの〉〈悲劇より喜劇の方が悲しい〉という逆説的な言い方は井伏の作品におけるイメージの二重性、つまり井伏美学における弁証法的構造を語ったことばといえよう。また、〈何げない描写の奥に、厳しい拒絶〉を見、〈俗に入れば入るほど、この反俗的厳しさは深くな〉るといい、〈深くなるにしたがって、その表現は軽妙〉というのは、つまりイメージの二重性のもたらすドラマを表現したことばとして受けとれよう。

井伏文学におけるユーモアが〈二様に用いられる武器〉であるという亀井は、ユーモアを〈温かい愛情の所作であるが、また人を手厳しく叱責する復讐の所作でもある〉という。

以上、井伏の詩「つくだ煮の小魚」をテキストとして、イメージの二重性について、つまりは、〈現実をふまえ、現実をこえる虚構〉ということ、ひいては異質な矛盾するものを止揚・統合する美の弁証法的構造という私の〈美の構造仮説〉を具体的に解明した。

2　美の典型をとらえる
――村野四郎「鹿」

村野四郎の「鹿」は、「さんたんたる鮟鱇」とともに高校国語の教材としてよく知られた詩である。

詩全文を引用する。（説明の便宜のため一連番号を付す。）

鹿

1　鹿は　森のはずれの
2　夕日の中に　じっと立っていた
3　彼は知っていた
4　小さい額が狙われているのを

5　けれども　彼に
6　どうすることが出来ただろう
7　彼は　すんなり立って
8　村の方を見ていた
9　生きる時間が黄金のように光る
10　彼の棲家である
11　大きい森の夜を背景にして

これまでの評釈・鑑賞

作者の自注をまず引用しよう。

この詩は、まさに射たれようとしている一匹の鹿の姿態をえがいたものに過ぎない。しかしここに描きだされた光景から、いまや「生」が終わろうとする瞬間の、その哀歓のはずれに立った虚脱的時間、あるいは悲哀や恐れさえ忘れさせてしまうようなその戦慄的な恍惚状態、そういった生きるもののもつ恐怖とも憬れともつかない微かな心理が、この鹿の姿態によって、感覚的、形象的に表現されていることを感じとっていただければよい。

彼は　すんなり立って
村の方を見ていた
この放心の状態も、「無」にはいるときの姿勢なのである。

なお、この作品について、作者が〈当の作者も及ばないほど、その詩的感動の根源を深くさぐった〉と評価している伊藤信吉の批評があるので、参考までに次に紹介しておく。

この作品は、わずか十一行の短かさなので、どちらかといえば見過ごされやすい小品である。

それにもかかわらず、この作品には、村野四郎氏の詩的思考や表現の特色が、はっきりとあらわれている。

いま生と死とが入れかわろうとする一瞬のあわいに、眼前の死の谷へ射ちおとされようとする瞬間に、夕陽をうけてきらめくあざやかな時間！　なんのための時間のきらめきなのか。空しさそのものの価値のようなものだ。この一篇は私どもの生にひそむ一回的な最終の歎息を、自分の呼吸で吸いあげるかのように組立てられている。

狙われた鹿の情景は、このようにして私どものおもいにしみ入ってくるが、作者の意識を表象してほっそりと立つ鹿の肢体を、もうすこしふかく作品の中へ追いこんでみるがよい。

この詩で、作者は感覚や情緒や思考のいっさいを、美意識そのものとして形象化した。生と死とがいま入れかわろうとする事態のけわしさにもかかわらず、作品の表面にただよっているのは美意識そのものである。攣きつるような生との訣別の瞬間を全身の皮膚にうけとめ、その皮膚感覚をのがれることのできない絶対の事態として形象化し、それを美意識そのものとして表現したのである。

私はこの優美な時間の構成にひかれる。一歩あやまればニヒリズムの頽廃に落ちこむばかりでなく、その美意識に秩序をあたえるモラルがなければ通俗作品になってしまうが、作者は詩における美意識というものが、時としてどれだけ危険なはたらきをするかを知っている。〈鹿〉は、この詩人における生の意識と、その方法論自覚とを集約的にしめした作品である。

伊藤のこの批評に対して作者は、

この批評より深く、かつ精緻な解明は、とうてい不可能であろう。この批評にあるとおり、「空しさそのものの価値」と「私どもの生にひそむ一回的な最終の歎息」こそが、倫理と審美とを同時にこめたこの作品の真実の息づきなのである。

という。

ついでに、一、二参考までに評釈を引いておく。

夕日のなかに、鹿がじっと立っている。鹿は、狙われていることを知っているけれど、どうすることもできない。夕日を受けて、鹿の生命《いのち》が黄金のように輝いている。大きな森の夜を背景にして、鹿の生命があざやかに浮かびあがっている。といった情景から、まさに死をむかえようとする鹿の、死をむかえるゆえにいっそう美しく輝いて見えるという考えが、わかるでしょう。死をむかえることによって生命が充実するという考えが「形」として表現されているのです。

一個の作品が作品として成り立つためには、この「形」をもたなくてはなりません。（金井　直）

端的にいって、まさに命が絶たれようとしている寸前の、凍りついたような緊張の空間、可憐な鹿の姿態が、停止したフィルムのひとコマのように、読者の胸を刺し鼓動を凍らせてしまう。（桜井勝美）

〈鹿の姿態によって、感覚的、形象的に表現〉（村野四郎）といい、作者の〈詩的思考や表現の特色〉〈美意識そのものとして表現〉（伊藤信吉）といい、そのことを金井直は〈「形」として表現〉されているという。しかし、いずれも、その具体的な分析、解明は見られない。

そこで、私としては、ほかならぬその〈「形」として表現〉されているものが何であるか、つまりこの作品に見られる作者の〈詩的思考や表現の特色〉を洗い出し、その〈美意識そのものとしての表現〉を具体的にとりあげてみようというわけである。

まず、初行から、逐次行を追って次のことを〈ねらい〉として分析をすすめていくことにしよう。（これを詩の読みにおける展開法という。）

どんな人物（鹿）か
どんな世界か
）どう思うか

つまり、イメージ化（表象化）による切実な共体験（同化・異化体験）をめざすということである。

この詩における仕掛

1　鹿は　森のはずれの
2　夕日の中に　じっと立っていた

題材となっている〈鹿〉は野性の獣の中でも、ことに優雅な姿態をもった、ただ〈立って〉いるだけでも絵になる存在である。それが〈夕日の中に〉立っているイメージは、美しい。（このことを「題材の美」あるいは「自然の美」という。）

それにしても〈じっと立っていた〉という表現は、ただ立っているだけのことともとれるが、何か、ある劇的な状況を暗示しているもののようにもとれる。とすれば、それはこの詩における仕掛（読者に興味・関心をひきおこさせる工夫）という。

夕日につつまれた森の世界――その中に〈じっと立っていた〉鹿の像。それが、これから行を追ってしだいにうつり、うごき、ふくらみ、彩ゆたかなものとして造形されていくことになる。それは、同時に深い意味を形成していく過程ともなる。（そのことを〈イメージと意味の形成過程〉略して〈イメージの筋〉と呼んでいる。）

〈内の目〉〈外の目〉の共体験

3　彼は知っていた
4　小さい額が狙われているのを

〈鹿〉という呼称から〈彼〉という三人称の呼称にうつることで、読者は、そこに牡鹿の姿態を思いうかべるであろう。いや、それだけではなく、たんなる獣としての鹿というよりも人格化された存在としての〈鹿〉をイメージすることになるはずである。

眉間にうずまきをもつ鹿の額はそれだけでも優美であるが、牡鹿であれば美しい角が正面、こちら、読者のほうをむいている美しいイメージがうかびあがってくる。

①②と話者の〈外の目〉からとらえられてきたこの世界と鹿が、ここで鹿の〈内の目〉によりそってくる。〈外の目〉での異化体験だけでなく、読者は鹿の〈内の目〉によりそうことで鹿の内面・心情をうかがい知ることができ、鹿と同化体験する。（鹿の心情を自己自身のものとして身につまされる同化体験をしながら、そのような鹿を〈外の目〉から異化体験することを共体験と呼んでいる。）

表現価値の高さ

ところで、ここは倒置法である。一般に倒置法といえば、このばあい〈彼は知っていた〉が強調されると考えられている。しかし、私は文芸学の立場から、〈小さい額が狙われている〉をも強調していると考えたい。〈彼は知っていた〉となれば読者は、いったい何を知っていたのだろうと、興味をもつ。（つまり仕掛という。）そして、〈……狙われているのを〉と読んできて、「ああそうか、そのことを〈知っていた〉のか」と再び〈知っていた〉に返る。そこで〈彼は知っていた〉が強調されるのは当然である。しかし、それを受けてあらためて〈小さい額が狙われているのを〉が強く意識されることになる。

さて、〈小さい額〉を「小さい生命」とか「自分の生命」とか「自分」といいかえてみるがいい。ほかならぬ〈小さい額〉が実にゆたかな深い意味とイメージをもっていることに気がつくであろう。（このことを表現価値が高いという。）

〈小さい〉という形容は、眉間にぴたりと狙いをつけた銃口と、その狙いの確かさを感じさせる。〈小さい額〉は鹿の致命的な一点である。そこにつきつけられた魔の銃先。しかも、〈小さい〉という話者の語り口には、鹿のかれんさ、いじらしさまでがこめられている。か弱い生き物の小さい生命の危機が切実に読者の共感をさそう。「小さい生命」とか「自分の生命」という表現ではこれだけのゆたかな、そして確かなイメージ化はむつかしい。

ところで〈狙われている〉という表現から、鹿を狙っているものの存在が感じられる。しかも〈小さい額〉とあるから、それが狩人―人間であることがわかる。なぜなら、これが猛獣ならば〈額〉ではなく、喉笛を狙うだろうからである。

〈彼〉に同化して読むと、正面からぴたりと急所に照準をつけられた己れの避けられぬ運命がつよく感じられよう。そして、そのような運命の前に〈じっと立っていた〉鹿の姿を〈外の目〉で異化したとき、私たちはある深い感動におそわれるのだ。

③④によって、突如、この世界が〈夕日〉に照らされた平和な森の世界ではなく、死に直面する世界であることを知らされる。この詩の世界が一挙に非情な凍る世界として現前するのである。

過去形による反語表現

5　けれども　彼に
6　どうすることが出来ただろう

「けれども、どうすることも出来なかった」というのではない。これは、反語表現である。話者は鹿の目と心（内の目）によりそい、〈どうすることが出来ただろう〉と自問する形で読者にも問いかけているのだ。読者は当然、それに答えることになる。

「……出来るだろう」というのではない。〈出来ただろう〉といっているのだ。これは「出来るかもしれない」という答えをはじめから拒否している問いである。可能性が問題なのではない。〈出来ただろう〉という過去形による反語表現は、「出来なかった」と答える以外にない問いである。鹿の死が必至なものとして前提されているのだ。

ここで読者が「出来なかった」と答えるためには、あらためて、③④に立ちかえってみなければなるまい。③④で先に見たように、鹿の死がのがれられぬものとして感じられるからこそ、読者は「出来なかった」と死の必然を承認せざるをえないのである。

話者のほうで〈出来なかった〉と断定するかわりに、読者をして、そのように答えさせるところに、この反語表現のたくみな用法があるといえよう。

さて、ここまでのところで私たちは、鹿をかかる死の淵へ追いやった不条理の世界をつきつけられた思いにさせられる。そして、この世界にあって、自己の運命を〈すんなり〉受けて立つ鹿の姿の美しさが、つぎの節において描きだされる。

〈黄金のように光る〉一語

7　彼はすんなり立って
8　村の方を見ていた

「空」でもなければ、「森」や「林」でもない。ほかならぬ〈村〉であることに、私たちは、人間というものの存在をそこに想いうかべないわけにはいかない。ここで人間とは、鹿にとって、彼の生命を奪う存在である。そして、それは同じく人間である読者をも指していることを忘れてはならない。私たちは〈外の目〉で鹿を見ているが、しかし、鹿によって「見られている」立場でもあるのだ。

しかし、鹿は〈村〉を見ているのではない。〈村の方〉を見ているのだ。村＝人間をみつめ、にらみ……というのではない。それは村（人間）を超えて、はるか彼方へむけられているかのようである。恩讐を超えたものの視線といえよう。

だからこそ、その鹿の立つ姿は〈すんなり〉なのだ。冒頭②の〈じっと〉と対比してみるがいい。また、〈すんなり〉ということばを試みに他のことばで言いかえてみるがいい。「しずかに」「あきらめて」「ぼうぜん」「しかたなく」……いかなることばをもってきても置きかえられないことに気づくだろう。万言を費やしても〈すんなり〉の一言を説明し尽くすことはできそうにもない。やさしい平易なことばであるが、それはまさしく〈黄金のように光る〉ことばといえよう。いや鹿の姿そのものが〈黄金のように光る〉のだ。

ここまでくると、〈彼〉という人称代名詞は、獣としての鹿というものでありながら、それを超えて、人間化された存在、いや、それ以上の崇高な存在にまで、高められているといえよう。（このことを〈現実をふまえ、現実をこえる〉という。つまり、鹿の像は虚構としての人物像ということである。）

ところで〈すんなり〉ということばを②の〈じっと〉のところに代入しても、これだけの、ゆたかな深いイメージと意味を生みだすことはできない。このことばは、まさしく、置かれるべき位置に置かれて、はじめてあれだけの無量の思いを表現しえたのである。

〈すんなり〉には、自己の生命を奪うもの——人間——への、また不条理の運命への怒りも、憎しみも、おそれも、悲しみも、また願望も……すべてを超えた境地が示されているといっていい。

現実をこえた象徴的な美への過程

9　生きる時間が黄金のように光る
10　彼の棲家である
11　大きい森の夜を背景にして

「生きる時間が、彼の棲家である大きい森の夜を背景にして、黄金のように光る」という文章が倒置されている。ここでは〈黄金のように光る〉という比喩を強調する倒置法の効果と、〈背景として〉という形で終わることで余情をのこす効果と、この両者が意図されている。

「夜の森」ではなく、〈森の夜〉である。現実としては鹿は森を背景にして立っているのだ。詩の冒頭①②で〈鹿は森のはずれの／夕日の中に立っていた〉とある。そこでは、現実的、日常的なイメージとして、森が背景となっているが、絵葉書のような鹿の美しさでしかない。

しかし、ここでは(⑨〜⑪)、もうたんなる野性の獣としての鹿ではなく、ある意味では神格化されるほどの象徴的な美しさをもった鹿として、いや〈黄金のように光る〉〈生きる時間〉として、現実の森ではなく、死の象徴としての〈夜〉を背景にしているのである。〈森〉に対置されるものは、〈生きる時間〉としての生命の美の象徴なのだ。

〈鹿〉はすでに〈鹿〉であることから永遠の〈時間〉、〈黄金のような〉美と化しているのだ。

そして日常的な〈森〉の世界は、いまや象徴的な死の〈夜〉の世界と化しているのである。〈生きる時間〉は「生きた」でも「生きている」でも「生きていた」でもない。また〈光る〉も「光っている」「光っていた」「光った」ではない。〈生きる〉〈光る〉という現在形の動詞の用法は一瞬生きる（光る）ということであると同時に永遠に生きる（光る）ということをもあらわす。のがれえぬ不条理な死に直面して、この鹿の〈すんなり〉と立つ姿は、まさに一瞬の生の燃焼として〈光る〉ものであるとともに、永遠に美の権化として〈光る〉ものでもあるのだ。まさしく、それは〈黄金のように〉永遠に〈光る〉ものなのだ。

①から⑪までのイメージの筋（展開過程）は、〈鹿〉という人物像と、それの生きる〈森〉の世界像を造形していくプロセス（過程）であったことを理解いただけたと思う。日常的な現実の鹿の絵葉書的な美が、しだいにレベルアップして、⑨〜⑪においては非日常的な、現実をこえた象徴的な高次の美にまでたかめられている。

このきざみあげられていく美の過程を、読者は〈外の目〉をとおして異化するとともに、〈内の目〉によりそって同化しつつ、切実な感動的な美的体験をするのである。

今日の国語教育への要望

実は、この詩について、私は、「中学校国語教育への要望」と題する一文で触れたことがある。一部重複するところもあるが、今日の中学国語教育の現状への批判をもこめた主張として、読者の一読をお願いしたい。（重複するところがあるが全文引用する。）

中学の文芸教材についてはさまざまな問題があります。いかなる作品を選ぶべきか。つまり裏返しにいえば、いかなる作品が選ばれていないか、という問題もありましょう。たとえば中野重治とか佐多稲子といった傾向の作家たちは敬遠され、また反戦のテーマなどいたって消極的といったことです。なお、選ばれた作品にしても、その教材化の観点があいまいであったり、まちがったりしているものがかなりあります。その他、あげればきりがありません。

私は、かぎられた紙数のなかで、文芸教材の扱いが文芸学の観点からきわめて不充分であるということだけを指摘するにとどめます。説明の必要上、具体的に作品の文章を引用せざるをえませんので、いくつかの教科書にあげられている現代詩人村野四郎の詩「鹿」を例にして、文芸学の理論をふまえた教材研究と文芸の授業のあり方を述べ、裏返しに現代の教科書の「手引」や指導書のあり方、多くの教室での授業のあり方に対する私なりの批判を出してみたいと思います。まず詩を全文引用します。（前出・省略）

作者村野四郎は、この詩について次のように述べています。〈この詩は、ちかごろ、あちこちの国語教科書に掲載され、作者である私も、いろいろな方面から、その解説をきかれて弱っている詩です。この詩は、ちょっと見たところ、きわめて単純な作品に見えるので、国語教科書に採用したのだろうと思いますが、じつはこの詩にしても、作者の思いや考え方はそれほど単純ではないのです。

だいたい、詩というものは、それを作った詩人には一番たやすく解説できるように考えられるでしょうが、詩人は他人にどうしても説明できない世界に出会ったから、詩でこれを表現したのですから、詩以外のどんな言葉でも説明することができないのです。

詩でもって解ってもらうより仕方ないのです。ですから一見やさしく見えるこの詩『鹿』でも、その時の微妙な感じや思想との結びつき具合は充分に説明することができません〉

（村野四郎『現代詩入門』）

作者自身にしても〈詩以外のどんな言葉でも説明することができない〉ところのもの、つまり〈詩でもって解ってもらうより仕方がない〉ものを、いったい私たちは教室においてどのように教えたらいいのでしょうか。ここに私は文芸学というものを武器としてのぎりぎりまでの詩への肉迫を試みる一つの道を提示しようというわけなのです。

冒頭の一行目においてまず〈鹿は〉と書いた作者は、そのあと〈彼〉（3、7、10）と呼称しています。文法的には〈彼〉は〈鹿〉の代名詞にすぎません。しかし文芸学的にいえば、それは鹿の代名詞であるとともに、鹿を人格化した表現としてとらえられます。現代詩人であり評論家でもある大岡信は〈この姿を現わした鹿は、いうまでもなく鹿そのものであると同時に、人間であり、われわれ自身であり、すべての生命そのものであるといってもいい〉と述べています。私たち大人、教師は、この大岡の言葉をそのまま実感できるにちがいありません。しかし教師は単に自身がわかるというだけではならないのです。生徒たちにわからせるための指導の理論と方法を身につけていなければならないのです。

作者は《外の目》で（1〜2）と鹿とまわりの様子を外から描いていますが、（3〜6）においては《外の目》が鹿自身の《内の目》によりそいかさなっていきます。つまり読者は（3〜4）のところを、鹿自身に同化して、「私は知っていた／私の生命が狙われているのを」というふうにも読むことができるのです。（もちろん、ここは《外の目》で異化しても読むべきところですから、〈小さい額〉という言葉のつくりだすイメージは、致命的な額をぴたりと真正面から狙っているであろう銃口のそのたしかな照準と、いたいけな鹿の小さい額そのものが眼前にうかんでくるはずです。）読者の「私」が鹿の《内の目》に同化して読むことのできる文章であり、したがって読者は〈鹿そのものであると同時に、人間であって、われわれ自身であり〉という大岡の評を視点論の原理から生徒たちに理解させる手だてを得るわけです。

また大岡のいう〈生命そのものであるといってもいい〉というのは「鹿→彼→生きる時間」と展開するイメージの変化によっておさえることができましょう。ここで〈生きる時間〉とは鹿のそれであるとともに、すべての生命あるもののそれでもあることを、この（9

〜11）の象徴的な文章が示しています。

生徒のなかには鹿の死を必至のものとして実感できないものがいます。しかし、それは〈小さい額が狙われている〉という表現と、それにつづく〈けれども彼に／どうすることが出来ただろう〉という表現が、「いや、どうすることも出来なかったにちがいない」と読者をして応答させるように仕向ける反語的表現とをとりあげるならば充分にただしうるものです。大岡も〈彼は射たれるだろう。射たれて死ぬだろう。〉と断定しています。まさに死が避けがたい状況としてあればこそ、それは〈生きる時間が黄金のように光る〉ということになるわけです。

ところで、大岡は〈生きる時間が黄金のように光る〉に力点をしぼって、それを〈永遠の瞬間〉という言葉で評しています。このことは〈生きる〉〈光る〉が現在形であることと関係があります。この詩の文末表現を列記するとつぎのように、すべて過去形で、ここだけ（9）が現在形になっています。

――立っていた（2）

――知っていた（3）

――見ていた（8）

つまり、「生きていた時間」「生きた時間」ではなくまた「生きている時間」でもなく、〈生きる時間〉であることは、死に直面しての一瞬の「生きている時間」であるとともに、それは永遠に「生きつづける時間」をも意味しています。〈光る〉は「光っていた」「光った」また「光っている」とちがって、大岡のいう〈永遠の瞬間〉を意味する表現であることを生徒に理解させうるでしょう。〈光る〉という動詞は、現在〈光っている〉ことをふくみ、「光りつづける」ことを意味する動詞であるからです。くりかえされる状態、習慣的な状態、永遠の状態をあらわすものであるからです。大岡が〈生きて今ここに在ることの意味をくりかえし問いつづける〉と評したのはこの〈生きる時間が黄金のように光る〉という一句の表現から的確にみちびき出しうると思います。

一般に筋といえば「事件の筋」と考え、したがって、この詩には筋がないといいます。しかし、文芸学においては、文芸作品の筋は、「形象相関の展開の過程」と規定しています。わかりやすくいえばイメージの変化発展する、ふくらんでゆく過程ということです。この詩における筋とは、鹿のイメージがどのように発展するかという過程です。文図的にそれを作中の語句を引用してあらわしてみることにします。

鹿　　　　　　　　夕日　　　じっと
彼←　　　　　　　　　　　　すんなり
生き←る時間が　黄金←のように　光←る
(棲家である大きい森の夜を背景に)

詩人伊藤信吉は〈夕陽をうけてきらめくあざやかな時間!〉と評していますが、このこと

	〈視点〉	〈文体・表現方法〉
1	《外の目》（1〜11）	描写
2		
3	《内の目》（3〜6）	倒置法
4		
5		反語
6		
7		描写
8		
9		倒置法
10		象徴的表現
11		

は右の文図からも生徒ははっきりととらえうるはずです。

〈夕日の中に　じっと立っていた〉という鹿の《外の目》による描写は、鹿の外見的な美しさを示すだけのものです。しかし、(3〜6)の鹿の内面をくぐりぬけて〈彼は　すんなり立って〉の表現にまでくると鹿の美しさは《外の目》と《内の目》のかさなりの結果、読者は外面的なその優雅な肢体の美しさだけではなく、その内面的な美しさをまでとらえることができましょう。伊藤もそのことについて、〈作者の意識を表象してほっそりと立つ鹿の肢体を、もうすこしふかく作品の中に追いこんでみるがよい〉と述べています。

〈もうすこしふかく作品の中に追いこんで〉ということは具体的にいえば（3〜6）の《内の目》をくぐっての鹿の内面を照射することと、〈すんなり立って〉いる姿をほかならぬ〈生きる時間が黄金のように光る〉という象徴的な表現でとらえさすことといえばいいでしょう。

この詩の鹿の美しさのイメージを展開する過程であるわけですが、それを作者はつぎのように構成しています。

作者は（1〜2）において、日常的な夕日を受けてじっと立つ鹿の姿の美しさを〈外〉から描写し、つづいて（3〜6）で、死に直面している鹿の内的状況を照らしだし、しかも倒置法や反語法によって、そのことを読者に強く印象づけています。そして、（7〜8）でふたたび〈外〉から鹿の姿を〈すんなり〉と描写していますが、（3〜6）と《内の目》をもとおって鹿の内面を見てきた読者はこの〈すんなり〉という語を内面的な美しさとしてもとらえることができます。さいごに作者はそのような鹿のイメージを象徴的な表現によってきわめて次元の高い美しさ、〈永遠の瞬間〉の美しさとして完結します。筋は右のような構成によってまさに完結したのです。大岡は〈この鹿はどこからやってきて、どこへ行こうとしていたのだろうか、それはだれにもわからないし、詩人自身にもわからないことだろう〉と述べていますが、筋というものを「事件の筋」として考えるかぎり、〈どこからやってきて、どこへ行こうとしていた〉かはわかりませんし、また死後のこともわかりません。しかし「イメージの筋」という考え方に立てばそのことは大岡もいうとおりどうでもいいことです。作者は（1〜11）において、日常的な鹿の美しさを永遠なる美しさにまで見事に刻みあげてその筋を完結したのです。

伊藤は〈この詩で、作者は感覚や情緒のいっさいを、美意識そのものとして形象化した〉といい、作者自身もそのことを肯定しています。ところで〈美意識そのものの形象化〉とは具体的に生徒の指導の上ではどのようなあり方をとってくるでしょうか。

作者も〈この鹿でなければならなかった。なぜ熊や猪ではいけなかったか〉という問いを出し、それは〈伊藤信吉のあげた美意識の問題によって、充分応えることができます〉と述べています。優雅な鹿のイメージであってこそ、この生死のあわいに、〈すんなり〉とその運命をあがき、もだえることなく受けとめて立つ姿が悲しいまでに美しいということになると思います。美の典型としての鹿の形象は充分に生徒たちにしずかな、しかし、強い感動をともなって印象されるものと思います。

ところで〈すんなり〉という語をとりあげるとき、文芸学は形象の相関性の原理をふまえることを教えます。つまり（1〜6）までに表現されてきた鹿の形象と（9〜11）において表現されているものとによって挟みうちにするということです。筋の前後のイメージのひびきあい、てらしあいによって、〈すんなり〉という語が辞書的な意味や鹿の外見的肢体のほっそりした様子をあらわすものであるという意味をはるかに超えて、内面的な重みをもったものとしてとらえられてきます。〈森の夜を……〉にしても〈生きる時間〉〈光る〉というイメージの相関性によってそれは「死の闇」というイメージをもってくるでしょう。

伊藤が〈空しさそのものの価値〉という言葉で表現したこの詩の思想は、ことばをかえていえば〈死によって明らかにされようとする一瞬の生のきらめき〉とでもいえましょうか。そのことを、作者は〈森の夜を背景にして〉と表現しているといえましょう。（「夜の森を……」でなく、〈森の夜を……〉という表現に注意）

一つの詩を例として、文芸学でいうところの視点、構成、筋、典型、象徴、文体、虚構などについて具体的に述べてきました。つまり、これらの文芸学の基礎理論を土台として、その上で読者の主体的な読みを組織したとき、私のいうドラマティックな「せりあがる授業」が実現できるのではないかと思います。

読者である生徒がまちがった解釈あるいはゆたかな読みをしたときにも、それが何故まちがっているか、その読みがいかにゆたかであるかを実証できる授業をするためには、文芸学の理論と方法に拠る以外にはないのです。ゆたかなふかい読みを保証するものが文芸学だからです。

じつはこの稿をまとめるために、私自身、福岡県大牟田市の中学校一年と鹿児島市の小学校六年でこの詩の公開授業を試みました。結果として、私は文芸学の基礎理論にもとづくときには、私のような授業の素人にも、この詩の美しさ、この詩の価値が小・中学生なりに充分わかりうるものであるということを確信しました。

国語教科書の「手引」や指導書の解説は、以上私の述べてきた観点からすれば、まことにレベルの低い、しかも、あいまいさや誤りを多くかかえたものであるといわねばなりますまい。生徒は、このようなすばらしい詩の価値を充分に受けとめるだけの力をもっているはずです。要は、文体に即しまた構成にのっとって、きめこまかく、きっちりと指導をすすめるか否かにかかっていると断言できましょう。

虚構化のプロセス

おわりに、この詩における美について、まとめておきたい。

日常の現実の動物としての鹿であることをふまえながら、ここには現実をこえて非日常の、つまり、動物であるとともに、動物であることを超えて、人間化、いや、それ以上の崇高な象徴的な存在にまでいたるところに、この詩の虚構としての美があるといってよい。

（虚構化のプロセス）

鹿 → 彼 → すんなり → 黄金のように

動物 → 牡鹿　人間化 → 人間を超えた存在 → 崇高な象徴的な存在

　さらに、一瞬が同時に永遠でもあるという、矛盾の止揚・統合された美の弁証法的構造を体験・認識することができる。

　展開法によって、はじめの一行から終行まで行を追ってとらえてきたイメージの筋はまさしく、虚構化のプロセスといってもいい。つまり、文章としてのこの詩の美の造形過程といってもいいだろう。（なお、ついでながら、題材としての鹿の優美な姿は〈自然の美〉であるが、それを「鹿」という詩の文芸（虚構）としての美と混同してはならない。）

3　一瞬にして永遠なる世界

――三好達治「大阿蘇」

三好達治「大阿蘇」は、中学国語の教材としてもよく知られた詩の一つである。それだけに、この詩についての読解鑑賞の文章は多い。

まず、詩全文を次に引用しておく。（説明の便宜のため一連番号を付す。）

大阿蘇

1　雨の中に馬がたつてゐる
2　一頭二頭仔馬をまじへた馬の群れが　雨の中にたつてゐる
3　雨は蕭々と降つてゐる
4　馬は草をたべてゐる

尻尾も背中も鬣も　ぐつしよりと濡れそぼつて
彼らは草をたべてゐる
草をたべてゐる
あるものはまた草もたべずに　きよとんとしてうなじを垂れてたつてゐる
雨は降つてゐる　蕭々と降つてゐる
山は煙をあげてゐる
中嶽の頂きから　うすら黄ろい　重つ苦しい噴煙が濛々とあがつてゐる
空いちめんの雨雲と
やがてそれはけぢめもなしにつづいてゐる
馬は草をたべてゐる
艸千里浜のとある丘の
雨に洗はれた青草を　彼らはいつしんにたべてゐる
たべてゐる
彼らはそこにみんな静かにたつてゐる
ぐつしよりと雨に濡れて　いつまでもひとつところに　彼らは静かに集つてゐる
もしも百年が　この一瞬の間にたつたとしても　何の不思議もないだらう
雨が降つてゐる　雨が降つてゐる

諸家の評釈のキーワード

詩人、村野四郎に次の評釈がある。長文にわたるが引用する。(傍線は西郷、以下同。)

この詩は、題名は「大阿蘇」だが、実はその火山を背景にした、草千里浜の景観をモチーフにしたもので、もっと焦点をしぼれば、その雨の中で、声もなく濡れそぼっている馬を中心にした一情景である。

彼は、ここで濡れるにまかせて立ちつくしている馬たちのたたずまいの瞬間を、きわめて即物的に、明確に描写していて、大阿蘇の姿などは、わずかに山頂と噴煙を見せて構図していいるに過ぎないが、事実は、そこに蕭々と濡れている生物の現在を目撃すると同時に、彼はその意識の背後に無窮のような大きい自然の姿を感じているのである。

この詩の感動と論理の中心、ないしは頂点は、終りの部分の

もしも百年が　この一瞬の間にたつたとしても　何の不思議もないだらう

という一フレーズにあることは言うまでもないことだが、このフレーズも、馬のいる光景の背後に大阿蘇の悠久のすがたを意識し、その意識に関連してうまれてきているのである。

眼前に茫漠とひろがっている大自然からうける悠久感の中では、百年ぐらいの時間はものの数ではなく、おそらく百年たった後でも、馬たちは現在の様子そのままに、雨にぬれながら黙々と草をたべているにちがいない、という意味をこめて、時間的観念を忘失させるような、この自然の景観からうけた茫漠感と静寂感とを、ここに盛りあげているのである。

三好の詩には、ほとんど、どんな詩にも、三好特有の調子がある。文語体のときは勿論だが、たとえ口語体自由詩の場合でも、そこには必ず一種のメトロノームが作用している。

（中略）

なお、この作品における時間的茫漠感は、前にのべたように、大自然の景観からも出ているが、また一方馬という生物からうける特殊なイメージによるのかもしれない。なにかしら原始の形と生命を、そのまま生きつづけてきたような、その型態によるものだろうか。

村野は、〈きわめて即物的に、明確に描写〉という。このあと引用するが、国文学者吉田精一も村野同様〈即物的〉と評している。

ところで、村野の指摘する次の評言は、他の論者もまた、共通に述べているところである。

・無窮のような大きい自然

・悠久感

・茫漠感
・静寂感
・時間的観念を亡失させる
たとえば、吉田精一は、次のように述べている。

> 黙々とした馬の群れと蕭々と降りつづく雨と、ただそれだけが描かれ、自然の静寂感が強く印象づけられる。「たって《ママ》ゐる」「降って《ママ》ゐる」「たべてゐる」ということばが繰り返され、一種のリズム感とともに何やら茫然とした感じを伝えてくる。（中略）
> 　馬が草を食べている場所が示され、「いつまでもひとつところに」静かに集まっているさまが歌われる。「いつまでもひとつところに」と歌われて自然は茫漠としたひろがりを示す。「もしも百年が　この一瞬の間にたっ《ママ》たとしても　何の不思議もないだらう」という感慨がそこに生まれてくる。眼前に茫漠とひろがっている大自然の悠久感の中では百年ぐらいの時間はものの数ではない。おそらく百年たったのちでも馬は今の姿勢のままで、雨に濡れながら黙々と草を食べているにちがいない、というのである。時間的観念も忘れ去ってしいまいそうな大自然の茫漠感と静寂感、それがこの一編の感動の焦点である。

　いかにも無雑作に歌われているが、詩句の終わりはすべて「てゐる」の形でとめられ、ただ一か所だけ「ないだらう」という形で終わっている。先に触れたように「たって《ママ》いる」

以下の繰り返しが、一種のリズムと茫漠感を盛りあげていることが注意される。

吉田も、〈自然の静寂〉〈茫漠とした感じ〉〈大自然の悠久感〉〈大自然の茫漠感と静寂感〉といい、また〈時間的観念も忘れ去ってしまいそうな〉という。吉田の評言はおそらく村野のそれをふまえたものであろう。

現代詩人、金井直は、この詩に〈日本人の自然観〉〈日本の伝統的な抒情〉〈自然観照〉をとらえている。

> 阿蘇山を背景とする草千里浜の、雨の中の馬に焦点が合わされている。自然のひろがりをみごとに描写した眼のたしかさは、散文詩における観察と同じである。しかし、内容が違う。
>
> 　もしも百年が　この一瞬の間にたつたとしても　何の不思議もないだらう
>
> という一行に、この詩の内容はすべて集約されている。雨の降る草千里浜、濡れながら草をたべる馬、その光景がそのまま無限の世界であるように感じる。この感覚の中には寂滅感が含まれている。日本人の自然観がよくあらわれているし、自然観照は三好の特質である。

だが三好の自然観照は、しだいに日本の伝統的な抒情の中へ溶け込んでいくのである。

その思考は、当然、表現の形の上で、基本的には文語調（五七調）となってあらわれる。そして、内容は、詠嘆の情緒である。

ところで、伊藤信吉は、この詩に〈平面の美〉なるものをとらえ、次のようにいう。

　三好達治の作品について、その抒情の批判というようなことでなく、作品の享受や親和感ということになれば、私はこの「大阿蘇」を好きな作品の一つに数える。私はこの詩の口語使用を、まれによく洗練されたものだとおもう。この詩は平面の美ともいうべきものを、草千里浜の景観をとおしてゆっくりとひろげてみせる。

　三好達治の作品には文語脈のものが多い。その中で「大阿蘇」は口語脈作品の代表的な一篇を成している。この詩の書出しは「雨の中に馬が立つ《ママ》てゐる　一頭二頭仔馬をまじへた馬の群れが　雨の中に立つ《ママ》てゐる」というのだが、このはじめの一行から、終わりの「雨は蕭々と降つてゐる」にいたるまで、全文が「ゐる」という描写ふうなことばで綴られている。それが全篇に落ちつきをあたえたようだ。雨の日の旅というめぐまれない条件にもかかわらず、作者はそんなことは意に介しないかのように、落ちついた気持ちで放牧風景をみている。口語自由詩における詩的美感は、一つには平面の美というべきものを形成するところにかかっているが、この詩は「ゐる」の連鎖による語法の単純で的確な組成と、旅の落ちつきとによって、平面の美というべきものを巧みに形成した。

伊藤のいう〈平面の美〉は定かでないが、〈口語自由詩〉と〈即物的〉という特徴が生みだす詩のイメージにかかわるものであろう。（ところで伊藤は〈作者は〉としているが、「話者」というべきである。）

ほとんどの評者が〈——ゐる〉の反復の生みだすリズムに触れているのは、いうまでもない。この詩についての諸家の評釈のキーワードともいえるものは、

・茫漠感
・静寂感
・悠久感
・時間的観念の亡失
・日本人の自然感、日本の伝統的な抒情、自然観照、詠嘆の情緒、寂滅感

といったところであろうか。

たしかに、これまでの（いや、現在もそうであるが）日本の伝統的な読解鑑賞のあり方よりすれば、この詩は以上の諸家の評釈のごときものとなろう。

しかし、この詩を文芸学の立場から、虚構として、その〈美〉と〈真実〉をとらえるならば、以上の諸家のとらえた世界とはまったく異なる世界が読者の前に出現するであろう。

変化をともなって発展する反復

この詩を一読して誰でもすぐに気づくことは、おなじことばの反復であろう。〈たつてゐる〉〈たべてゐる〉〈降つてゐる〉がそれぞれ数回にわたってくり返されている。

もともと反復というのは、対比の方法と相俟ってイメージや意味を強調するための基本的な方法の一つである。たしかにこれらのことばのあたえるイメージと意味がもっとも強く読者に意識づけられるのは当然といえよう。

なお、〈雨〉〈馬〉〈草〉という文字（ことば）も反復出てきて読者の眼にとまる。つまり〈雨〉が〈降つてゐる〉、〈馬〉が〈草〉を〈たべてゐる〉という両者のイメージの交互反復が骨格となった詩ということである。

ところで本来は強調の表現効果をねらった反復の方法も、それがたんに機械的、図式的、形式的な反復となれば、かえって逆効果となって、くどくなるか単調、マンネリになるか、いずれかになってしまう。すべて表現の方法は、ある効果をねらったものであるが、それが適切に用いられないと、かえって逆効果をひきおこすものである。

もっとも、詩人は、この逆効果を心得ていて、たとえば本来はマイナスのイメージをもつことばを反復することで、逆にプラスのイメージに転化させるという放れ業を演ずることがある。中野重治の詩「浪」における〈くずれてゐる〉というマイナスのイメージを与えることばの反復は、かえって崩れても崩れても、なお崩れつづける不滅の浪のエネルギーを読者にあたえ、マイナスをプラスに転化する「逆効果」がねらわれているといえよう。（一九八ページ参照）

「大阿蘇」の詩の〈雨は降つてゐる〉〈雨は蕭々と降つてゐる〉という反復は、いつ止むともなく、いつまでも降りつづけているような〈雨〉のイメージをみごとに表現しえている。しかし、〈馬〉の〈たつてゐる〉〈たべてゐる〉は、よく見ると、実に微妙に複雑に変化と多様さを示していて、単調になることなく、そのイメージを強調している。これを、〈変化をともなって発展する反復〉という。

この詩の①行から㉒行までの反復されることばを抜き書きしてみると、〈降つてゐる〉〈たつてゐる〉〈たべてゐる〉、また〈雨〉〈馬〉〈草〉などがある独得な秩序をもって交互に反復し、独自の「網目模様」を織りなしている。

まず、〈雨〉〈馬〉〈草〉などの文字（ことば）を表1としてまとめてみよう。

【表1】

1	雨	馬
2	馬	雨
3	雨	
4	馬	草
5	(馬)(雨)	

6 （馬）草

7 （馬）草

8 （馬）草

9 雨

10 山 煙

11 山 煙

12 空 雨雲

13 （雨雲）

14 馬 草

15 丘

16 雨 青草 （馬）

17 （馬）（草）

18 （馬）

19 雨 （馬）

20 （人）

21 雨 雨

22 雨

次に〈降つてゐる〉〈たつてゐる〉〈たべてゐる〉などのことばを、表2にまとめてみよう。

［表2］

1　——たつてゐる
2　——が　——たつてゐる
3　——降つてゐる
4　——たべてゐる
5　——も——も——も　——（し）て
6　——たべてゐる
7　——たべてゐる
8　——たべずに　——たつてゐる
9　——降つてゐる　——降つてゐる
10　——あげてゐる
11　——から　——が　——あがつてゐる
12　——と
13　——は　——つづいてゐる
14　たべてゐる
15　——の

16 ――を ――たべてゐる
17 たべてゐる
18 ――たつてゐる
19 ――（し）て ――に ――集つてゐる
20 もしも ――としても ――だろう
21 ――降つてゐる ――降つてゐる
22 ――降つてゐる

表1、表2、二つの表をかさねあわせながら、この「織り物」の図柄を想いうかべてみていただきたい。

表2において〈降つてゐる〉〈たつてゐる〉〈たべてゐる〉ということばを抜き書したが、これらのことばが生みだすイメージは、それぞれ微妙にちがったものとしてある。

まず①~⑧を見てみよう。①は〈雨の中に馬がたつてゐる〉とだけ。どんな雨が、どんな馬が、どんなふうに降っているのか、また立っているのか、はっきりしない。このさだかならざる詩の初行が、このあと、しだいにイメージをふくらませ、彩ゆたかなものとしていく。この移り動き変わるイメージの形成過程を私は「筋」と称している。これまで「筋」といえば、出来事、事件の過程をさして名づけていたが、私は文芸学の立場から、イメージと意味が形成される過程を文芸の筋と規定している。（事件の筋に対し、略して〈イメージの筋〉と呼ぶことが

ある。〉

〈イメージの筋〉とは、この詩においては、〈雨〉や〈馬〉のイメージが初行のさだかでない状態からしだいに多様な彩を帯びてふくらんでいく過程である。

まず②では①でいう〈馬〉のイメージが、〈一頭二頭仔馬をまじへた馬の群れ〉となって親子づれの〈馬〉のほほえましく、どこかのんびりした平和なイメージとなる。また、①の〈雨〉のイメージも〈蕭々と〉という漢語の声喩（オノマトペ）によって、どこか古風なひびきをもった〈雨〉のイメージとなる。

しかし、④〜⑥となると、〈尻尾も背中も鬣も　ぐつしよりと濡れそぼつて〉という、いささかわびしい趣きの〈雨〉となり、同時に〈ぐつしより〉という俗語のニュアンスを帯びて、それは格調高い漢語の〈蕭々〉と独得なひびきあう効果をひきおこす。

⑥⑦は、〈彼らは草をたべてゐる／草をたべてゐる〉とあって、〈雨〉にかまわずただひたむきに草をたべている〈馬〉のイメージに変わる。さらに⑧の〈あるものはまた草もたべずにきよとんとしてうなじを垂れてたつてゐる〉になると、どこかとぼけたひょうきんなユーモラスな味わいさえともなってくる。

この〈馬〉のイメージの微妙な変化は、まさに「馬百態」とでも名づけたいようなものとしてである。〈たつてゐる〉〈たべてゐる〉の反復が単調におちいることを避けて、多様な〈馬〉のイメージをゆたかにくり広げているさまは、墨一色で描かれながら多様多彩な馬の様相が描きわけられた一幅の墨絵を見る思いにさせられる。
しかし、詩の後半⑭〜⑲になると、〈馬〉のイメージは前半とはまったくちがったものとなる。⑯〈雨に洗はれた青草を　彼らはいつしんにたべてゐる〉、⑱〈彼らはそこにみんな静かにたつてゐる〉、⑲〈いつまでもひとつところに　彼らは静かに集つてゐる〉とあって、〈いつしんに〉〈みんな〉〈ひとつところに〉〈集つてゐる〉と、〈馬〉のイメージが一点にひきしぼられてくる。

前半における〈馬〉のイメージが遠心的に拡散する構造をもっているとすれば、後半は求心的に収束、集中する構造をもっていて、前後半がイメージの対比（コントラスト）を見せる。

このように〈馬〉のイメージのつくりだされていく過程《プロセス》（つまりイメージの筋）を見ていくと、そこに〈変化をともなって発展する反復〉の相を見るであろう。一般にすぐれた文芸作品における反復は、変化によって微妙なニュアンスのちがいを生みだし、そのイメージをゆたかな彩あるものとして発展させていくものである。たとえば音楽において、一つのモチーフが変化・発展する変奏とでもいえようか。

なお、この詩における反復は、「変化・発展して反転、対比となる反復」である。この詩の前後半が対比となっているのは、変化・発展する反復が反転した結果である。私は、すぐれた文芸作品における反復は多くのばあい、〈変化・発展・反転して対比となる反復〉であると考える。

さて、このような〈反復〉は、〈馬〉だけではない。実は何の変化もないように見える〈雨〉のイメージもつぎの表3のようにみごとな構造をもって展開していることがわかる。(表3のなかの③と⑨との間合いのみごとさを見落とさないように。)

［表3］

1 ……………………

2 ……………………

3 雨は蕭々と降つてゐる

4 ……………

5 ……………

6 ……………

7 ……………

8 ……………

9 雨は降つてゐる　蕭々と降つてゐる

10 ………………

11 ………………

12 ………………

13 ………………

14 ……………………………………
15 ……………………………………
16 ……………………………………
17 ……………………………………
18 ……………………………………
19 ……………………………………
20 ……………………………………
21 雨が降つてゐる　雨が降つてゐる
22 雨は蕭々と降つてゐる

詩の形（形態）

この〈変化・発展する反復〉の相は、詩の形（形態）の上でも見ることができる。詩の各行の長短の交互反復の「模様」を見ていただきたい。

［表4］

1 ――――
2 ―――――――　――――
3 ――――

21 ――――　――――
22 ――

ここには、過去・現在・未来と永遠に降りつづけるであろうとさえ思われる〈雨〉のイメージが視覚化されている。また降る〈雨〉の姿そのものが同時に視覚化されている。まるで、それは北斎や広重の絵に見られる雨のあの様式化された線条のリズムそのものである。さまざまな長さの行（それは不揃いというか多様というか）が、長、短、長短のあるリズムを奏でながら反復するところに読者の眼は快くいざなわれていく。雑然とした感じというよりも、かえって落ちついた、あるやすらぎさえ感じさせるではないか。

すでに述べたとおり、視覚的に各行の長短がつくりだすリズムが〈雨〉のイメージを生みだしていることを詩の形（形態）と呼んだが、この詩のばあい、さらに上図のような構成と詩の形の一体化が見られる。

⑩〜⑬行が詩の形の中央にまさに〈山〉のように位置づけられ、その両側にひろびろと艸千里浜が広がっているさまを眼に見せてくれる。

〈雨〉の中に静かに草を食べている〈馬〉のイメージのくり広げられる中にあって、この〈山〉のイメージは、まさに静に対する動の対照を見せている。

この詩のばあい、詩の形が詩の主題、題材と見合ってみごとである。（もちろん、すべての詩がそうであるわけではない。)

このことを私は〈詩の心と形〉と呼んでいる。

視点と対象の関係の変化

この詩の題材は、ほとんど動きを感じさせない静かな風景である。ただ中ほどに描かれている〈噴煙が濛々とあがつてゐる〉というところにわずかに活火山としての動きが見られるにすぎない。

しかし、この対象(馬・雨・山…)を見ている人物(視点人物、あるいは話者という)の目と心は、むしろ、たえまなく変転しているといえよう。

たしかに視点そのものは一点に「固定」されて、この大阿蘇の景観の全容を見渡しているといえよう。しかし、その視線はたえず対象(焦点)を変えて動いている。あるときは雨、あるときは馬。また、こちらの馬からあちらの馬へと視線はたえず動いてやまない。また近くから遠くへ、そしてまた遠くから近くへ。さらに雨と馬から山へ。そして煙りとともに空へ。やがて、空からふたたび地にもどって……。というふうにである。

イメージの動きとは対象自身の変化だけではない。視点と対象の関係の変化によってもたらされる。もちろん詩の形態のところで述べた長、短、長、短の行の長さの交互反復のつくりだすリズムや、この詩の七・五調を基調とした調べもまた独得のイメージの動きをもたらすものとなっている。

ゆるやかにうねる艸千里浜のスロープにも似た旋律がこの詩の中を流れている。それは、この対象にむかいあって、目と心を一つひとつにとどめ、移していく視点人物（話者）の情動そのもののうねりといっていい。視点人物の目と心は①から、⑩〜⑬をへて最後に⑳の〈もしも百年が　この一瞬の間にたつたとしても　何の不思議もないだらう〉という感概に集約されてくる。

表現上のいくつかの特徴

まず反復が眼につくことはすでに述べたが、各行末がすべて現在形であることにも注意していただきたい。（⑳だけが推量形。）これは、読者が、視点人物の目と心をとおして、現在ただ今、その眼前に「大阿蘇」のイメージをまざまざと「見て」いるという感じをあたえる。いわゆる臨場感である。

それだけではない。現在形〈――ゐる〉の反復は、同時に過去・現在・未来にわたる悠遠な時間の流れをも感じさせるものとなる。〈――ゐる〉という現在形は「いまゐる」という用法だけでなくくり返される事象を記述するときの用法でもある。後者の用法が、⑳において〈もしも百年が　この一瞬の間にたつたとしても　何の不思議もないだらう〉という感慨につながるものとなる。〈――ゐる〉という現在形の用法は〈一瞬〉という現在と、〈百年〉という悠久の時間を同時に表現するからである。つまり、〈一瞬〉と〈百年〉という矛盾するものを止揚・統合する表現なのだ。これは逆に「この一瞬が百年つづいたとしても何の不思議もないだろう」といいかえてもおかしくない。

ところで、この⑳のところは視点人物（話者）の感慨をじかに述べたところであるが、この詩全篇をとおして、このような主観的表現は他にはない。すべて「写生」、描写的な文章である。眼前の光景を直叙して、それを①～⑲までつみあげてきた結果として読者はあの⑳の主観的な表現――つまり視点人物の深い感慨のことばに出会い、なるほどと納得、共感させられる――というわけなのだ。これらすべての表現は情景の直叙で、一箇所も比喩表現はない。〈もの〉そのもの、景そのものが描写されているのだ。（ただわずかに〈蕭々〉という雨の形容と〈濛々〉という〈煙〉の形容があるだけである。声喩も喩の一種である。）

この詩における美と真実

この詩の特徴をさぐっていくと、さらにおもしろいことに気づく。それは異質な、ときに矛盾するイメージが木に竹をつぐ違和感を与えることなくみごとに止揚・統合されているということである。

先ほども触れたが、声喩が〈蕭々〉〈濛々〉とあり、この古めかしく格調ある漢語のイメージは〈ぐつしより〉〈きよとん〉という俗語のそれと異質な対照をつくりだしている。さらに古代の文字である〈艸〉は「草」とちがって、どこか古代的なイメージを誘い、これも現在の〈一瞬〉と異質な矛盾する対照を生みだしている。

表現、用字の上で異質なものの止揚が見られるように、イメージの点でも全篇にわたってこれまでにも触れてきたように異質なものが、止揚・統合された「不調和の調和」が見られる。長短のリズムが独得なうねりをもって旋律を生みだしていることについてはすでに述べた。しかも、この動と静の対比は、動中静あり、静中動ありといった形の対比であり、つまりは矛盾を形成する対比であるということなのだ。

色彩の点でも〈うすら黄ろい〉〈青草〉という対比があり、しかも、全体としては、墨一色の色調に統合されている世界である。

単調、あるいは不変のリズムをもって降りつづける〈雨〉に対して〈馬〉のそれは、馬百態とでも名づけたいほどの多様さを示す。単調、不変なものと、変化、多様なものとのしっとりした調和がこの世界にある。

しかし、何といってもこの詩の世界の美の基本的構造をなすものは、前半と後半における〈馬〉のイメージの対比であろう。

あらためて、その対比を抜き書きしてみよう。

〈前半〉

・濡れてたつてゐる馬

・仔馬をまじへて群れてゐる馬
・草をたべてゐる馬
・草もたべずにうなじを垂れてゐる馬
〈後半〉
・彼らは草をたべてゐる
・彼らはいつしんにたべてゐる
・彼らはそこにみんな静かにたつてゐる
・〈彼らは〉いつまでもひとつところに静かに集つてゐる

ごらんのとおり、前半は遠心的に拡散し、後半は求心的に収斂するイメージの構造をもって対比されている。広がりゆくイメージが、やがて一点にひきしぼられていくプロセスがみごとである。

ここでとくに注意していただきたいのは、前半と後半の馬は別個のものではないということである。両者は同じ一つの馬の群れであって、カメラアイにたとえれば、前半はアップであり、後半はロングという違いにすぎない。

両者が別個のものであるとすれば、これは単なる対比にすぎない。しかし、これは同じ一つの群れであるからこそ、この対比は異質なものの矛盾の構造となり、それは止揚・統合されて、一つの調和ある世界を形成するものとなっているのだ。

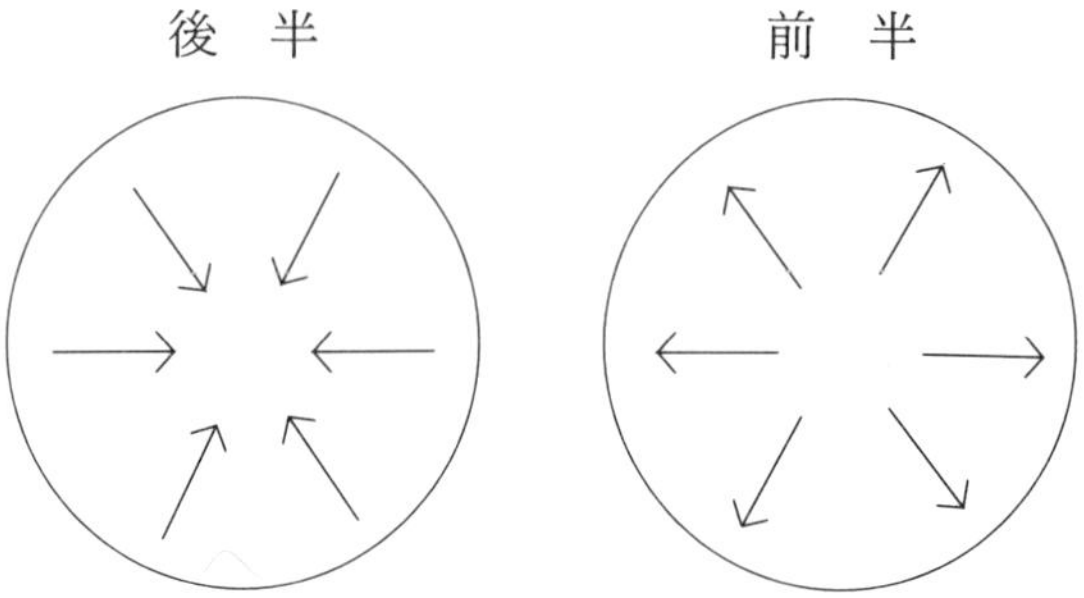

個別・特殊
多様
拡散
遠心的

求心的
集中・収斂
秩序
集団

前半における馬は、思い思い、個々に個別に個性的に生きている。にもかかわらず、彼らは、一つの秩序のもとに生きている。それは個と集団のあるべき姿として見ることもできよう。

　このように多様なもの、個々別々のもの、異質なものが止揚・統合された一体感（天・地・人が一つになった姿）が、一瞬かつ、永遠なものとして結晶しているところに、この詩の美の弁証法的構造があるといえよう。それこそがこの詩の虚構としての世界の味わい、おもしろさ、趣きということなのだ。

　〈大阿蘇〉の〈大〉は、天地の広がりの茫漠たる大きさのみを意味しているのではない。また悠久の時間の〈大〉のみを意味しているのでもない。かくも「雑多」にして「個別」なものが、多様、多彩にして、しかもしっとりとした〈雨〉の情緒によって一つに包みこまれ秩序づけられた世界のまさに意味的な〈大〉としてとらえたい。

この〈大阿蘇〉の世界に立って、この世界と一つとなり、そこに呼吸し、そこに心を遊ばせている人間の心の真実がうたいあげられている――これが、この詩の真実であり、それがすでに述べたような美として表現されているということなのだ。

読者も創造する

この論考のはじめに私は諸家の評釈を引用した。そのほとんどが、この詩の情景がもたらす茫漠感、静寂感、悠久感……について語っていた。

たしかに、この詩の情景を再現し、絵解きし、映像化し、つまり〈現実をふまえ〉て、その印象を述べるとすればそのとおりであろう。そのことに私はまったく異論はない。むしろ共感さえある。

しかし、この詩を現実の次元に還元しての印象批評にとどまるかぎりは、虚構の世界としての詩の世界は成立しない。

すでに詳しく述べてきたとおり、〈現実をこえて〉虚構の世界として読めば、この世界は、〈茫漠感〉だけではない。現実の事柄としての対象（雨、馬、艸千里……）はたしかに茫々漠々としている。にもかかわらず、〈現実をこえて〉とらえると、そこには、拡散する遠心的な構造と、同時に収斂する求心的な構造というきわめて明確な構造を見ることができるのだ。

あえていえば、虚構としてのこの詩の世界は〈茫漠感〉とともに、矛盾するが、そこには同時にたしかな手応えをあたえる実在感をも感じさせるのである。

また、〈現実をふまえ〉て読めば、対象はたしかに〈静寂感〉を与える。〈蕭々〉と降る雨をのぞいて、ここには〈馬〉も〈山〉も何らの音も感じさせない〈静寂〉そのものである。

しかし〈現実をこえて〉読めば、視点（目と心）と対象（物・景）の相関関係は実にいきいきと力動的に変転していることを知る。虚構としてのこの詩の世界は、〈静寂感〉と〈力動感〉というたがいに矛盾するものを止揚・統合する世界なのだ。

「てにをは」一つの語法をふまえ、修辞、表現手法に言及しつつ、しかも、それをこえて、虚構としての詩の構造をあきらかにし、とくに異質な矛盾するものを止揚・統合する弁証法的構造を体験・認識する美と真をこそあきらかにすべきではないか。

もちろん、私は、それが作者の意図であるか否かは知らない。いや問わない。たとえ作者の意図が何であれ、このように解釈することが、おもしろいではないか。より深いものとなるではないか——ということなのだ。

私は、そのことを読者も虚構する、読者も創造する、というのである。

4　イメージの筋が生みだすもの
――小野十三郎「山頂から」

小・中学校の国語教材として小野十三郎の「山頂から」は、よく知られた詩の一つである。
(説明の便宜のため一連番号を付す。初出は児童向けのため振仮名付き。)

山頂《さんちょう》から

1　山にのぼると
海《うみ》は天まであがってくる。
2　なだれおちるような若葉《わかば》みどりのなか。
3　下の方《ほう》で　しずかに
かっこうがないている。

4
風《かぜ》に吹かれて高《たか》いところにたつと
だれでもしぜんに世界《せかい》のひろさをかんがえる。

5
ぼくは手を口にあてて
なにか下の方に向かって叫《さけ》びたくなる。

6
五月の山は
ぎらぎらと明《あか》るくまぶしい。

7
きみは山頂《さんちょう》よりも上に
青《あお》い大きな弧《こ》をえがく
水平線《すいへいせん》を見たことがあるか。

視点・イメージの筋

この詩が少年少女のために書かれた詩であるためか、詩人や詩評家の鑑賞批評の文章がほとんど見られない。わずかに村野四郎の次のような一節があるくらいである。

この詩は、若葉の山頂に立って見る大きな自然の景観を、通常のアングル（角度）とはちがったアングルから眺めた時の、新しい驚きを主題にして、その驚きをダイナミック（力動的）に表現したものである。

なお、この詩についてではないが、この詩をふくむ小野十三郎の一連の詩作にかかわって長谷川龍生の次の一文がある。

具体的な心象風景から象徴的な心象風景への移行、ここに小野十三郎の内部の変化が大きくあったにちがいない。

まず、表現上の特徴に着目しよう。（煩を避けて説明は振仮名を省略する。）

①〜⑦まで、すべて現在形である。一人称〈ぼく〉の視点からの現在時点での表現となっていて、接続語も指示語もなく、それぞれ一文一文が独立し、並列されている。

終節の⑦は、話者（視点人物ともいう）の〈ぼく〉より聞き手〈きみ〉への呼びかけとなっている。（聞き手は作中の人物で読者ではないが、読者は〈きみ〉と呼びかけられることで、〈ぼく〉から読者自身が呼びかけられていると同様の体験をすることになる。）

さて、話者の〈ぼく〉の目と心が①〜②〜……⑦と変転していく。（視線の動きという。）そこで話者の視線の動き、つまり〈ぼく〉の目と心の動きということは、何を対象として、どのように目と心が動いているかをたどってみよう。

視点（目と心）
　　　　　　　 ↓ 視線の動き
対象（景）（物）

①で〈ぼく〉の視線が〈山にのぼる〉と上方へ動き、同時に〈海〉という対象も〈天まであがってくる〉。この視点と対象の関係がこの詩にあっては実にめまぐるしくダイナミック（力動的）な動きを見せている。

①で上へ動いた視線が②で突如、〈なだれおちる〉という形で一挙に下方へむかう。まるで〈天まであがっ〉た〈海〉そのものが〈なだれおちるような〉錯覚をあたえる。

そして③で、それは〈しずかに〉〈かっこうがないている〉声に耳をすますということになり、一瞬の平静がおとずれる。

ところが、〈下の方《ほう》で　しずかに〉鳴くかっこうの声に耳をすませていた〈ぼく〉の目と心は、④で再び、〈風《かぜ》に吹かれて高《たか》いところにたつ〉。

①　上へ
②　下へ
③　下で
④　再び上へ

というように、〈ぼく〉の目と心、つまり視線は上から下へ、下から上へとダイナミックに変転していく。

そして⑤で、またもや〈下の方に向かって叫《さけ》びたくなる〉と下方への〈ぼく〉の目と心の動きとなる。

⑥で〈五月の山は／ぎらぎらと明《あか》るくまぶしい〉と、視線はふたたび静まるが、⑦でまたもや、〈山頂《さんちょう》より上に〉水平線を見るという、きわめてダイナミックな上方への急転をひきおこす。

山も海も、静まりかえって、動かない。にもかかわらず、話者の視線（目と心）は、実にはげしく上・下の変転をくりかえす。

視線（目と心）の動きは、対象の動きとも考えられる。つまり、山→海→若葉みどり→かっこう→世界の広さ→下の方→五月の山→きみ（聞き手）→青く弧をえがく水平線という対象のめまぐるしいまでの動き。

この詩において現実の山や海は不動であるにもかかわらず、視線（目と心）と対象の相関関係ははげしく変転する。

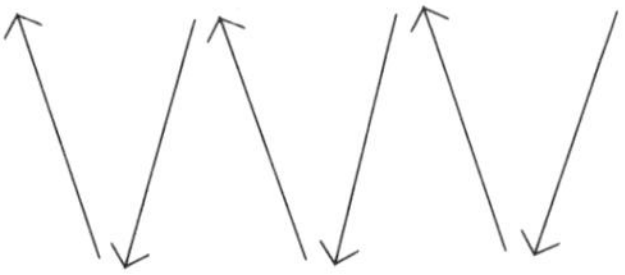

　この詩の話者〈ぼく〉は山頂に立っていて、これまた動くわけではない。山も海も、人も現実はまったく不動である。ここには、いわゆる事件（出来事）の経過、過程は何一つない。つまり事件の筋は見られない。

　しかし、この詩には、いま見たとおり、視点と対象の相関関係がめまぐるしく動くダイナミックな過程がある。それを私は〈イメージの筋〉と名づけている。（正確にはイメージと意味の形成過程という。）

　われわれが詩から読みとらねばならぬものは、いわゆる事件の筋だけではない。むしろ現実の事件の筋をふまえながらも、現実をこえて、イメージの筋をこそとらえるべきである。

動かざるものに動きを見る

先に見てきたとおり、ここには、動かざる現実（山・海・人）をふまえながら、現実をこえてはげしく動く（視点—対象）世界が現出している。

この現実をふまえ、現実をこえる世界を私は虚構と呼んでいる。（くり返すが、虚構とは世間でいうところのつくり話、つくり事、フィクションという意味ではない。）

ところで、不動の中に動を見る、ということは、異質な矛盾するものを一つにせりあげ、とけあわせる——止揚・統合する——弁証法的な構造の体験・認識ということであり、そのことを私は文芸における〈美の体験・認識〉と定義し、それを〈美の構造仮説〉と呼んでいる。

ここでいうところの〈美〉とは〈文芸の美〉である。ことばをかえていえば、〈虚構された美〉あるいは略して〈虚構の美〉という。

この詩に描かれている山や海の風景の美しさ（美）は、自然（素材、題材）の美であって、文芸（虚構）の美ではない。描かれた題材の美しさ、すばらしさ……ということと文芸（虚構）の美とは、おなじ〈美〉という漢字で表現されるために誤解を生みやすいが、区別すべきである。

文芸の美とは、むしろ、〈おもしろさ・味わい・趣き〉というべきであろう。

ところで、この詩の美（虚構の美）は動かざるものに動きを見るというおもしろさ、味わいといったが、この詩の美はそれだけではない。

生命なきものに生命を見る

冒頭①に〈山にのぼると／海《うみ》は天まであがってくる。〉とある。

「山にのぼれば、海が天まであがってくる。」ではない。

〈と〉という接続助詞は仮定、条件に用いられるが、それと同じような仮定・条件に用いられる〈ば〉とすると、一呼吸おく感じになって間のびする。〈と〉であればこそ、たたみかけてくるリズムを感じさせる。〈と〉には、〈山にのぼる〉ということと、〈海《うみ》は天まであがってくる〉ということが間をおかず継起してくる語感がある。

このことは、④の〈風《かぜ》に吹かれて高《たか》いところにたつと／だれでもしぜんに世界《せかい》のひろさをかんがえる。〉の〈と〉のばあいも同様である。

この詩全体が、このようなたたみかける息づかいを感じさせる。このことが、先ほどのイメージの筋の変転するテンポと相まってこの詩に生き生きとした生動感をあたえているのである。

さらに語法の上から注目すべきことの一つとして〈は〉の用法がある。

〈海が〉とすれば、海という対象を外からとらえた「客観」描写となるが、〈海は〉とあれば、海自身がみずから〈天まであがってくる〉という感じになる。不動の自然（海や山）がみずからの「意志」をもって動きだすイメージをつくりだしている。

この〈は〉の用法は、⑤⑥⑦においても、

・ぼくは手を口にあてて
・五月の山は
・きみは山頂よりも上に

となっていて、〈山〉がたんなる客観的存在としてあるというより、〈ぼく〉や〈きみ〉などの人格と対等のものとして〈山〉自身〈海〉自身みずからの「意志」をもって動きだすイメージをつくりだしている。

〈と〉と〈は〉の語法一つとってみても、そこには、生命なきものに生命を見る虚構の世界をつくりだす虚構の方法があるといえよう。

この詩の虚構世界にあっては、不動の自然が、生命なき自然が、生命あるものとして動きだしてくるおもしろさ、趣き、味わい——美——があるということである。異質な矛盾するものを止揚・統合する弁証法的な構造を見出すということである。つまり、それは美の発見ということであり、また美の創造ということでもある。虚構の世界は、読者もまた創造するものである。

虚構された美と真実

〈山にのぼると／海《うみ》は天まであがってくる。〉という冒頭の一節は、読者に一瞬「えっ？」という驚きをいだかせる。この非日常的なイメージは「なぜ?」「どうして?」という疑問をひきおこし、そのあとの展開に興味・関心をひきおこすものとなる。このような読者の興味・関心をそそる作者の工夫を仕掛と名づける。

②〜⑥と読みすすめ、結末の⑦まで読んできたとき、①と⑦がまさに同じことの反復であり、いわゆる首尾照応する構成になっていることを知る。

もちろん、水平線が〈山頂《さんちょう》よりも上に〉あるということは非日常的、非現実的である。したがって読者は、終節の⑦を読み終えて「いったいこれは、どういうことだ?」という大きな問いをいだくにちがいない。そして、実は、この問いこそが、この詩の全体の読者に対する仕掛になっているわけである。

そこで、いま仮に、あなたが海辺の渚に立って、海をながめているとしよう。すると、眼の高さはあなたの背丈の高さである。そこから見える水平線は、(1)図のようなものとしてあるだろう。

しかし、すこし小高いところに立って同じ海をながめるとすれば、海面が前よりすこし広く見え、したがって、水平線は(2)図のようにいくらか上方にあがって見えるはずである。

(1)

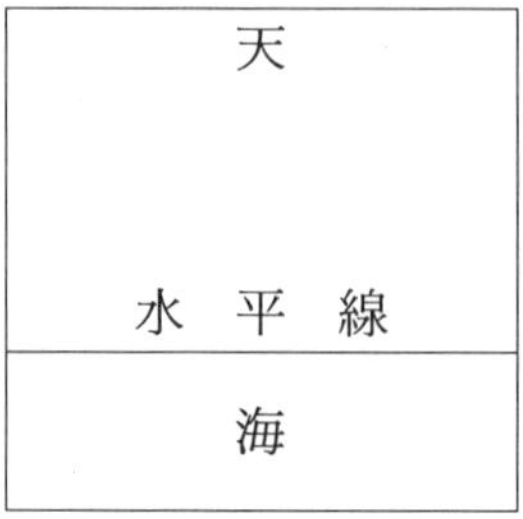

(2)

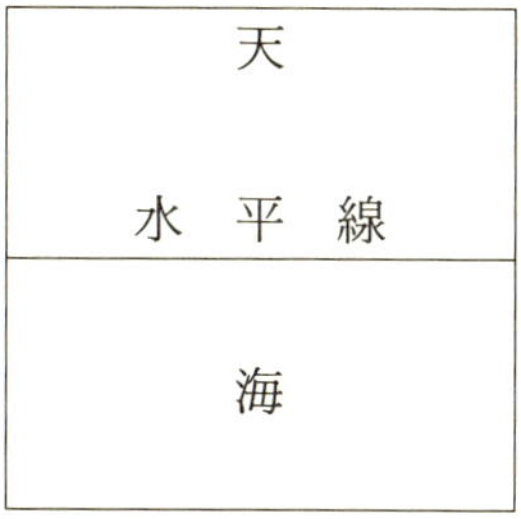

(3)

(4)

さらに高い山へとのぼれば、海面はいっそう広がり、水平線はさらにのぼる。

さいごに山頂に立つと（(4)図）、どうか。

文字どおり水平線は〈青い大きな弧《こ》〉をえがいて、〈山頂《さんちょう》よりも上に〉見える感じがするであろう。

もちろん、錯覚といえば、それまでであるが、まさに〈きみは山頂《さんちょう》よりも上に／青《あお》い大きな孤《こ》をえがく／水平線《すいへいせん》を見〉たという感動を覚えるにちがいない。まさしく、これこそが、この詩における感動的な真実といわれるものである。

この詩は、このような真実をとらえ表現しているからこそ、冒頭の〈山にのぼると／海《うみ》は天まであがってくる〉という非日常的、非現実的イメージがあらためて、ありうること、まさしく現実として共感できるのである。この詩は、このような真実を美として表現しているのである。

ここには、〈ぼく〉という人間主体が〈山〉や〈海〉という自然（対象）と一つとなった境地が実現している。かくて「主客一如」の虚構世界を読者は感動的に体験・認識することになるのだ。

ついでながら、この詩について二、三述べておきたいことがある。

序破急の形（形態）

この詩の形（形態）は④を頂点に逆三角形をなしている。まさしく〈山頂から〉という詩の内容と見あった形といえよう。

しかし、この詩にかぎらず、小野十三郎の詩は、ほとんどすべて逆三角形をしている。ある時、作者と対談していて、話がこの逆三角形にふれ、私が、「いわば〈序破急〉の呼吸ですね」といったのに対して、「なるほど、いわれてみると、そういう気がします」とあいづちを打たれた。

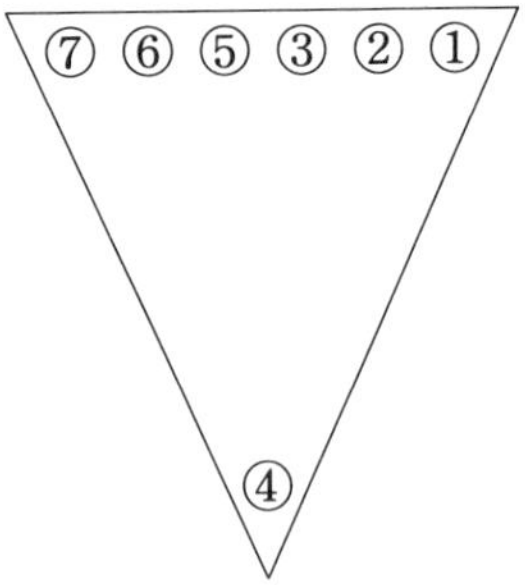

詩の絵解き

この詩が小・中学校の教材として扱われているため、これまで多くの教材解釈と実践記録がだされてきたが、私の知るところでは、前述した〈虚構の美〉について触れたものは一つとしてない。ほとんどのものが〈ぼく〉の気持ちや山頂からの風景を絵にしてみるという類いのものであった。

絵にしてみることで爽快な気分を味わうということ自体、かならずしも悪いとはいわないが、そこにとどまってしまって、この詩の虚構に思いを致すことがない。それを私は絵解きにすぎないと否定的に批判してきた。

前著『名句の美学〈上・下巻〉』（黎明書房）においても同様な絵解きに終始する名句評釈を批判しているので参照いただけたら幸いである。

5 現実と非現実のあわいの世界
——中原中也「一つのメルヘン」

「一つのメルヘン」をめぐってわかれる評価

中原中也の詩「一つのメルヘン」は、「冬の長門峡」とともに中也晩年の代表作として知られ、中学校国語教科書の教材としても長い歴史をもっている。

詩全文を詩集『在りし日の歌』より引用する。

一つのメルヘン

秋の夜は、はるかの彼方《かなた》に、
小石ばかりの、河原があつて、

それに陽は、さらさらと
さらさらと射してゐるのでありました。

陽といつても、まるで硅石《けいせき》か何かのやうで、
非常な個体の粉末のやうで、
さればこそ、さらさらと
かすかな音を立ててもゐるのでした。

さて小石の上に、今しも一つの蝶がとまり、
淡い、それでゐてくつきりとした
影を落としてゐるのでした。

やがてその蝶がみえなくなると、いつのまにか、
今迄流れてもゐなかつた川床に、水は
さらさらと、さらさらと流れてゐるのでありました……

彼のもっとも古い友人であり、（同時に一人の女性をめぐるライバルでもあった）評論家小林

秀雄は、「中原中也の思い出」という文章の中で、この詩に触れて〈彼の最も美しい遺品〉と述べている。

彼の誠実が、彼を疲労させ、憔悴させる。彼は悲し気に放心の歌を歌ふ。川原が見える、蝶々が見える。だが、中原は首をふる。いや、いや、これは「一つのメルヘン」だと。私には、彼の最も美しい遺品に思はれるのだが。

国文学者吉田精一は、この詩を高く評価していう。

比較的整った形をもち、そこに無限の郷愁と、何ともいえない哀愁をふくめた幻想的な詩、たとえば次にひく「一つのメルヘン」などは、彼の産んだ最も個性的で、最も美しい詩の一つであろう。

たしかに、「一つのメルヘン」は中也代表作の一つであることは否めない。しかし、中也については、中村稔が指摘するように〈詩の愛好者の中に、いわば中原派と反中原派〉とがあるように思われる。

〈非詩として根こそぎの否定を以って〉中也詩を否定する三好達治をはじめ〈反中原派〉の

詩人・評論家また、読者がかなりいることも事実である。

なお、〈中原派〉の中にも、いわば『山羊の歌』派と『在りし日の歌』派とにわかれるようで、中村稔によれば〈阿部六郎氏は前者であり、伊藤信吉氏は後者であろう〉ということだ。つまり阿部六郎は「一つのメルヘン」をふくむ詩集『在りし日の歌』はまったく評価しないというわけである。当の中村稔に関していえば、〈どちらかといえば『在りし日の歌』派であったといってよい〉というぐあいで、中也詩をめぐる評価もさまざまである。

次に諸家の評を参考までにいくつか列挙しておく。

　自嘲と自負、論理と非論理、白日と闇、さうした相反の両極が彼の心裡《しんり》に悼ましいまで絡み合つて、かうした相剋の間のかすかな間隙を、彼は漸く詩といふ嘆声を吐くことに依て自分を救つて行つたと思はれる。その意味で、彼の詩とは彼の弱気から齎《もた》らされたかなしい必然の業であつた。（神保光太郎）

　かの比較的整った詩型のうちに、無限の郷愁と、いやはての哀愁を、その生動する韻律のままに歌ひあげた彼の詩魂。（津村信夫）

　無機的な、非常な世界と、有機的な、有情の存在との、微妙な諧和、交流、そして悠久なる万物流転の相が、いわば絶対者の悲心をもって、端的に、しかし「穏やかな」語り口、「やさしいリリシズム」をもってくりひろげられている。(中略)この詩の風土は死と生とか以前の、永劫回帰の世界のイメージである。(関　良一)

・中原中也ほど、眼を瞑《つむ》って世界を視ようとした詩人は、彼の同時代にも例がない。

・中原の内部の〈暗黒心域〉を、幻視の世界として、対象化する。

・告白詩と私詩というには、あまりに中原の心情のリアリズムから切れた独自な世界をもっており、そこにぼくはできあいの哲学やイデオロギーに仮託することでこしらえる思想詩やイデオロギー詩ではなく、内部の強いモチーフに根ざしながら、ことばそのものの思惟性において深まっていくメタフィジカルな世界への眺望。(北川　透)

中也詩の評価

〈相反の両極〉〈相剋〉(神保)、〈生動する韻律〉(津村)、〈悠久なる万物流転の相〉〈永劫回帰の世界〉(関)、〈眼を瞑って世界を視ようとした詩人〉〈メタフィジカルな世界〉(北川)といった評言は一般的なものであろうと思われる。

中也の古い友人であった大岡昇平は佐藤泰正の次のような見解を引用している。

佐藤泰正氏はこれらの「河原」を、「こぞの雪今いづこ」の死児等が、「此の世の僕等を看守つてる」「彼の世の磧」と結びつけ、仏教的な「賽《さい》の河原」を思っているのではないか、と推測している。これは中村稔が早くから指摘していたことだが（「一つのメルヘン」「国文学」昭和三十三年五月号）、佐藤氏はこの「賽の河原」のイメージの「土着性」に、中原を遂に信仰に達せしめなかった「魂の暗部」を見ている。中原の「精神といふものは、その根拠を自然の暗黒心域の中に持つてゐる。……精神が客観性を有するわけは、精神がその根拠を自然の中に有するからのことだ」（「芸術論覚え書」）という句を引用し、その生と歌が「自然にふかく身を浸していること、浸すべきであることを真率に深く感じていた。中原にとつて伝統とは、土着性とは、この自然の属性の一部に他ならなかつた」と結論している。

大岡は、右のような佐藤の見解に対し、批判しつつ、己れの所説を展開する。

・「一つのメルヘン」に限っていえば、私はここにはあまり伝統的なものも仏教的なものもないと思う。固体のような光がさらさら射している水無河原に一匹の蝶が来てとまる。それが飛び去ったあと、こんどは自然の水が流れ出す——これは一つのドラマであり、むしろ一つの異教的な天地創造神話ではないかと思われる。
・詩篇は彼の後期の傑作の一つで、小林秀雄が「遺品」としているのは理由なしとしない。

大岡は、「一つのメルヘン」を〈一つのドラマ〉であり、むしろ〈一つの異教的な天地創造神話〉ととらえ、〈彼の後期の傑作の一つ〉と評価する。

以上にあげた諸家の発言は、おおむね〈中原派〉に属する批評といえよう。次に〈反中原派〉ともいうべき否定的な批評を紹介しておく。

まず〈三好のすべての文章の中でも珍しいほどに激越な非難〉(中村稔)ともいわれる三好達治の否定的評価をあげよう。

『在りし日の歌』の著者は、その異常な体質と、その異常に執拗な探究力とで、まことに奇異な詩的世界まで踏みこんだ詩人だつたが、彼にはつひに最後まで、極めて初歩的な認識不足——外部から窺知《きち》しがたい宿命的な、それが彼の長所でもあつた不思議に執拗な独断に根ざした、その認識不足からつひに救はれずに終つたやうである。その唐突な形容詞句や、その非効果的な字余り字足らずも、彼のさういふ深所にあつた独断に根ざしたもの、独断そのもののやうに私には思はれるのである。

三好は〈奇異な詩的世界〉といい、中也詩の措辞について〈唐突な形容詞句や、その非効果的な字余り字足らず〉と酷評する。

その後十年以上も経って再び三好は中原を〈生来のつむじ曲り〉と呼び、次のように批判する。

元来が彼は語彙と技法に乏しい詩人で、それらの方に払はるべき当然の注意の配分を、殆んど措しむやうな風に、彼自身の生まの苦悩に執念《しふね》くもの狂ほしく潜入してゆくたちであつた。そんな性行がそのまま彼のレトリックであつたから、修辞用語の破綻百出などは、彼にとつてはむしろさばさばとした痛快事であつたかも知れぬ。彼の作品は、だから彼の苦悩の、複雑にこんぐらがつた、生まの気圧と重圧で読者にのしかかつて来ようとする。

ここでも三好は〈語彙と技法に乏しい詩人〉〈修辞用語の破綻百出〉と批判する。村野四郎は、中原の作品の多くに、〈あの俗語風な調子と泣き虫的な心象発想と、さらに本質的な特徴といえば、傷口をいかにも痛そうに見せる彼の素朴な実感主義〉があるといい、批判する。

たしかに非創造的な中也の自然のあり方は、彼のきわめて個人的な閉鎖性に深く関連していることは否定できないが、その閉鎖された自我の痛みに、彼がいかに鋭敏であったとしても、その傷口を痛々しく表現するだけに止まったところに、前にものべたような、素朴な実感主義的詩人としての悲劇があったといえるのである。いずれにしても、その表現の「やぶれかぶれ」を見るとき、そのイロニックな自我も、結局文学的には統一できなかった芸術家としての弱さと未成熟とを感じないわけにはいかないのである。

村野もまた、〈素朴な実感主義的詩人〉〈表現の「やぶれかぶれ」〉〈芸術家としての弱さと未成熟〉と批判する。遠地輝武は詩史的な立場から、

一八七一年の現実を彷徨したランボオの敗北について考える能力をもたなかった。ここにかれが多くの愛好者をもちながら、日本の近代詩の歴史に何ほどをも加えることの出来なかった原因があった。

という否定的な評価を与えている。

詩史にうとい私としては、中也詩の詩史的評価について語る資格はないが、「一つのメルヘン」にかぎっていえば、文芸学的に見てきわめて独自な、すぐれた詩ではないかと考える。（その理由についてはこのあと具体的に詳述するつもりである。）

中村稔は〈私も又これを中原の晩年の代表作の一つとすることにいささかも躊躇しない〉と

いう。中村は〈「一つのメルヘン」を中原中也の佳作としてあげる人は多い〉〈しかし、この作品を注釈した人を私は未だ聞いていない〉という、そして、吉田精一が「一つのメルヘン」を〈彼の産んだ最も個性的で、最も美しい詩の一つであろう〉と評価したこと、また、小林秀雄が〈彼の最も美しい遺品〉と評したことに言及して、〈それぞれに「一つのメルヘン」の評語のすべてである。しかし、何故に「最も美しいか」「最も個性的」な作品であるか、については説明していない〉と不満を表明する。さらに、〈あらゆる注釈を拒絶する抒情の完璧さということを、ここに言うべきであろうか、そして沈黙して読者のおのがじしの鑑賞に待つべきであろうか〉と自問する。

そこで中村は「一つのメルヘン」について、くわしい評釈を試みているわけなのだが、しかし、それは、主として、「蟬」と題する詩に歌われた〈水無《みな》河原《し》〉と著名な詩「骨」の中の〈小川〉とか、この「一つのメルヘン」の中の〈小石ばかりの、河原〉とかさなりあうものであり、それらは、中也の故郷である山口県湯田の椹野《ふしの》川と見ることができるということにページが費やされており、文芸学的な考察としては、わずかに「サ」音のかさねによる頭韻的な効果について触れているだけである。

〈何故に「最も美しい詩か」「最も個性的」な作品であるか〉については中村自身具体的にこたえてはいない。私としては、その問いに対する文芸学の観点からの解答を準備しているのだが、そのことを述べる前に、中村が言及している〈小石ばかりの、河原〉のいわば〝モデル〟

問題について片付けておきたい。というのは、中村をはじめ大岡昇平その他多くの評家が、このことに言及しているからである。

そのいくつかを列挙しておく。

〈小石ばかりの、河原〉の〝モデル〟問題

大岡昇平は、『中原中也伝』の「幼年時代」に「一つのメルヘン」の〈小石ばかりの、河原〉が中也の故郷の河原をモデルにしているとして、次のように書いている。

　この河原は京風に造園された山口市の後《うしろ》河原と共に、中原のその故郷で最も愛した場所であった。

中村稔は、大岡のこの文章を受けて、

　私たちがこの序章から大岡昇平が述べている湛《ママ》野川流域の風土を感じることはむしろ当然と言ってよい。そして、この風土は、ひとつには中原中也の少年時の追憶につながっており、ひとつにはこの風土は中原のイメージとしては死とごく近接した場所としていつも存在したのである。

といい、また、次のように書く。

「中国のとある田舎の、水無河原といふ　雨の日のほか水のない　伝説付の川のほとり」。詩の言葉としてみれば、これは全く説明に堕している。しかしこの河原が、「一つのメルヘン」の舞台と酷似することは注目されてよいのではないか。「中国のとある田舎」すなわち中国地方の田舎とは中原の故郷であった山口県湯田と考えて大過あるまい。

中村は椹野川の河原に近く中原家の墓地が在ることとの関連でこの「一つのメルヘン」をふくめ「蟬」における河原も、「骨」における河原も、「骨」における〈小川〉も〈そのまま死のイメージと密接につながっているのである〉と論じている。

金井直もいう。

この「一つのメルヘン」に描かれた風景は、中也の心の中の世界である。山口市吉敷には、中原家の墓地があって、その傍に水の流れない石ころばかりの川があるといわれる。弟を失った年少時の経験が、メルヘン（童話）的な心象風景の基調になっているものと考えられる。

ところで、以上のような〝モデル〟説に対して北川透は、やや批判的な見解を示している。

> ぼくは、この《小石ばかりの、河原》のイメージを、〈故郷の小川〉から類推されたものだと単純に言うつもりはない。確かに繰り返し述べてきたように、詩人は故郷を見ようとする前に、故郷から見入られている自分を発見するという強いられた方法で、故郷は絶えず意識の底にさらされている。だから、この《小石ばかりの、河原》を中原が想像した時、その意識の底には〈故郷の小川〉が流れていたのかも知れないと思う。しかし、この詩を書き始めた時、詩人は故郷をも確実に越えた彼方にある世界を見ることになってしまったのである。詩人自身は、「一つのメルヘン」と名付けたけれども、それは必ずしも慰籍《ママ》を与えられるような世界ではない。むろんささくれだったような世界でもない。故郷とか対人圏の意識から脱落せざるをえなかった詩人が、どうしても投げこまれざるをえなかった超現実の世界であり、夢幻の世界である。その世界を視てしまった時、それは怖れでもなく、慰めでもなく、救いでもない、いわばうたうほかない宿命のような静謐さで、中原はうたったといえるのである。

(ところで北川は「一つのメルヘン」を〈超現実の世界〉〈夢幻の世界〉ととらえているが、

そのことについては後でまた問題にしたい。）

また、分銅惇作は、この〈河原〉のモデルを前述の諸家と同様〈中原家の墓地の近くを流れる水無川〉と推定し、多くの研究者が指摘するように、「一つのメルヘン」の〈川原のイメージが《死》と《故郷》へつながっている〉と解釈する。

すでに多くの研究者によって指摘されているように、この作品の河原には死のイメージがかげっている。亡弟恰三を追憶した作品「蟬」（昭八・八・十四）の「それは中国のとある田舎の、水無河原といふ／雨の日のほか水のない／伝説付の川のほとり」が中也の故郷湯田の、中原家の墓地の近くを流れる水無川と考えられ、また問題作として注目される「骨」（昭九・四・二八）の「故郷の小川のへりに、／半ばは枯れた草に立つて、／見てゐるのは、――僕？／恰度立札ほどの高さに、骨はしらじらととんがつてゐる」の小川も同じ場所と推定される。川原のイメージが〈死〉と〈故郷〉へつながっているところから、「一つのメルヘン」を解釈すると、さまざまな説が成り立つことになる。

〈河原〉の〝モデル〟説について列挙してきたが、「一つのメルヘン」の〈河原〉が中也の故郷の河原を〝モデル〟にしたものという説は一応うなずけるのだが、しかし、それはこの詩そのものの批評、鑑賞にとってかならずしも本質的なことではないように思われる。

むしろ、詩そのものがつくりだしている「言語空間」に横たわる〈河原〉としてとらえていいのではないか。いや、それこそが詩の鑑賞の本道であると考える。まして、故郷の河原と墓地との連想でこの河原はそのまま死のイメージと密接につながっているのである、と断じられるにいたっては、首肯しがたい。

もちろん、詩の背景となっている素材（題材）なり、現実なりとの関連における詩の論評、鑑賞を私は否定するものではない、それなりの意義はあろう。しかし、詩は、それ自身一個独立したものとして、詩それ自身によって評釈されることこそが何よりも肝心であろう。

詩は謎解きパズルではない

虚構の世界としての詩を現実に還元することを私は全面的に否定しているわけではないが、多くの評釈が、そこにとどまっていることにたいへん不満を感じている。〈現実をふまえ〉まではいい。しかし〈現実をこえる〉という虚構の次元まで考察をすすめるべきである。もちろん、私は、このあと、まさにそのことを具体的に展開するつもりであるが、さらに、その前に、もう一つ、〈蝶〉や〈水〉……などの一つひとつにそれぞれの寓意を見るという次の太田静一の見解に対する批判をおこなってからにしたい。

太田静一は、いう。

　彼（中也）の用辞は、その表面的原意の裏に、更に今一つの男性か女性かの性象寓意が常に内在して居るようであり、（中略）今、試みにこの詩（一つのメルヘン）の用辞でいうならば、川原・小石・川床・水などはその形象・性質からしても中也の場合、常に女性語であり、陽は男性ムード語、蝶はこの詩に関しては男性語だと思える。

太田は中也詩を主として中也の愛人であり、のちに小林秀雄のもとに去っていった長谷川泰子との性愛関係を象徴・寓意した詩であるという見地に立って、「一つのメルヘン」について解明を試みているわけである。
太田の分析・主張を参考までに列記しておく。

　私見によれば、「一つのメルヘン」は申すにおよばず、他の中也の川詩さえ、中村・関氏等が言うがごとき意味での死影性（愛児愛弟の他界による）などまずあり得ないし、また、故郷性（防長、山口にかかわる——）などもありはしないのである。

ここまでは、まず、いい。しかし、次のような論旨の展開に対しては、賛同しかねる。
まこと中也用語は甚だ特殊であって、名辞という名辞はほとんど二重義を有し、常に寓喩を蔵する——という定式を前提とせねばならぬのであり、従って彼の〃川〃には常に〈女性〉または〈女「性」〉が委托されており、なかんずく、彼の永遠の愛人H女の面影がその〃川〃に投影されていることを気づかなくてはならぬのである。しかれば中也にとって〈故里の川〉とは、山口の川、というよりもむしろ、愛の故里——H女がたたえる性と愛との流れを指すとおのずからに知れよう。

いうまでもなくこれは女性を主体とした媾合詩なのである。いや、媾合詩などといってしまってはなるまい。その発想圏は媾合に基づきながらも、実は、生の根源意志——生の原始と永遠をそこから昇華結晶せしめた、中也独自の宇宙神秘詩とでもいうべきものなのであろう。

だから結局この詩は次のごとく布置された素材の上に構成されたものではないだろうか。《夜の向うに、女性が乾ききった「性」のまま横たわっている。それに、太陽ならぬ男性の陽《ひ》が射すようになると、もはやその陽の中にある女「性」は硅石粉みたいな白さを帯びて顕現しきたり、どうやら、さらさらと音さえたてるもののようである。さて、その小石みたいな女「性」の焦点ともいうべきものの上に、今しも男「性」が楚々として、しかも鮮明な影を落とした。やがてその姿は没入した。と、いつの間にやら、今まで乾

いていた筈の女「性」の裏床に、今度はいともさらさらと盛んに液水が流れ出すのである……》

これは、中也の詩「一つのメルヘン」の解釈というより、太田静一自身がこの詩をモチーフとしてさらに構想した〝もう一つのメルヘン〟なのではないか。

私は、詩というものをこのような仕方でこのような方向において解釈することを否定したい。その意味において、中村稔の〈詩は決して謎ときパズルではない〉という次の見解にまったく同感である。

蝶がどんな象徴であるか、蝶が去った時、水が流れだすとは、どういう寓喩であるか。そうしたせんさくほど詩の鑑賞にとって無意味なことはない。詩は決して謎ときパズルではないからだ。ひとつの寓喩の解答が与えられると詩全体が解明されるような、そんな詩はもとより詩とは言いえない。ただ、中原のイメージに河原がうかび、そこに陽が射し、蝶がとまり、そして蝶が去ると水は流れだしたのである。この作品の哀惜と痛恨の調べの中に、そうしたイメージを一つのメルヘンとしてうけとることこそが、もっとも正しい鑑賞の仕方ではないのか。

それにしても、〈蝶がとまり、そして蝶が去ると水は流れだした〉ことについて、なぜ読者がそれをそれとして違和感なく納得して受け入れるのか。ことばをかえていえば、まさに水が流れだす〃奇跡〃の必然性について何一つ語られていないことに不満を覚えるのだ。この詩においては水の流れだす〃奇跡〃の必然性と、それについての読者の納得性こそがあきらかにされねばならない。

また、何故にこの詩の世界の〈イメージを一つのメルヘンとしてうけとることこそが、もっとも正しい鑑賞の仕方〉（中村）であるかについて具体的な論証が必要なのではないか。

私は中村の論考「『一つのメルヘン』をめぐって」の終わったところから私の論証を出発させようと思う。つまり、水が流れだすという〃奇跡〃の必然性・納得性を「形象相関展開の過程」という私の文芸学のイメージの筋論によって解明してみようというわけである。また〈メルヘン〉の世界を文体論的に分析してみようというわけである。中村がいうように〈この作品を注釈した人を私は未だ聞いていない〉とするならば、この際、私なりに文芸学的な〈注釈〉を試みてみようということなのだ。

だが、その前にすでに問題となった〈蝶〉についての諸家の解釈を先にあげておきたい。

〈蝶〉の意味するもの

吉田凞生はこの詩を〈死を媒介とした反世界の詩〉ととらえて、次のようにいう。

中原の詩としては珍しく人間も〈心〉も登場しない詩であるが、しかし単に〈自然〉を抒情することを拒否する工夫は凝らされている。一つは〈秋の夜〉に〈陽〉が射すという反現実的な舞台装置であり、これは〈太陽が上つて／夜の世界が始つた〉という「ダダ音楽の歌詞」を思い出させる。もう一つは〈蝶〉の役割である。〈蝶〉は宇宙の元素である〈光〉を〈水〉に置換するという錬金術を演じる。これは〈蝶〉が詩人の分身であることを暗示する。

吉田は〈蝶〉は〈《光》を《水》に置換するという錬金術を演じる〉ものととらえ、この世界を〈超現実的と言うより、正負を逆にした反世界〉と呼ぶ。

蝶が飛び去ったのを契機に水が流れ始める、というイメージには、言わば第二の自然を創り出す詩人の創造行為を連想させる何かが含まれているからである。

このような幻想劇の世界は、超現実的と言うより、正負を逆にした反世界とでも呼ぶのが適切かも知れない。詩想としては、このような構造の世界は、中原には弱年から親しいものであり、彼の詩の根幹をなすものであった。

次に〈蝶〉を〈死の象徴〉ととらえ、〈妖精〉〈魔法使い〉とする近藤晴彦の解をあげておく。

このメルヘンは異教的な天地創造説（大岡昇平）とも、月光に洗われて夢幻的に見える実景（佐藤房義）とも解されているが、私には幻想的な〝現識〟、つまり中也の〝現実〟と普通の現実とのあわいを歌ったもの、つまり〈在りし日の歌〉の詩学そのものを歌ったものと思われる。二つの現実を転換させる契機は〝蝶〟で、これは一つの妖精でもあり、普通の現実を内的な〝現実〟、中也の〝現識〟に換える魔法使い、つまり〝詩〟なのである。そして〈山羊の歌〉収載の「秋」に明示されているように、この蝶は死の象徴でもある。死を意識することによって、平凡な現実も詩的な奥行きを持つ幻像に変る。華麗な形而上の夢はもはや色褪せて追憶の中にしかないが、それは中也にとってかけがえのない遺産である。形而上の夢が去ったあとは死の光だけが支配して、無機質の月面のように乾燥した世界が眼前にある。〈在りし日の歌〉の世界はこれなのだ。これが自分の詩の世界である。しかし蝶＝死の妖精が去れば、それは只の故郷の川、幻像のモデルとしての故郷の川の風景にすぎない。こう中也は言いたかったのではないだろうか。

金井直は〈蝶〉をいわば〈霊魂〉ととらえ、この詩に〈霊魂不滅の思想〉があると述べる。

初めの部分の、秋の夜の彼方の河原に、陽が射しているという表現は、論理的にはおかしいけれども、結局それは、陽ではなくて、水の流れを幻覚しているものであることが分かるのである。石ばかりの河原を、死の世界としてとらえ、そこに生命の水の流れを求める、という主題である。また、蝶（Psyche）は、ギリシア語で霊魂という意味である。悩みによって清められた霊魂が、蝶に姿をかえて河原（死）の石の上に現れる。そして蝶が消えたあとに水（生）が流れている、というところに、霊魂不滅の思想をうかがえる。

関良一も、また、〈魔法使のような存在〉として〈蝶〉をとらえる。

> 一羽のでも、一匹のでもなく「一つの」蝶と述べていることによって、それが生きた、一匹の、現実的な蝶というより、むしろ一個の物体である、いわば抽象的なものとしての蝶という印象を与えている。「蝶」は、涸れた河原に水を流れはじめさせる、いわば魔法使のような存在だから、乾いた、放心・拡散・倦怠・無為の心情の内面に影を落とす詩人の心の翳《かげ》り、嘆きのごときものと考えてもいいかもしれない。

それにしても、〈一つの〉という表現そのものに具体的に即しての解は説得的である。関は〈生きた、一匹の、現実的な蝶というより、むしろ一個の物体である〉〈抽象的なものとしての蝶〉

という。しかし、私は、あとで詳しく述べるが〈現実をふまえ、現実をこえる〉虚構というものの本質より、関のこの解を次のように言いかえたい。

「生きた、一匹の現実の蝶であると同時に一個の物体、抽象的なものとしての蝶でもある。」

さいごに、〈蝶〉をめぐって国文学者吉田精一のテレビ番組での解説とそれに対する大岡昇平の抗議の一文があるので、参考までに紹介しておく。

教科書的に有名な「一つのメルヘン」だが、テレビ番組で吉田精一氏のつけた解説は、大体次の通りである。

「これはたぶん作者が実際経験したところでありまして、陽がまるで水のようにさらさらとさすと錯覚し、いもしない蝶が中原には見えたのであります（彼はその前に、中原は文也の死後、文也を喰い殺した白い蛇が来ると言って、屋根に上ってあばれたというようなことを話した。この挿話も、誇張されて吉田氏に届いているので、安原喜弘の証言によれば、その頃の中原には屋根なんかに上る力はなく、座敷の中から蛇が屋根にいると言っただけである）。そして、乾いた川床に、見えもしない水が、流れはじめる、そういう経験をそのまま歌ったところに、この詩のうすきみの悪い実感があります。中原中也というデカダンスの詩人の本領はここにあります」

私は少しむっとして、よほど抗議しようかと思ったが、大勢の視聴者の前で、解説担当者に喰ってかかるのもどうかと思い、我慢した。あとで、「中原が実際そんな経験があったかどうかなんて、あまり重要ではないと思いますがね」と指摘するに止めておいた、もっともテレビを見てくれた友人の話では、吉田氏が喋ってる間、私は実に渋い顔をしていたそうだから、私の気持は案外一般に伝わっているかも知れない。

心理学や精神病理学は最近の流行であるが、作品と病理学的事実は蓋然的関係にあるだけで、厳密な因果関係はないと知らなければならない。

こういう教科書的鑑賞講座は俗耳に入り易く、青少年に文学に興味を持たせる効用はあるが、同時に間違った道へ迷い込ませてもいるので、教育上の問題である。中原の「一つのメルヘン」の詩的価値は全然別の次元に属している。私はむろん彼は幻の蝶なんか見たことはなかったと信じている。

大岡の怒りをこめた〈抗議〉批判に私もまったく同感である。

〈さらさら〉という声喩

〈河原〉〈蝶〉についての諸家の評釈を列挙してきたが、この詩においてさらに重要と思われる〈さらさら〉という声喩について、諸家の解を引用しておきたい。（もちろん、これらの引用文中にも、〈河原〉や〈蝶〉について触れられている。）
まず嶋岡晨の評釈をあげる。

その蝶が飛び去ると、それまで流れていなかった水が流れ出す……おそらく、生活に疲れひからびた詩人のこころが、少年の日をなつかしみ、水のようなうるおいを求め、その願望が描き出した静かな幻想の情景だといえるでしょう。
ソネット（十四行詩）の形をとったこの詩の、第一、第二、第四各連の終わりの二行を読み返してください。「さらさらと……射してゐるのでありました」「さらさらと……音を立ててもゐるのでした」「さらさらと……流れてゐるのでありました」――これらの表現は、それぞれいくつかの違ったことばを抱え込みながら、「さらさらと」というオノマトペに喚起される共通の叙法とリズム感をもっています。

なお、嶋岡はこの声喩に〈リフレーンの音楽的効果〉をとらえている。
中村稔は定型詩としてのこの詩の〈音韻効果〉を指摘する。

第一聯において、「さらさらと、さらさらと射してゐるのでありました」とみたび「サ」の音をかさね、第二聯においては、「さればこそ、さらさら」と二度「サ」の音をかさねているのもやはり意識的な試みとみてよいであろうし、このような頭韻の効果はこの他にもかなりこの作品の中に発見されるのである。

しかもそのような指摘が、この作品の美しさの解明に何ら役立っていないことを、私自身十分に承知している。十四行詩という詩形が撰ばれる以上、多かれ少なかれ古典的な均整さと意識的な音韻効果とに無縁でありえようはずはないからである。だから、私たちはこの詩の美しさはもっと微妙なところに潜んでいるものと覚悟しなければならない。

ここで中村が指摘しているのは「サ」音の頭韻効果ということである。しかし、中村のいうとおり〈この詩の美しさはもっと微妙なところに潜んでいる〉といえよう。（ほかならぬその〈微妙なところ〉を私はこのあとあきらかにしようと思うわけなのだ。）

北川透はこの詩の〈非条理〉〈不条理〉に言及しつつ、この声喩を〈美しいひびき〉ととらえる。

それにしてもこの詩は実に不思議な世界である。秋の夜に陽が射すとうたわれるかと思うと、その陽は、硅石か何かの固体の粉末で、その上、さらさらと音を立てるという、この世界はすべて非条理で成り立つ。しかも、小石の上に一つの蝶がとまり、淡いがくっきりとした影を落し、その蝶が見えなくなると、流れてもいなかった川床に、水が流れるのであり、それも陽の射す音と同じさらさらと流れるのである。ぼくらはこの詩にあるこれだけの不条理を読みながら、殆んど矛盾を感じていない。さらさらということばは、連を改める度に、その意味を変えるが、しかし、ぼくらはそれすら気づかずに美しいひびきとして聞いてしまう。この詩を何か具体的な世界の象徴と考えるほど愚かな鑑賞はない。小石や陽や蝶が何かと置き換えを可能にするにしても、そのことでこの詩の何かを理解したことになるであろうか。夜と陽、光と音の同時性、あるいは同位性という現実の時空を越えたところで飛ぶ蝶の影や、小川の流れを詩人とともに実感するいがいないようにこの詩は存在している。どのような不条理も、一つの超現実的な美と化してしまう、そのような幻視の広がりにおいて、中原は異常な才能をもっていたと考えることができるだろう。

なお、ここで北川が〈この詩を何か具体的な世界の象徴と考えるほど愚かな鑑賞はない〉といい、〈小石や陽や蝶が何かと置き換えを可能にするにしても、そのことでこの詩の何かを理解したことになるであろうか〉という批判は、先にあげた太田静一らの評釈に対する反論と受けとっていいだろう。

吉田凞生は、この詩の初出稿を引きあいにしつつ、「さらさら」と、話しことばの脚韻的使用とが相俟ってつくりだす効果を指摘する。

「さらさら」と流れる「陽」も「水」も、根底に「あの世」――彼岸のイメージを含んでいると見ることができよう。それは、放心した人間のみに見える「陽」と「水」である。

『文芸汎論』発表時には、第一連の第三、四行は「それに陽は、さらさらと／射してゐる気持がしました」であった。決定稿と比較すれば明らかなように、初出稿では陽や水を見ている詩人の影が感じられるのに対し、決定稿ではそれが消え、「さらさらと」いう聴覚的主題が繰り返しによって増幅され、それが「ありました」「ゐるのでした」という話し言葉の脚韻的使用と相まって巧みな効果を作り出している。中原は自らの姿を消し、それを「さらさらと」いう主客未分化の表現である擬声語《オノマトペ》と、飛び去る蝶の美しいイメージに託したのである。この擬声語には、現実に対する中原のしこりのようなものが感じられ、蝶には中原の訣別の辞のようなものが感じられる。確かにこの詩は中原にとっても、自然と人間との微妙な、しかし危機的な調和の上に創り出された「一つのメルヘン」であった。

さいごに秋山駿の評釈をあげる。

> 渇いた心は、ひどく水のやうなものが欲しかったのに違いない。だが彼には、固体の粉末のようなものしか飲むすべがない。なるほど、詩の最後になると「水」は流れ出すのだ

が、その時には、水を飲もうとした男がすでに不在になってしまっている、というところが印象的である。その「さらさら」というかすかな音は、同時に、中也が自分を手放すその音調でもある。この詩は、文也の死よりほんの少し前のものだったが、すでにそこで、自己消却の劇は完了しているのである。

秋山はこの声喩を〈中也が自分を手放すその音調〉ととらえ、この詩に〈自己消却の劇は完了〉したとみる。

以上、主に「さらさら」という声喩を中心にこの詩についての諸家の評釈を列挙してきた。この他にもいくつかの解釈があるが割愛する。

水の流れ出す奇跡の必然性

先に私は水が流れ出す奇跡の必然性を〈「形象相関展開の過程」という私の文芸学のイメージの筋論によって解明してみよう〉といったが、諸家の評釈の紹介でずいぶんと遠回りしてしまった。読者としても（むろん私もだが）いささか、うんざりされたであろう。

これらの引用・紹介にかくもスペースを割いたのは他でもない。解釈というものの多様なあり方を読者にも知っていただき、その上で私の文芸学がこれらの解釈とどのようにちがうものであるかを対比的に理解していただきたかったからである。

なお、それぞれの解釈には、それぞれに有意義な見解も少なからずふくまれていて、私はもちろんのこと、読者の方々にも、詩作品の分析・研究・解釈・鑑賞ということについて、これらの文章から多くのことを学べるものと考えたからでもある。

さっそく、水の流れだす奇跡の必然性を〈さらさら〉という声喩を切り口として、解明しようと思う。

この詩を一読して誰もがまず意識するのは第三連をのぞいて、第一、二、四連のそれぞれ終行にくり返されている〈さらさらとさらさらと〉という声喩の音韻効果であろう。中也詩の声喩は、朔太郎や心平のそれとは趣きを異にし、きわめて独自な性格をもっている。阪本越郎は、中也を〈詩情を音楽的に把握してゆく聴覚型の詩人〉と呼び、〈日本の言葉の内部感覚を心得ている〉と評している。

たしかに、この詩の秘密の中心は諸家の指摘をまつまでもなくこの〈さらさら〉という声喩のもたらす詩情にあるといえよう。

ところで、日本の読者にとって、〈さらさら〉という声喩は通常、水の流れる音、あるいは砂のような「流動的」なものがこぼれ落ちる音として意識されよう。（いつぞや文部省が小川の流れは「サラサラ」であるとして、小学校生徒の書いた詩の中の独特な水の声喩を批判したエピソードが思い出される。）

また、石川啄木の歌集『一握の砂』の中の、指からもれてこぼれ落ちる砂の声喩は〈さらさら〉であった。

したがって、一連における〈陽は、さらさらと／さらさらと射してゐるのでありました〉という表現はいささか異様なものとして感じられるに違いない。しかし、もう一度、読みかえしてほしい。

秋の夜は、はるかの彼方《かなた》に、
小石ばかりの、河原があつて、
それに陽は、さらさらと
さらさらと射してゐるのでありました。

意味の上では〈陽〉が〈さらさらと射してゐる〉とあるが、イメージの上では〈河原〉という水にゆかりのある語句をうけて〈さらさら〉とあるため、この言語空間のどこかに水の流れをイメージするにちがいない。これが、かりに「野原」という語句をうけて〈さらさら〉であると考えれば、水のイメージはうかばないであろう。

犀星の「寂しき春」という詩の一連に、〈したたりやまぬ陽の光／うつうつまはる水車〉という詩句があった。本来〈したたりやまぬ〉は水のしたたりをあらわす言い方であるため、〈したたりやまぬ陽の光〉は異様で抵抗感がある。しかし、そのあと〈うつうつまはる水車〉とあるため、〈水車〉よりしたたり落ちる水滴にさす陽の光の形容ともとれて、読者は納得する。このような、いわばことばの魔術が「一つのメルヘン」の世界を虚構するものとなっている。

〈陽は、さらさらと〉という措辞は不自然であり異様でありながら、〈河原〉から連想する水のイメージのおかげで読者は〈陽〉を素通りして〈さらさら〉と流れる水のイメージを脳裏に描くであろう。

このように読者の意識の裏にひきおこされて潜在するイメージをかりに裏のイメージ、あるいは略して「潜像」と名づけておく。逆に意識の表にあらわれているイメージは表のイメージ、あるいは「顕像」と呼ぶことにする。（このことは、〈現実をふまえ、現実をこえる虚構〉というもののあり方にもかかわるものである。）

一連における〈陽は、さらさらと〉は顕像であり、〈河原があつて、……さらさらと〉というつながりによる水のイメージは裏の潜像である。

さて、一連におけるこの〈陽〉の顕像と「水」の潜像は二連においてどのように展開することになるか。

陽といつても、まるで硅石《けいせき》か何かのやうで、
非常な個体の粉末のやうで、

さればこそ、さらさらと
かすかな音を立ててもゐるのでした。

二連において〈陽〉は〈粉末のやう〉なものと化し、〈されぱこそ〉それは〈さらさらと／かすかな音を立ててもゐる〉わけなのだが、ここで「光」としての〈陽〉の顕像は「音」としてのそれに転化する過程で、ずいぶん稀薄なものとなってしまうであろう。なぜなら、〈陽〉と〈さらさらと／かすかな音〉は異質でなじみがうすい。しかもこの両者は初行と終行というようにあまりにもへだたりすぎているからである。

〈陽〉の顕像がうすれるに比例して、〈水〉の潜像は逆に〈さらさらと／かすかな音を立てて〉ということばのひきおこす〈水〉の音的なものとして一層強められる。

つまり〈イメージの筋〉（イメージの形成・展開過程）においてしだいに消え去っていくものと、しだいに強まり、彩を増していくものの、両面があるということなのだ。一連から二連への展開過程において、〈陽〉の顕像はしだいにうすれゆき、〈水〉の潜像はますます強まっていく。

さて、このようなイメージの筋（形成過程）において、三連はどのように展開するか。

さて小石の上に、今しも一つの蝶がとまり、

淡い、それでゐてくつきりとした
影を落としてゐるのでした。

読書の意識は、この不思議な〈蝶〉の出現に集中するだろう。生物の蝶でありながら、物のように〈一つの〉と形容される。しかも、その〈影〉は〈淡い〉にもかかわらず〈くつきり〉としている。矛盾する表現である。つまり、私のいう〈現実をふまえ、現実をこえた〉虚構の蝶であり、しかも〈淡い、それでゐてくつきりとした〉という矛盾を止揚した美の構造をもった〈影〉である。

この不可思議な〈一つの蝶〉とその〈影〉に読者の眼がうばわれ、釘づけにされているすきに、〈陽〉の顕像は、そこでみごとに中断されてしまい、次の四連においては、すっかり消え失せ、逆に〈水〉の潜像が顕在化するのである。

やがてその蝶がみえなくなると、いつのまにか、
今迄流れてもゐなかつた川床に、水は
さらさらと、さらさらと流れてゐるのでありました……

〈水は／さらさらと、さらさらと流れて〉というとき、読者は意識の中に一連から二連とつ

ながって「流れ」てきた〈水〉の潜像のおかげで、いささかの抵抗もなく、違和感もなく、〈今迄流れてもゐなかつた川床に〉水が流れる奇跡をすなおにそれとして受け入れることとなるのだ。

この詩の世界に水が流れだす必然性とは、まさしく〈さらさら〉という声喩の反復によって流れつづけてきた〈水〉の潜像の増幅がもたらしたものである。〈水はさらさら〉という表現は、考えてみると、実は、本来そうあるべきイメージである。だからこそ、本来のそのイメージに到り着いたという安堵感に似たものを読者にあたえ、それがこの詩における納得性をあたえているといえよう。

〈蝶がみえなくなると〉〈水は〉〈流れてゐるのでありました〉――まるで魔術師か手品師が伏せておいた帽子をぱっと開けたとたん、そこに「奇跡」がおこっている――といった具合である。漢詩の構成法における起承転結の転に相当するはたらきを、この三連はもっているといえよう。

陽の光（水の音の潜像）→陽の音（水の音の潜像）→水の音の顕像

という図式がこの奇跡を実現しているのである。

もちろん、読者がこの詩を共体験していく過程で一、二連の水のない乾いた世界に水のうるおいを求める意識が潜在しておればこそ、この奇跡を受け入れるのであろう。

以上を私の虚構の定義にあてはめるならば、〈小石ばかりの河原〉という水無川の〈現実をふまえ〉ながら、〈さらさら〉という声喩の反復――正しくは、変化・発展・反復して対比となる反復という――によって、水が流れるという〈現実をこえた〉虚構の世界が現出する。その世界を中也は、まさしく〈一つのメルヘン〉と呼ぶのだ。

ところで、関良一は、〈光が音に変えられ、さらに川の水に変えられるという非連続的連続を通して、生の純粋持続あるいは宇宙の回帰のような形而上的想念が表現されている〉と述べ、〈「蝶」は、涸れた河原に水を流れはじめさせる、いわば魔法使のような存在〉とたとえた。〈魔法使のような存在〉とはみごとな比喩である。また〈非連続的連続〉というとらえ方もさすがである。しかし、なぜ、そのような〈非連続〉が〈連続〉となるかについては、いままで私の述べてきた顕像・潜像の説明でなっとくしていただけたのではないか。また大岡昇平が〈一つのドラマ〉と評したことも、私のイメージの筋論によって解明しえたと思う。

ついでながら、この詩の形式（4・4・3・3行）について一言。

この詩も中也の他の多くの詩に見られるようにソネット形式の四連より構成されている。定型への志向は中也の生得のものといわれるが、しかしヨーロッパのソネット形式の詩が押韻、脚韻をふむのに比べて、中也のそれは、日本語の詩として当然のことながら、ほとんど考慮されていない。ただ、中村稔も述べているとおり〈さればこそ、さらさら〉と「サ」の音をかさねるなどの頭韻の効果は計算されているようである。

もっとも中也詩は藤村詩などとちがって、定型を志向しながら五七調、七五調の音数律を多くのばあい変型させたいわゆる自由律的なものであるということである。おもしろいことに、この詩の一連は5・7／7・7／5・5／7・5／という五七調の音数律にしたがっているが、つづく二、三、四連は音数律を崩したいわゆる変型的な自由律となっている。このことは、中也の他の多くの詩に見られる文語と口語のちゃんぽんという文体と関連しているのではないか。〈秋の夜は、はるかの彼方に〉と文語調で歌いはじめながら〈さらさらと射してゐるのでありました〉と口語的に俗にくだけた口調でむすんでいる。

このことに関して原崎孝は、次のように指摘している。

「ありました」という詩の会話文的用法、「さればこそ」という文語脈の混入など中也詩の特徴をこの作品もまた持っているが、そうした詩語の特色だけでなく、彼の詩の持っているイメージの提出の方法の中也的特色をもまたはっきりと典型的に示していることにおいても代表作のひとつと考えられてよいものであろう。

同じように、会話文的用法と文語脈の混入ということにかかわって、春山行夫は中也訳の『ランボオ詩集』の訳文にふれて、〈一読してランボオもひどいことになったものだと、少々驚かざるを得なかった〉と酷評している。つまり中也の訳文が〈文語と口語、雅語と俗語、全く無秩序で、これがいやしくも詩人の手になったものとは到底想像もつかない〉というわけである。

先に引用したとおり、三好達治もこの詩を〈奇異な詩的世界〉と評し、〈唐突な形容詞句や、その非効果的な字余り字足らず〉〈語彙と技法に乏しい詩人〉〈修辞用語の破綻百出〉ときびしく批判した。また村野四郎も中也を〈素朴な実感主義的詩人〉と評し、〈表現の「やぶれかぶれ」〉〈文学的には統一できなかった芸術家としての弱さと未成熟〉と批判している。

たしかに中也詩のこの特徴はある人々からは〈ひどいこと〉と酷評されるが、少なくとも「一つのメルヘン」においてはその〈ひどいこと〉が私には逆に〈メルヘン〉の世界をうかびあがらせる上で、きわめて効果的であると思われる。

ということは、異質なものを並置、対立させながら、それら両者にまたがる、あるいは両者のはざま、あわいになりたつ独自な〈メルヘン〉の世界を創出するうえで、この定型音数律より変型音数律への転移、文語と口語の混交という方法は成功していると思うからである。

なお、異質なもののあわいになりたつ〈メルヘン〉の世界をうかびあがらせる方法はそればかりではない。たとえば、先に触れた〈一つの蝶〉という奇異な表現もその一つである。

関良一は〈生きた、一匹の、現実的な蝶というより、むしろ一個の物体である、いわば抽象的なものとしての蝶という印象を与え〉ているというが、私としては、むしろ〈一つの〉というもののイメージと生きた蝶というイメージのたがいに異質な両者を止揚・統合するものと考えたい。その意味において、関が述べているように、この詩の世界は〈無機的な、非情な世界と、有機的な、有情の存在との、微妙な調和・交流〉のある世界と考えられる。

この異質な矛盾するものの止揚・統合は、〈秋の夜〉と歌い出しながら、〈陽は〉とつづけるところにもあらわれている。ここには秋の夜の闇と陽の光とのあわいに奇妙な〈メルヘン〉の世界が現出している。

また〈秋〉に対して、「春」のものとしての〈蝶〉を配したところにもそれはうかがわれる。おもしろいことに「秋日狂乱」という詩に次のような詩句のあることを付け加えておく。

如何《いか》なる錯乱に掠《かす》められてゐるのか
蝶々はどつちへとんでいつたか
今は春ではなくて、秋であつたか

また、これも前述したとおり、蝶の〈影〉を〈淡い、それでゐてくつきりとした〉という矛盾するイメージもまた〈メルヘン〉の世界のものである。

メルヘンの世界とは〈現実と非現実のあわいに成り立つ世界〉である。それはしかし、春と秋のあわいだから夏というのではない。春であると同時に秋であるということなのだ。また〈淡い〉と〈くつきり〉のあわいだからその中間的な明るさというのではない。〈淡い〉と同時に〈くつきり〉している矛盾を止揚する世界なのだ。

北川透はこの世界を〈超現実の世界〉〈夢幻の世界〉ととらえた。しかし私は、〈超現実〉つまり〈現実をこえた世界〉というよりも〈現実をふまえ、現実をこえる世界〉ととらえるべきと考える。また〈夢幻の世界〉ではなくむしろ「夢現の世界」というべきではないか。

また吉田漱生の〈超現実的と言うより、正負を逆にした反世界〉というとらえ方はユニークでおもしろいと思うが、もし〈正負〉という吉田の用語を使って表現するならば、むしろ〈正負〉の両面、両極をともに止揚・統合した世界といいたい。

それは中村稔のいう〈詩であるものと詩でないものとのあやうい境、あるいはきわどい裂け目〉ということであり、大岡信のいう〈それ自身で完結して漂っている世界こそ、中也のうたの世界〉ということでもある。

「一つのメルヘン」は現実と非現実（あるいは日常と非日常）のあわいに宙吊りになった世界といえよう。したがって、言語空間として存在するこの詩の世界を現実の次元に還元し、その絵解きをする愚をおかしてはならない。

また、中村稔が指摘したとおり〈詩は決して謎ときパズルではない〉のである。したがって、個々の題材に一つひとつの性的な寓意を求めるなどは詩の正当な鑑賞をさまたげるものである。

詩は詩それ自体で自立している世界である。

もちろんここで私のいう〈自立〉というのは、詩の世界が読者にむかって閉ざされている世界であるというのではない。虚構としての詩の世界は読者にむかって開かれた世界であり、読者の主体的な読みによって、たえず新たなる相をのぞかせてくれるものである。

6 象徴化されていくプロセス

——萩原朔太郎「およぐひと」

読解鑑賞指導の限界

これまで詩の読み方といえば、明治以降今日まで一世紀をこえる「読解鑑賞指導」の伝統にもとづく読み方であった。いや、〈あった〉というより、今もそうである。

〈読解〉とは文字どおり、文章を読んで表現の内容を解るということであり、そこで内容とは、「ようす・きもち・わけ」ということである。〈ようす〉とは、人物の様子、まわりの様子、〈きもち〉とは、人物の心情・内面、〈わけ〉とは、様子と気持ちについての理由、原因および根拠をさしている。

読解（ようす・きもち・わけの読みとり）の上に、読者はそれについてどう思うか、考えるかが「鑑賞」ということになる。つまり読者の感想・意見・批評といえよう。

さて、この読解・鑑賞の一つの見本を紹介しよう。これは著名な女流詩人・高田敏子の、次に引用する朔太郎の詩「およぐひと」について述べた一文である。

およぐひと

およぐひとのからだはななめにのびる、
二本の手はながくそろへてひきのばされる、
およぐひとの心臓《こころ》はくらげのやうにすきとほる、
およぐひとの瞳《め》はつりがねのひびきをききつつ、
およぐひとのたましひは水のうへの月をみる。

およぐ人を見るとき、わたくしたちは「あの人気持よさそうにおよいでいる」といいますが、この詩は、その「気持ちよさそう」の状態を、じっとていねいに観察して、その心の内面までをえがきだしているのです。

はじめの二行は、およぐ動作がスローモーションの映画のように説明されています。この説明で、どんなおよぎ方をしているかが、おわかりでしょう。このおよぎ方は足をばたばたさせる自由形ではありませんね。平泳ぎのように、手も足も水面にはださないで、からだをななめにしながらすすむ、のしおよぎという型です。

三行めからは、およぐ人の心の状態が書かれています。うっとりと、ただおよぐことだけを楽しんでいるときの気持を、「心臓《こころ》はくらげのよ《ママ》うにすきとお《ママ》る」とあらわしています。これはほんとにそのとおりと同感しますね。

「瞳《ひとみ》は(ママ)つりがねのひびきをききつつ／たましい《ママ》は水のうえ《ママ》の月を見《ママ》る」

この二行は、ふしぎに思われる方もおありでしょう。瞳がつりがねのひびきを聞き、たましいが月を見る、というのですから。でも、うっとりとしたときの目は、「見ている」という状態ではなく、美しいひびきを聞いている、といってもよいのではないでしょうか。そしてたましいはまた、はるか遠くの何かを見ていることにもなるのでしょう。

みなさんも、水平線にむかって、静かにおよいでゆく気持になってごらんなさい。「ああ、ほんとうにこのとおり」と、きっと気づかれることでしょう。

「いい気持」というような心の状態をことばで説明することは、ほとんど困難に近いことですが、この詩はみごとにそれがなされています。

筆者は、「およぐひと」の詩から、およぐ人の〈ようす〉と〈きもち〉を想像し、その〈きもち〉に同化、共感し、そのことを説明している。そして、〈「いい気持」というような心の状態をことばで説明することは、ほとんど困難に近いことですが、この詩はみごとにそれがなされていますᐳという。筆者は朔太郎の〈詩とは感情をとりだして表現するものである〉をひきあいにして、この詩の読解・鑑賞にあたり、右に見たように〈ようす〉〈きもち〉をあれこれと想像しているわけである。

たしかに、〈ようす〉〈きもち〉の次元においてこの詩を読めば筆者の述べているとおりで、そのこと自体に異論はない。

しかし、〈現実をふまえ、現実をこえる虚構〉としての詩の世界をとらえようとする私の文芸学の立場からすれば、このような読解・鑑賞はいわば詩を現実の次元に還元しての「絵解き」にすぎないと考える。ここに、現在の詩の読解・鑑賞といわれるものの限界があるといえよう。

詩人・評論家である伊藤信吉の次の一文も、本質においては右の読解・鑑賞と軌を一にする。

> なんという言葉の柔軟な綴りだろう。一つとして結節やつまづきのないような、停滞や屈折のないような、不思議にやわらかい手ざわりの言葉の綴りである。そしてなんという透明なイメージだろう。水の透明さが「およぐひと」のからだをも透明に感じさせ、作品ぜんたいが水のようにしめやかである。

伊藤の評釈も、この詩の透明感を簡潔なことばでみごとにとらえてはいるが、やはり、この詩を虚構としてとらえるには到ってない。

では、この詩の現実をふまえ、現実をこえる虚構としての美とは何か。
試みに、この詩の美とは、と問えば多くの者がとまどった表情をする。なぜなら、そこにはことさらに自然の美しさが描かれているわけでもなく、また人情の美しさをうたいあげているわけでもないからである。中には、この詩から先ほどの高田敏子のように泳ぐ人の様子を思いえがき、それに月を配して一幅の絵になるではないか、という者もあろう。しかし、それだけなら、そのへんの三文絵でもそんな図柄（絵の題材）はいくらでも見られる。

ところで図柄（題材）そのものに美があるとすれば、それがそのまま絵の（あるいは詩の）美たりえているかといえばかならずしも、そうはいえない。

すぐれた詩人や画家は一般に美と考えられていない対象にも美を発見する。いや対象の美を発見しただけでは芸術にならない。ほかならぬその発見した美が、なんらかの「形」になってそこに創造されていなければならない。詩は詩となったとき、はじめてそこに美が生まれる。図柄（題材）はたとえ平凡、通俗のものであっても、それがある構成、文体をとって表現されたとき、そこに美が創りだされる。題材、自然そのものの美と芸術における美（虚構の美）とを混合してはならない。

さて、朔太郎の詩における虚構の美とは何か。そのことを述べる前にまずこの詩の表現的特徴と読者の直観的印象からはじめよう。

この詩の表現的特徴

だれもが、この詩の表現的特徴として次のようなことを指摘する。

1 〈およぐひと〉という語がくりかえされている。ただし、二行目だけはちがう。

2 〈のびる〉〈ひきのばされる〉〈すきとほる〉〈みる〉と各行が終止形（現在）になっている。〈る〉音のくり返し。ただし、四行目は〈ききつつ〉と連用形になっている。

3 終止形なのに行末に読点「、」が打ってあるのは変だ。

4 各行が長い。わかち書がなく、すべてつづけ書になっている。

5 漢字が少なく、平仮名が多い。たとえば〈およぐひと〉は「泳ぐ人」でもなく、「およぐ人」でもなく、また〈からだ〉は「軀」でも「体」でもない。〈つりがねのひびき〉や〈たましひ〉も「吊鐘の響き」「魂」と漢字になっていない。

6 特定のことばだけが漢字になっている。

〈二本の手〉〈心臓〉〈瞳〉〈水のうへの月〉など。しかし、〈心臓〉には〈こころ〉とふり仮名してあり、〈瞳〉は「ひとみ」でなく〈め〉と訓じている。ここまでは多くの人がすぐ指摘できるはず。なお注意ぶかい読者なら、さらに次のいくつかのことに気づくであろう。

7 〈くらげのやうにすきとほる〉という比喩表現の特異さ。

8 〈手は……ひきのばされる〉という動詞の受動形が奇妙な感じがする。

9　〈瞳は……ききつつ、月をみる〉という文章は、通常ならば「瞳は……みる」となるべきところ。〈瞳は……ききつつ〉〈たましひは……みる〉という文章であることは奇妙な感じがするということ。

10　〈水のうへの月〉とは、水のうえに映っている月の影なのか。それとも月そのものなのかはっきりしない。

11　この詩は、はじめ〈からだ〉という具体的なものにはじまって、しまいには〈たましひ〉という抽象的なもので終わっている。

この詩の直観的印象

順序が逆になったかも知れないが、この詩の第一印象をきいてみると多くの者が次のようにいう。

- 静かなおちついた感じ、ゆったりしている
- なにかすきとおった感じ、透明感がある
- あわく、ほのかな月あかり
- 人間が自然の中にとけこんでいる感じ

詩との出会いにおけるこの直観的な印象というものは、あとでわかっていただけるはずだが、案外とその詩の本質に触れているものである。

そして、実は、それらの直観的な印象というものが、先ほど列挙した表現上の特徴というものと、密接不可分の関係をもつものなのだ。

この詩の世界像・人物像

この詩の直観的印象に即しながら、先ほどあげたこの詩の表現的特徴のすべてとかかわらせて、この詩の世界像・人物像をこの詩の筋の展開にしたがって造型してみよう。

世界像というのは、この詩のばあい水を中心とした自然の世界のイメージということである。人物像とは〈およぐひと〉のイメージである。

この詩の行はすべて切れ目なく長い。「つづけ書」で、しかもほとんど平仮名表記である。この特徴をふまえ、反復の多いのを考慮に入れて詩の世界をえがいてみると、何か、ゆったりと波うっている水の世界が広がってくる。はげしく波だっているイメージではない。波長の長い波がしずかに、ゆったりと次から次へとよせてくるイメージがある。

各行の行末が終止形でありながら読点「、」を打ってあるのは、波というものの相《すがた》をみごとにイメージ化している。不連続の連続という波の相が、終止形でありながら連用形のような読点の打ち方、という詩の相（詩の形態）にみごとに表現されている。

また、この詩の反復の生みだすリズムは、まさしく波のそれである。詩に見られるゆるやかなテンポもまたこの波のよせるテンポである。いや、それは同時に〈およぐひと〉の泳いでいるそのリズムでありテンポであるといえよう。

行の長さがしだいに長くなっていくのもおもしろい。前から二行目だけが〈およぐひと〉を省略して、変化をつけてあるのは反復の単調さを救うための表現上の工夫である。

さて、しずかに、ゆったりと波うっている世界を泳ぐこの人物のイメージを、行をおってしだいに造形していくことにしよう。

およぐひとのからだはななめにのびる、

この一行を、たとえば「およぐ人の体は」と書きかえてみると、原文の表現が〈およぐひと〉の像に透明感をあたえていることがわかる。平仮名書の中に漢字が混じると、そこが目立つ。しかし原文のようにすべて平仮名書で、しかもわかち書でなくつづけ書になっているため、〈からだ〉という一語が、この一文の中にとけこんで目立たない。

これが、「体」という漢字であれば、なにか固体が水に浮いている感じになるが、〈からだ〉と平仮名であるために、水と一つにとけあった一体感を生みだしている。〈からだ〉という平仮名書は透明感をもたらす。水に身をゆだねた趣きがある。〈ななめにのびる〉という表現も、ゆったりと波うつ水の流れの曲線によりそう〈およぐひと〉の〈からだ〉の曲線のゆるやかさをイメージさせる。〈みず〉に身も心も託してやすらいでいる〈ひと〉のイメージが、ある透明感をもっている。

二本の手はながくそろへてひきのばされる、

〈二本の手〉という漢字表記がめだつ。この人物は水に身をゆだねているといっても、けっして水に流されているのではない。〈二本の手〉で水をかいて泳いでいるのだ。状況に流されぬ主体性がこの漢字表記によって表現されている、といえるのではないか。

にもかかわらず、それは水をかいているのではない。〈ひきのばされる〉のだ。この受動形の動詞表現は、水の力にさからっているのではなく、水の力をかりて、水の力を内にとりいれている感じがある。水によって生かされているといっていい。泳いでいるというより、泳がされている、といった錯覚さえある。まさに水に心身をまかせ、ゆだねている姿である。

流れにさからってでもなく、かといって流されているのでもなく、流れに身をまかせ、流れる力をかりて、しかも流れに主となる人間のイメージがうかびあがってくる。それは次行の〈くらげのやうに〉という比喩につながっていくものともなる。

およぐひとの心臓《こころ》はくらげのやうにすきとほる、

平仮名のつづけ書のなかで〈心臓〉という漢字は目立つ。人物の主体性をうきぼりにする効果がある。流されているのではない。状況の中に意志をもって生きている人物の主体性を、詩人は〈心臓〉の一語をもって表現する。しかも、それに〈こころ〉というソフトなイメージをあたえている。読者の眼に〈心臓〉という固いイメージをあたえながら反面、読者の口と耳にはやさしくソフトなひびきをあたえる〈こころ〉というふり仮名の効果は見落とせない。また、この平仮名表記のゆえに、この〈心臓〉が〈くらげのやうにすきとほる〉という比喩が不自然に感じられない。

ところで、比喩表現について私の文芸学の考え方を少し述べておきたい。

比喩するものと比喩されるもの

〈くらげ〉は比喩するもの、〈心臓〉は比喩されるものである。一般に解釈学や修辞学、あるいは表現論などにおいて比喩というものは、比喩されるものと類似の属性をもったものをもってきて、比喩されるものを表現する、と考えられている。つまり〈心臓〉の〈すきとほる〉ということを表現するために、おなじように〈すきとほる〉属性をもった〈くらげ〉をもってきて、たとえるというわけである。

たしかにそのとおりなのだが、もし〈心臓〉の〈すきとほる〉ということを表現するだけなら、たとえば「水晶のように」すきとほるとしてもいいはずである。

しかし詩人はなぜ、「水晶」といわずに、ほかならぬ〈くらげのやうに〉と表現したのか。それはたんに〈すきとほる〉ということだけを表現したかったのではないのだ。もっとゆたかな表現の効果をねらってのことであろう。

文芸学の立場から私は、〈比喩するもののもつ基本的イメージが比喩されるものを包みこんで表現する〉と考える。

つまり、〈くらげ〉というと、生きている、海の生物、さされる、痛い、やわらか、ソフト、すきとおる、ういている、ただよっている、泳いでいる、……といったイメージ（属性）がある。とすると、たんに〈およぐひと〉の〈心臓〉が〈くらげのやうにすきとほる〉というだけでなく、〈くらげのやう〉に〈およぐひと〉が流されているようで実は泳いでいるというイメージもある。つまり、生きていることの主体性が同時にイメージされてくる。

この比喩表現は、〈およぐひと〉の透明感だけでなく、生きて泳いでいるという主体性をもあたえているのである。

もちろん、この〈くらげのやうにすきとほる〉という比喩が違和感をもたらさないのは、〈心臓〉に〈こころ〉というふり仮名がしてある効果にまつところが大きい。

場のイメージをつくる比喩

比喩について私は、さらに〈場のイメージ〉を生みだすと考えている。

というのは、〈およぐひと〉が湖でも池でも、川でもない、海、それも広々とした海で泳いでいるイメージをあたえる。もちろん、事実として、事柄として海であることの決め手はない。広い湖であっても差支えない。にもかかわらず、ゆったりと波うつイメージとも相俟って海のイメージが自然とうかびあがってくる。それは比喩として選んだ〈くらげ〉がほかならぬ海のものであることの効果である。まさしく比喩は、場（海）のイメージをつくるものである。

先に「水晶のように」という比喩は、〈すきとほる〉ということの表現はできても云々と述べたが、「水晶」では、何かつめたく、かたい死物のイメージをもあたえてしまうことも見落とせない。せっかく、〈すきとほる〉というイメージをつくりえても、他方でこの〈およぐひと〉の柔軟な生き方のイメージを硬化させるマイナスをひきおこす。「水晶」の字画の硬さがそれを倍加する。この詩が海月でなく〈くらげ〉と平仮名表記にした理由もそこにあるといえよう。ただよっているようで、実はちゃんと泳いでいるのだというくらげの生き方までが〈およぐひと〉のそれとオーバーラップする。

伝統的美意識の上に

およぐひとの瞳《め》はつりがねのひびきをききつつ、

「眼」とすると、何か「眼科」というときのあの眼球のなまなましさがある。ここはもっと精神化された〈瞳〉であってほしいところである。肉体的な「眼」というよりも精神的な〈瞳〉なのだ。だから、それは「もの」ではなく〈つりがねのひびき〉を〈ききつつ〉ということにもなってくる。

〈瞳《め》はつりがねのひびきをききつつ〉という表現は一見奇異な感じをあたえるが、古来日本の詩歌の伝統の中においては「香を嗅ぐ」といわずに「香をきく」と表現してきた。〈瞳《め》〉が〈つりがねのひびき〉をきくというのは、かえって形而下的なものをはなれて、抽象化・象徴化された人間のイメージに昇華されるおもしろさを感じさせる。それは肉体的な眼が何かの「もの」を見ているという次元ではない。鼻が香を嗅ぐのではなく、香をきくという屈折した表現が日本的な美意識を生みだしていることは周知のところである。いわば朔太郎は日本の伝統的なこの美意識の上に、この一句を成立させたといえないか。

〈つりがね〉そのものではなく、〈瞳《め》〉がとらえているのは、その〈ひびき〉である。「吊鐘の響き」としないところに、「もの」ではなく、かすかに余韻じょうじょうたる鐘のひびきをたしかに聴きとっている人間の〈こころ〉を感じさせる。

　　およぐひとのたましひは水のうへの月をみる。

月を見ているのは眼でも瞳でもない。〈およぐひとのたましひ〉である。水、自然と一つとなり、自然に身をゆだね、天地にとけこんでいる人間の柔軟なこだわりをしらぬ〈たましひ〉が、〈水のうへの月〉を見ているのだ。

空の月ではなく〈水のうへの月〉とあることによって読者にはそれが水に映った月のかげのようにも思われる。いや、空の月かもしれぬ。いや、それはいずれともさだかでない月なのだ。月そのものか、月のかげか、その虚実さだかならざるものを見ている〈たましひ〉である。いまや人も物もともに抽象化いや、象徴化されてしまっている。

ゆるやかにたゆとう波のうねり。そしてまた月のあわい光と、かすかなかねのひびき。それに耳をかたむけ、しずかに、ただようでもなく、流されるでもなく、さからうでもなく、自然と一つとなっている、それは日本人が古来からあこがれてきた天地人渾然一体となった境地ではなかろうか。

象徴化の過程

あらためて、この詩全文をゆったりと落ちついた気持ちで読み味わってもらいたい。あなたがはじめに直観的にとらえた印象にそいながら、しかもはるかにゆたかな深いところへたどりついていることを感じられるにちがいない。詩の世界への参入とはそのようなものであろう。それに、はじめに気づいたいくつかの特徴が、実はすべてこのゆたかな深い詩のイメージをつくりだしている要素となっていたことをおわかりいただけたと思う。

この詩における〈からだ〉──→〈手〉──→〈心臓《こころ》〉──→〈瞳《め》〉──→〈たましひ〉という行をおってしだいに昇華されていく、象徴化されていく過程こそは、この詩の虚構性といわれるものである。

一行目の日常的なイメージが最終行において非日常的な象徴的なイメージにせりあがっていくことに注意してほしい。〈現実をふまえ、現実をこえる虚構〉ということが、そこに見られるであろう。

この詩の美も、まさにそのような虚構された世界の美なのである。ついでながら、この詩の初出形を参考までに。（LE・PRISME、第二号、大正五年五月）

およぐひと（泳ぎの感覚の象徴）

およぐひとのからだはななめにのびる、
二本の手はながくそろへてひきのばされる、
およぐひとの胴体はくらげのやうに透きとほる、
およぐひとのこころはつりがねのひびきをききつつ、
およぐひとのたましひは月をみる。

定稿と比較するならば、定稿の虚構化がきわめて高度であることを理解されよう。〈胴体〉――→〈心臓《こころ》〉、〈こころ〉――→〈瞳《め》〉、〈月をみる〉――→〈水のうへの月をみる〉という推敲の過程によって、〈現実をふまえ、現実をこえる〉そのこえ方が実にみごとというほかはない。

7 日常性に非日常性を見る
――長谷川龍生「理髪店にて」

理髪店にて

しだいに
潜ってたら
巡艦鳥海の巨体は
青みどろに揺れる藻に包まれ
どうと横になっていた。
昭和七年だったかの竣工に
三菱長崎で見たものと変りなし
しかし二〇糎備砲は八門までなく

三輛高角などひとつもない
ひどくやられたものだ。
俺はざっと二千万と見積って
しだいに
上っていった。

新宿のある理髪店で
正面に嵌った鏡の中の客が
そんな話をして剃首を後に折った。
なめらかだが光なみうつ西洋刃物が
彼の荒んだ黒い顔を滑っている。
滑っている理髪師の骨のある手は
いままさに彼の瞼の下に
斜めにかかった。

見るものが見られるものとなる

小海永二は、関根弘の「なんでも一番」と長谷川龍生の「理髪店にて」を挙げて次のように評価する。

右はそれぞれの詩人の代表作の一つであって、『列島』の詩風の一端を示している。すなわち、前者は、作者の言う〈夢と現実との結合〉という方法を生かして、何についても世界一を誇ろうとするアメリカへの辛辣な諷刺を行ない、後者は、深海に沈む巡洋艦のイメージと町の理髪店での〈西洋刃物〉のイメージとのモンタージュによって、沈んだ軍艦の引揚げに引っかけて逆コース、軍国主義復活の時代風潮を危機感の中にとらえ、共に社会的な主題を支える有効かつ新鮮な詩法の確立を証明していよう。特に後者は、『列島』グループの詩人たちが立てた〈シュルレアリスムから記録的リアリズムへ〉という一命題の、言わば実践的作品であって、戦後左翼詩は、これら『列島』グループの詩人たちによって、その最もすぐれた部分を作りあげることができたのである。

小海は〈社会的な主題を支える有効かつ新鮮な詩法の確立を証明〉した詩ととらえている。黒田三郎も、〈見るものが見られるものとなる〉という新しい試みの形の詩であるという。

前半一三行の主体はひとりの潜水夫です。巡洋艦鳥海の沈んでいる海に彼がもぐってゆき、鳥海を観察してから上がってくるまでが、彼の目を通して語られています。ところが一四行以後の後半では、彼は理髪店の椅子に一個の物体のように動かず、理髪師の思いのままになっている対象として、観察されています。この詩はわかりにくいところは全然ありません。しかし、前半と後半とで、主客が転倒した結果、この客自体も他人に「ひどくやられたものだ」とか「ざっと二千万と見積って」とか、彼が鳥海を見たのと同じような目で見られている感じになっています。理髪師の手の剃刀《かみそり》が何かこわいような、ハッとする気持ちで感じられます。

ここにあるのは、単なる「変化する視点」というだけでなく、きわめて現代的な何ものかだと思います。非常に単純な構造のスケッチのように見えますが、この詩以前には、見るものが見られるものとなる、こういう形の詩が、スポットライトを浴びることはなかったと思います。詩「理髪店にて」は詩集『パウロウの鶴』にはいっています。制作は昭和三〇年前後のことではないでしょうか。

この詩は、朝鮮戦争の危機が生みだした戦後詩の代表的な詩の一つである。
前連より後連へとその虚構の美をさぐってみようと思う。

人物の呼称の変化

前連（一人称視点より）

〈巡艦〉というのは昔の日本帝国海軍軍艦の一つの種類であり、当時日本の軍艦は国名・地名などによって呼称された。たとえば戦艦大和というように。〈鳥海〉は東北の鳥海山からとったものである。戦争中本拠地の港をでてまもなく敵の空襲にあって轟沈してしまった歴史があるわけだが、鳥海は、海の藻屑となっていま海底に横たわっている。

長崎には今でも三菱重工長崎造船所というのがあるが、当時は、軍用船舶の造船及び修理をするところであった。そこで巡艦鳥海が竣工した昭和七年という時点は、すでに、いわゆる「満州事変」というのが勃発して、十五年戦争の中に突入していた時期である。いわゆる軍縮という形で世界の強国がたがいに軍備を縮小しようという掛声をかけながら一方では密かに軍備を整えていた。もちろん日本帝国主義も例外ではなかった。

〈二〇糎〉というのは砲口の直径である。〈三糎高角〉というのは、対空射撃用の機関砲。敵機が上から迫ってくる。それを下からねらい撃ちする。その砲が〈ひとつもない〉ということは、アメリカ空軍の攻撃によって、木端微塵にやられたことを物語っている。相手は自分をねらい撃ちしてくる対空機関砲を真っ先にねらう。まず、それを沈黙させようというわけなのだ。

〈二千万〉は金額だが朝鮮戦争が勃発した時点の二千万円は今の額にすればきわめて巨額で

ある。スクラップとして見積ってみれば、もうけでざっと二千万円はあるという腹づもりを〈俺〉がしている。

前連で登場してきた〈俺〉という話者の口から語られた話の内容、それを後連では〈客〉として出てきて、〈理髪師〉に対して語っていることになる。

視点ということでいえば、前連で一人称〈俺〉という視点、後連になるとその〈俺〉が今度は〈客〉として、あるいは〈彼〉というふうに三人称で呼ばれる。同じ一人の人物が〈俺〉として出てきたり、〈客〉として呼ばれたり、〈彼〉といわれたりする。(人物の呼称の変化という。)

ところで〈俺〉という人物は何者か。おそらく鳥海竣工のとき、三菱重工長崎造船所にいて、何らかの形でそこにかかわりをもった人物と思われる。何しろ軍の機密がたいへんにきびしく、このような場所に立ちあらわれる人間は限られていた。

その〈俺〉が、あのころ〈見たものと変りなし〉〈しかし〉〈ひどくやられたものだ〉と見ているが、〈俺〉は見ていながら、実は肝心なことは見ていない。

時あたかも朝鮮戦争。金偏景気がおこって、〈俺〉は巡艦鳥海をスクラップとして儲けをたくらんでいる。〈俺〉が見ているものは、金儲けの対象としてのいわば鉄の塊である。

しかし、〈ひどくやられた〉というのは、まさしく戦争の犠牲となった姿である。そこにどれだけの血が流されたか。いかに多くの将兵の英霊が恨みをのんで眠っているか、そのことは何一つ見ていない。また、見ようともしない。

われわれは、かつての大戦を深い痛恨の思いをもって自己批判したはずであった。にもかかわらず、朝鮮戦争がひとたびおこるや、再び戦争で甘い汁を吸おうとしている。海の藻屑となりはてた鳥海の残骸を再びスクラップとして再利用、再び弾丸に、あるいは戦車とし朝鮮の戦野に送り、そこに敵味方の多くの血が流されることになる――ということについても一言も語られていない。過去の戦争の歴史も生かされてはいない。現在の朝鮮戦争への疑問も批判もない。それどころか時局に便乗して、〈二千万と見積って〉利益を追求しているだけの〈俺〉なのだ。

読者は、そのような〈俺〉に対して許しがたい怒りと憎しみを覚えるであろう。

後連（三人称視点より）

前連は〈俺〉のものの見方・考え方・言い方がそっくりそのままだされている。が、後連はある誰かの目と心をとおして見られている世界である。〈俺〉を〈客〉として〈彼〉と呼んでいる何者かの「目」がある。理髪師と客の両者をわきから横から見ている視点である。〈正面に嵌った鏡の中の客〉という表現からその「目」の位置、角度《アングル》がうかがわれる。その視点との関係でなりたつ文体である。

前・後連の二つのちがった文体を一つの作品として構成している。二つの異なる視点によって一つの世界を立体化して描きだそうとしている。

〈剃首を後に折った〉とあるが、これは、ごく日常的な理髪店の様子なのだが、しかし、前連のイメージを受けて読むと、不気味な感じがする。前連の血なまぐさいイメージとのひびきあいによって、また、〈俺〉という男に対する読者の憎み怒りの感情があるために「このやろう、首をへし折ってやる」といった感情さえ、ふっと湧いてくる。

〈なめらかだが光なみうつ西洋刃物〉とあるが、ふつうはレザーという。しかし、この表現はいかにも〈西洋刃物〉をひっこぬいて客の首筋をばっさりやりかねない危機感をあたえるものとなっている。

〈彼の荒んだ黒い顔〉も、潮にやけた〈黒い顔〉であろうが、やはり朝鮮戦争をあてこみ、そこで流される血とひきかえに己れの私腹を肥やそうとする人間のまさに魂の荒んだどす黒い顔のイメージとなる。

その〈顔を滑っている〉〈理髪師の骨のある手〉は、これまた異様である。ふつう〈骨のある手〉とはいわない。骨ばった手、骨と皮だけの……とかいう言い方はある。〈骨のある手〉という言い方はひっかかる。

〈骨のある手〉といったとき、前連のあの海底が再び眼前にうかんでくる。あのひどくやられ、海の底であおみどろになって横たわっているその中に、どれだけたくさんの死者の白骨が埋もれていることか。

何か亡霊の白骨の手がのびてきて、それがあの光なみうつ刃物を〈俺〉の、つまり〈彼〉の見ていながら何も肝心なものは見ていないあの瞼の下に斜めに当てがっている――というイメージとなる。北斎描く幽霊のあのおどろおどろしい世界とダブってくる。こんな奴生かしてはおけないという思いがふっと読者の脳裏をよぎる。

虚構の目をとおして

われわれの日常というものは、うっかりすると見落としてしまうもの、気づかずにいるものをはらんでいる。理髪店といえば、どこでも見かけるものである。どこだかの男が顔を剃ってもらっている。ここで、その理髪師が、この〈客〉を怒りと憎しみをいだいて剃っているわけではない。日常的に〈客〉の顔をあたっているだけのことである。〈客〉が商売の話をすれば適当にあいづちを打って話を合わせているにすぎない。

〈客〉はいささか自慢げにおしゃべりをしているのであろう。しかし、そこには昭和七年に竣工して、ついに戦火の中で海の藻屑と化した「歴史」が再び陽の目をあびて、戦火の中に鉄火となるイメージを、このような日常性の中から見抜く「目」が必要なのだ。われわれは日常性の中でそのような「目」を曇らせてしまっている。この曇った「目」で、現実の身のまわりをいくら見ても、そこに見えるのは、ただの風景にすぎない。

ただの風景の、のんびりした、一見平和そのもの、何事もないような理髪店の、実はこの中にさえ戦争の危機、歴史の深淵が横たわっていることを知るべきである。詩というものをとおして、虚構をとおして、われわれがあらためて現実を見直す可能性をあたえられる。虚構をとおして、現実の日常性にかくされている戦争の危機という本質を見抜く。〈俺〉という人物の顔が、ただ黒いというのではない。その黒さの中に死の商人としての顔があることを見抜く。

いまわれわれは、平和な日常をすごしている。だが海をへだてた彼方では今なお砲煙が渦まいている。そこでどれだけの人が殺されているか。そういうことが見えないで、日常性の中に埋没してしまっている。

てっとり早く身近なことでいえば、たとえば街の一角の派出所などの前の掲示板にある「本日の交通事故死亡者数3」といった数字である。「3」という抽象的な数字のうらに交通地獄をひきおこしている今日の日本の状況の本質、を見抜く「目」を失っているといえよう。

この詩の虚構性は、前連に見る視点〈俺〉が後連において対象化されているというところにある。見ている〈俺〉が見られている存在〈客〉となることによって、日常性のベールにおおわれた戦争というものの本質がひきはがされ、そこに非日常性のおそろしさ、みにくさが暴露される。

この詩の日常性のもつ非日常性こそが、この詩のほかならぬ美の弁証法的構造を示すものである。そして、そこにひきおこされる、ひそかな、しかし、はげしい憎しみとさげすみの情こそ、まさに人間的な真実といえよう。

8　心平詩の〈つづけよみ〉
——草野心平「天」「作品第拾捌」「海」

詩人の〈虚構の眼〉——「天」

草野心平は蛙の詩人といわれ、また富士山の詩人とも呼ばれている。まず、富士山をうたった「天」という詩をとりあげてみよう。

天

出臍のやうな。
五センチの富士。
海はどこまでもの青ブリキ。

あんまりまぶしく却つてくらく。
満天に黒と紫との微塵がきしむ。
寒波の縞は大日輪をめがけて迫り。
シヤシヤシヤシヤ音たてて氷の雲は風に流れる。

人間も見えない。
鳥も樹木も。

出臍のやうな五センチの富士。

〈出臍のやうな五センチの富士〉という比喩は、神聖な霊峰不二を、まるで卑俗なものとして見据えている「眼」の存在を感じさせる。〈五センチ〉とは、なんという卑小さであろうか。しかも富士をはかるにわが国古来の尺貫法によらず、外来のメートル法をもってするとは。詩において歌において、これほど富士が卑俗、卑小化されたことがかつてあっただろうか。そこには、日本の国体を象徴するものでもあった富士にたいする芸術家の真向からたちむかう姿勢がうかがわれる。富士の山腹を舟の舳によって両断したあの北斎の硬骨の姿勢が思いだされてくる。

しかし、詩人の精神が卑俗・卑小なのではない。〈出臍〉と比喩したとき、詩人の「虚構の眼」は、天空はるかに位置して日本列島を脚下にふまえ、富士をその中央に位する〈出臍〉と見たてているのだ。俗を脱し、俗を越えた「眼」の高さ、精神の高さがそこにあるのだ。下界から、人間の肉眼の高さ（いや低さ）から富士を見さげているのではない。〈人間も見えない／鳥も樹木も〉とうたうとき、それは、北斎の「凱風快晴」の世界とかさなってくるではないか。そこにあるのは、孤高の精神のきびしい眼である。

〈あんまりまぶしく／却つてくらく〉詩人の魂をつつむ虚空は、まぶしいが故にくらいという無明の世界である。北斎の「浪裏」の富士は純白の雪嶺のまぶしさゆえに、その背景となっている闇のくらさの奥ふかさを感じさせてはいなかったか。絵と詩のちがいはあれ、ここには日本の芸術の伝統によって結ばれた二人の芸術家の精神の相がある。

第二連のダイナミックなイメージは、無限の詩を〈シヤシヤシヤシヤ音たてて〉流れる無辺大の空間をみたし、かつ、うつろとするかのようだ。この世界は北斎の「凱風快晴」の世界と一脈相通ずるものをもちながら、確乎たる詩人心平の魂の自画像をきざみつけた世界として自立している。ここに〈魂の自画像〉と称したのは、たとえば、心平の「富士山」の連作「作品第拾捌」の詩の〈存在を超えた無限なもの〉〈存在に還へる無限なもの〉とうたわれているところの〈もの〉をさしている。

ことばによる美の発見――「作品第拾捌」

作品第拾捌

牛久《うしく》のはての。
はるかのはての山脈《やまなみ》の。
その山脈からいちだん高く。

黒富士。

大いなる。
はるか。
黒富士。

さくらんぼ色はだんだん沈み。
上天に。

金《きん》隈取の。
雲一点。
〈存在を超えた無限なもの。〉
〈存在に還へる無限なもの。〉

祈りの如き。

はるか。
黒富士。

心平が〈黒富士〉とうたうとき、私は、北斎の〈朱富士〉を想いださぬわけにいかない。詩人が〈黒〉のイメージでとらえたところのものは、一切の色を〈超えた無限なもの〉の〈黒〉でありながら、かつ一切の色に〈還へる無限なもの〉としての〈黒〉でもある。ここに〈色〉とは仏教でいうところの〈色即是空〉の〈色〉である。つまりは〈存在〉をさしている。
北斎が「凱風快晴」において〈朱富士〉の美を発見し、創造しえたように、詩人心平はことばによって〈黒富士〉の美を発見し、創造したのである。伝統にあって、芸術家のアイデンテイティを主張する詩人の姿そのものを私はそこに見る。参考までに心平の「富士山」について述べた豊島与志雄の文章を引用しておこう。

心平さんは富士山の詩人とも言はれる。十数年来、富士山の詩を幾つも書き続けてきたからだ。今後も続くことだらう。

ところが、心平さんは富士山そのものだけを歌つてゐるのではない。存在を超えた無限なもの、日本の屋根、民族精神の無料の糧、として歌つてゐるのだ。そして殊に、前に引用しておいた文章が示す通り、もともと富士山などといふものは天を背景にして存在するのだ。

斯くて、富士山はもはや象徴である。現実の富士山の姿態など問題ではない。けれども、象徴は具象を離れては存在しない。心平さんの富士山はやはり美しい。その美しさが、平面的でなく、掘り下げられ深められてるのを見るべきである。

〈富士山はもはや象徴である。現実の富士山の姿態など問題ではない。けれども、象徴は具象を離れては存在しない〉ということばは、そのまま北斎の富士にあてはまることである。広重とちがって北斎の富士はいわば〈象徴〉であり、芸術家の〈心象〉としての富士であり、まさに〈魂の自画像〉である。にもかかわらずそれは現実の富士をはなれてはありえないところの形象としてあるのだ。

絵と詩のドラマ――「海」

北斎の「浪裏」に、くだくだしい解説の文章をつけるのは気の重いことであり、蛇足にすぎないことではないかとも思う。いっそ、私は、千万言をついやして語るより、たとえば心平の次のような詩をさりげなく、そこに置きたい。

海

きのふに続いて海は古く。
ますます青く新しく。
億万のきのふやけふを。
海は唸り。
海は怒りの歌をうたひ。
潤く大きな徹夜のうねりに。
天に駆けあがつた世のかなしみは微塵になつてしづんでくる。

万古の非情がそれを呑むのだ。

海づらの。
青と白とのゆらゆらや。
眠いやうなとほい龍巻。
大円のなかの七色の縞。

さうしてずうんと深い底の底の。
海底の歯ぐきは暗く。
千尋の重みを支へてゐる。

この詩は「浪裏」のイメージをそのままにうたった類いの詩ではない。伴奏音楽などでは決してない。この詩は詩として自立しているのだ。だからこそ、二つの孤高の芸術家の魂が、私の中で触れあい、かつ然として音を発するのだ。二つの芸術は、それぞれに自己の美を競っている。それは詩と絵というそれぞれのジャンルの独自性と心平と北斎というそれぞれの芸術家の作風の独自性を主張し自立している。厳然として自律してある。だからこそ、この両者は、ひびきあい、あらがいあい、せりあがって、そこに両者を超えた一つの世界を現出する。

さらに私は、チャイコフスキーの「悲愴」の曲をそれに配し、渾然として、湧出するなにものかに身をゆだねたい、いや芸術教育というものを、まさにそのような形で私は構想しているのである。たがいに異質であることによって止揚・統合される弁証法的な関係構造を美術・音楽・文芸の三位一体の教育の理念としたいのである。

心平詩における美の構造

前後してしまったが、心平詩における特質、その構造に触れておきたい（すでに引用した詩を例として）。

〈出臍のやうな。／五センチの富士。〉という詩句は、超俗の眼の高さ、精神の高さを、もっとも卑俗・卑小なるものによって表現しているところに、その美の特質、構造が典型的にあらわされている。

〈きのふに続いて海は古く。／ますます青く新しく。〉という詩句も、そのような構造をあらわしている。その構造の一つの極限が〈存在を超えた無限なもの。〉〈存在に還へる無限なもの。〉という表現になるのである。

心平詩における一つの誰もがすぐ気づく特徴は、すべての行末が句点「。」によってピリオドを打たれていることだ。これはほかならぬ、不連続の連続という構造を示している。

心平詩は〈天〉〈富士山〉〈蛙〉につきるといってよかろう。そこでうたわれている〈天〉は、はるかのきわみ、人間界を絶した高さから見る卑俗・卑小の富士といった構造なのだ。また、〈蛙〉はもっとも卑俗な存在の眼によってとらえられた宇宙のおどろおどろした何かなのだ。心平詩における〈天〉について豊島与志雄の述べた次のことばは、私のいう心平詩の美の構造をみごとにいいあてていると思う。

天とは、時空を絶した場であり、且つ時空を含んだ場である。この場を、心平さんは凝視し、把握しようとする。多彩に染められても無色なるに等しく、如何に傾斜しても水平なるに等しく、如何に荒れ狂っても静謐なるに等しい。

だからこそ、また心平が〈海〉をうたうとき、〈海〉は〈千古を通じて新らしく、永劫を通じて古く、非情のうちにすべてを呑みつくして、万鈞の重みに静まり返っているのである〉(豊島)。このような矛盾するものの二重構造は、きわめて弁証法的である。だからこそ心平は〈あんまりまぶしく却ってくらく。〉(「天」)とうたうのである。そして〈人間も見えない。/鳥も樹木も。〉というとき〈却って〉〈人間も〉〈鳥も樹木も〉じつは見えているのである。

心平詩はこのような構造を内にはらんで玄妙、幽幻なる悠久の一瞬をとらえる。〈微塵〉(微視的なるもの)によって〈満天〉(巨視的なるもの)をみたすのである。

9　否定態の表現
——中野重治「浪」

浪

人も犬もいなくて浪だけがある
浪は白浪でたえまなくくずれている
浪は走つてきてだまつてくずれている
浪は再び走つてきてだまつてくずれている
人も犬もいない
浪のくずれるところには不断に風がおこる
風は磯の香《か》をふくんでしぶきに濡れている
浪は朝からくずれている

夕がたになつてもまだくずれている
浪はこの磯にくずれている
この磯はむこうの磯につづいている
それからずつと北の方につづいている
ずつと南の方にもつづいている
北の方にも国がある
南の方にも国がある
そして海岸がある
浪はそこでもくずれている
ここからつづいてくずれている
そこでも浪は走つてきてだまつてくずれている
浪は朝からくずれている
浪は頭の方からくずれている
夕がたになつてもまだくずれている
風が吹いている
人も犬もいない

マイナスをプラスに転化する

一読して、すぐ眼につくことは、この詩が切れ目なくつづいているということであり、しかも、〈くずれている〉という行末が二十四行中その半数の十二行もくり返されていることであろう。

〈くずれている〉という表現は日常的、常識的な意味合いにおいては負《マイナス》の価値をもつと考えられよう。寄せては返すとか打ち寄せるといった激しく強いイメージではない。〈くずれている〉には、あるむなしささえ感じさせる。

にもかかわらず、この詩にあっては〈くずれて〉も〈くずれて〉も、なお〈くずれ〉つづけるという、底知れぬ〈浪〉のエネルギーを逆に感じさせるという正《プラス》の価値をもったものへと転化する。

しかも、それは〈朝から〉〈夕がたになつても〉、いや、むしろ永遠に〈くずれ〉つづけるであろうことを暗示するものとなっている。それは、現実の寄せては返す浪というものをふまえるからである。

悠久の時間を感じさせるだけでなく、この〈浪〉は〈この磯〉から〈むこうの磯〉に〈つづいている〉、いや〈ずつと北の方に〉そして〈南の方にもつづいて〉〈くずれている〉のだ。

この時間・空間に無限に広がる〈浪〉のはてしないエネルギーを感じないわけにはいかない。

〈くずれている〉という否定的な負のイメージも、かくほど変化反復をかさねれば、かえって底知れぬ力に転化するというところにこの詩のおもしろさ（美）があるといえよう。

しかも、〈浪のくずれるところには不断に風がおこる〉その〈風は磯の香《か》をふくんでしぶきに濡れている〉。それは〈くずれる〉〈浪〉が〈くずれ〉ることによって、〈磯の香《か》をふく〉み〈しぶきに濡れて〉しっとりとした〈風〉を〈不断に〉生みだしている。

かくて〈浪〉は〈くずれ〉ることによって新たな〈風〉という価値を生みだしているのだ。一つのものの「死」が新たな「生」と「美」をそこに生みだしている。ただ、むなしく〈くずれている〉のではない。

人——犬なみの卑俗・卑小化

このすがすがしく爽やかな〈風〉の〈不断におこる〉世界には〈人も犬もいなくて浪だけがある〉。二度、三度と〈人も犬もいない〉がくり返される。

伊藤信吉は、このことについて、次のようにいう。

それにしても風ばかりが吹いていて、「人も犬もいない」海岸のそんな展望になにがあるのか。そんなにさびれた展望からなにを聞くのか。

そこにあるのは「秋の姿」だ。そこに聞くのは「さびしい声」だ。そこを過ぎる作者の旅のおもい、作者そのひとの声だ。そしてその抒情は私どもの胸にしみ入ってくる。なにもない海岸に中野重治のおもいが生きている。

それならば「波だけがある」海岸の旅はつまらぬだろうか。そうではない。私は浪のほか何もないその海岸に一種の魅力を感じる。何もないことの魅力——荒涼の旅情というべきものがあるのだ。そういう荒涼の旅情は芭蕉にもあった。西行にもあった。「あかあかと日はつれなくも秋の風」の一句が、いかに私どもを荒涼の旅情にさそうことか。

伊藤は〈荒涼の旅情〉をそこに読みとっている。それも一つの鑑賞である。

しかし、私は〈人も犬もいない〉と反復するこのイメージを、〈人も犬も〉と並列されることで〈人〉も〈犬〉なみの卑俗、矮小なものと化し、この世界はそのようなものの存在を受けつけぬ、ただ〈風が吹いている〉だけのすがすがしい世界ととりたい。

ことに、私は〈だまってくずれている〉というくり返しを意味深いものと思う。えてして人は〈くずれ〉るときには、喚《わめ》くとか叫ぶとか、くやむとか、愚痴るとか、嘆くとか……なかなか〈だまってくずれ〉るということのできぬものである。黙々として、ただ〈だまってくずれている〉姿は、不気味でさえある。底知れぬ奥深さを感じさせる。

連帯する思想をとらえる

〈くずれて〉もなお、〈くずれ〉るという、はてしない人生は、むなしくさえある。無意味でさえある。しかし、この無限の反復が逆にある充実感をさえ生みだしているではないか。虚転じて実となるみごとなドラマといえよう。

弾圧されても、弾圧されても、数かぎりない挫折をくり返しながら、なお、戦いをやめぬ世界のプロレタリア運動の歴史の〈浪〉をそこにかさねて見ようと思うのは、一人私のみであろうか。(もちろん、プロレタリア詩人として出発した中野重治の抒情性がこの詩に十分読みとれることはいうまでもないことだが。)

伊藤信吉は、

「しらなみ」や「浪」などをプロレタリア詩ということはできない。それは抒情そのもののやさしさで成立っている詩だからである。それゆえ私はこの詩集を狭い意味でのプロレタリア詩の成果というばかりでなく、現代抒情詩の一典型としてすぐれた詩集だとおもっている。

といい、この詩に、〈ひろがりによる連帯意識〉を指摘している。

そればかりでない他の要素もあるのだ。それは「この磯は向う《ママ》の磯につづいている」以下の数行に語られた北の海、南の海の部分で、そのように磯の行手を思い描いてみることは、それらの地方にも人間の住む土地があり、人間のいとなみがあるという、そういうひろがりによる連帯意識が語られているということである。人間生活におけるこの連帯意識から、私はプロレタリア詩人としての中野重治の行手を追ってみる……。

壺井繁治も、また、〈すべての岸辺がつながつており、またつながりをもつものであるという思想〉連帯の思想をこの詩にとらえる。

そういういたるところの岸辺にくずれている浪をうたうことで、すべての岸辺がつながつており、またつながりをもつものであるという思想を、浪という自然現象をきっかけとして作者の内部にひきおこされる感情の波動を通じて表現している。これは思想が思想として概念的に説明されるかわりに、情緒化されているのであつて、これが詩としてとられるべき方法なのである。そしてこの詩は右にのべたような情緒的表現であるがゆえに、私たちにさまざまなイメージをおこさせるが、それを通じて私たちに強く訴えるものは連帯の意識である。

壷井は、この詩がかかる思想を概念的な言葉ではなく、まさに詩として表現していることを高く評価して、次のように述べる。

> 一行一行はなんの変哲もない、すこぶる単純な言葉であるが、しかも私たちはこの詩を第一行から読んでゆくにしたがつて、しだいに私たちの感情のなかに微妙な律動がおこつてくるのに気ずく《ママ》であろう。そして私たちの感情は岸辺にくずれる浪と一体となり、この詩人がこれらの詩句を通じてつくりだすリズムに規整されて、すべての岸辺に打ち寄せる。ほんとうにふかい感動から出発した詩というものは、人間を情緒的にとらえ、その思想をすらも情緒的にゆり動かすという意味で、全人間的であることを、この詩を通して私たちは理解することができるだろう。

とりみだす主体性

実は、この詩を読むたびに、私は、ソビエト・ロシアの作家ファジェーエフの『壊滅』という小説を思いだす。極東における赤軍（革命軍）、つまり労農兵士の一団が革命のために白軍（ツアーの反革命軍）と各地において転戦をかさね、ついには最後の一兵にいたるまで戦いつづけついに「壊滅」するという主題の小説である。

これはしかし、革命にたいするペシミズムの小説ではない。〈くずれて〉も〈くずれて〉もなお〈くずれ〉つづける人民の革命のエネルギーの尽きることない姿をたたえた小説なのだ。

「壊滅」とは、革命の「勝利」を意味している。

かつて劇作家の木下順二は〈とりみだす主体性〉といった。一般に〈とりみだす〉とは負《マイナス》の意味をもつ。しかも、主体性というときに、われわれは、不屈の節を曲げぬものをイメージする。したがって、〈とりみだす主体性〉ということは、矛盾しているといえよう。

しかし、主体的であろうとするからこそ、〈とりみだ〉さざるをえないところへ自己をおいやる結果にもなるのではないか。

主体的でない人間には〈とりみだす〉ことさえないのである。

10 たがいに異質な感情の止揚
——高村光太郎「ぼろぼろな駝鳥」

ぼろぼろな駝鳥

何が面白くて駝鳥を飼ふのだ。
動物園の四坪半のぬかるみの中では、
脚が大股過ぎるぢやないか。
頸があんまり長過ぎるぢやないか。
雪の降る国にこれでは羽がぼろぼろ過ぎるぢやないか。
腹がへるから堅パンも食ふだらうが、
駝鳥の眼は遠くばかり見てゐるぢやないか。
身も世もない様に燃えてゐるぢやないか。

瑠璃色の風が今にも吹いて来るのを待ちかまへてゐるぢやないか。
あの小さな素朴な頭が無辺大の夢で逆《さか》まいてゐるぢやないか。
これはもう駝鳥ぢやないぢやないか。
人間よ、
もう止せ、こんな事は。

怒り・批判・抗議の詩

三好行雄は、『昭和三年三月号の『銅鑼』に掲載された詩。《猛獣篇》の附記がある。《動物園の四坪半のぬかるみ》に幽囚された駝鳥に託して、生本然の自由をうばい、人間性を抑圧するものへの怒りと批判がうたわれている〉として、次のような解釈を提示している。

詩人が動物園の駝鳥に見たのは、決して飼いならされることのない野性の逞しさであり、だからこそ、駝鳥の眼ははるか遠くの仮現の風景を写し、記憶のなかに眠る〈瑠璃色の風〉をあてどなく待ちつづけ、〈小さな素朴な頭〉を〈無辺大の夢〉で一杯にしているのだが、約束された恭順の内なる、秘めた生命の自然を理解しないものたちへの憤懣が、〈何が面白くて駝鳥を飼ふのだ〉という起首一行の直截な抗議にこめられている。それにつづく九行は〈……ぢやないか〉という、断定を避けた疑問形をたたみこむ形で書かれているが、不条理な事態の認識を読者にせまり、その確認を読者自身のいやおうない主体の判断として強いるだけの迫力に富む。不条理や矛盾、そしてそれを看過する者への強い否定を強調する手法である。

〈これはもう駝鳥ぢやないぢやないか〉という一行は、ほとんど悲痛といっていいほどの感情のたかぶりを伝える重い問いだが、それを承けた〈人間よ、／もう止せ〉以下の収束は、ふたたび直截な抗議をひとにつきつけながら、詩的主体の怒りのふかさ、はげしさを彷彿する。そしてここにいたって、抑圧され、本然のありかたを奪われているのが決して駝鳥だけのことではなく、人間性そのものの、ときに強いられる不条理にほかならぬことを読者に実感させるのである。

起首一行で、詩人は動物園の被害者をそとから見るもの、観察者としてうたいだしながら、やがて閉塞された駝鳥自身と化して、生命の自然を抑圧する因習や外在律や社会機構などへの憤怒と批判をうたいあげる。詩人の眼がみずからの内部から外へ、生命のたからかな讃歌からそれを抑圧する社会矛盾の剔抉へと転じはじめたのを示唆する詩篇である。そうした転回の背後に、昭和三年という時代そのものの、転形期にさしかかった激動の認識があるのはいうまでもない。

三好は、くり返し、この詩に〈怒りと批判〉〈怒りのふかさ、はげしさ〉〈憤怒と批判〉〈直截な抗議〉を見る。〈……ぢやないか〉という叩きつけるような話者の口調の反復は、まさに〈怒り〉〈批判〉〈抗議〉の〈直截〉な表現といっていい。

裏にこめられたさまざまな感情

多くの評釈が三好と同様、この詩を怒りの詩としている。もちろん、そのことに異論はない。しかし、私の美の構造仮説にたってこの詩を読むとき、この〈怒り〉〈憤怒〉〈批判〉〈抗議〉の裏には、それらとは異質なさまざまな感情がこめられていることを知る。しかも、これらのたがいに異質な感情が一つに止揚されて、結果、〈怒り〉となるところを行をおって見ることにしよう。

〈動物園の四坪半のぬかるみの中では〉とあるとき、私は、駝鳥の故郷である広漠たる砂漠のイメージを思いうかべる。狭苦しく陰湿な日本の風土を象徴する〈四坪半のぬかるみ〉のイメージの裏がわに広々と広がる乾いた砂漠を思いうかべる。つまり、砂漠のイメージを俤として、〈四坪半のぬかるみ〉の中の駝鳥をとらえるというわけである。

とすれば、〈脚が大股過ぎるぢやないか。／頸があんまり長過ぎるぢやないか〉という駝鳥の姿は、あまりにもみじめであり、哀れであり、そして、いささか滑稽でもある。

砂漠の女王《クィーン》とうたわれる駝鳥が、これではまことに、気の毒であり、だからこそ、話者は、駝鳥を〈四坪半のぬかるみ〉に幽閉する者に対するはげしい怒りをたたきつけることにもなるのだ。

〈雪の降る国に〉とあれば、当然、「太陽の輝く砂漠の国」というイメージを俤としてそこを疾駆する駝鳥の勇姿をとらえるべきであろう。

〈腹がへるから堅パンも食ふだらう〉卑俗な世間に閉じこめられた駝鳥の、世間との妥協を余儀なくされた姿。〈腹がへるから〉膝を屈している屈辱感。みじめさ、哀れさ、気の毒さ、そして、あるおかしみ。すべてそれが怒りとなるのだ。人間の前に屈して〈堅パン〉を乞う駝鳥が、しかし、にもかかわらず〈駝鳥の眼は遠くばかり見てゐる〉のだ。卑俗の世間にとらわれの身となっておればこそ、駝鳥は遠い理想の世界を夢見、あるいは失った故郷を夢見ているのではないか。そこには俗塵にまみれた聖者のイメージさえあるのではないか。いや、そのような聖者、あるいは女王に卑俗を強要する心なき俗世間へのはげしい怒り、抗議がなされているのである。

〈身も世もない様に燃えてゐる〉駝鳥の眼に、悲しみの炎を見ないわけにはいかない。怒りとなった悲しみとでもいえようか。

〈瑠璃色の風〉といえば、駝鳥の故郷である砂漠に産する瑠璃色（コバルト）の宝石を思いうかべる。灰色の味気ない〈四坪半のぬかるみ〉の卑俗にまみれつつ、駝鳥は美しい〈瑠璃色の風〉を待望しているのだ。この姿も、どこか哀れでありまた崇高でもある。

〈あの小さな素朴な頭が無辺大の夢で逆《さか》まいてゐる〉という句は、それ自体、相いれないもの止揚・統合されたイメージを見ることができる。
そして、最後に〈これはもう駝鳥ぢやないぢやないか〉という現実の駝鳥の姿の中に同時に過去の、あるいは未来のあるべき駝鳥の姿が二重映しになっている。

自画像としての詩

この詩は、はじめ具体的なイメージからはじまったものが、行を追って抽象化、象徴化され、最後は駝鳥の姿の中に閉じこめられた人間の姿さえ見出せるものとなる。それはヨーロッパ近代を呼吸して帰国した光太郎の未だに封建的な日本社会の中に窒息させられている自身の自画像でもあったのである。

この詩の美の構造を図式的に表現するならば、次のようになるだろう。

怒りの口調に悲しみの心を述べる。悲哀の姿に滑稽をさえ感じさせ、さらに滑稽であることでいっそうのみじめさ、哀れさをひきおこさせる。卑俗にまみれた姿の中に超俗の姿を、また失われた聖なるものの姿を垣間見せる。美をねがい救いを求め、理想にあこがれる姿に愚と聖を同時にとらえ、小さな素朴の中に無辺大の夢を追う。つまり駝鳥にして駝鳥にあらざるもの——人間——をともに描き出す。

ここに、この詩の美の構造を見ることができる。たんに〈怒り〉〈憤怒〉〈批判〉〈抗議〉とのみ見てはならない。

11　現実が虚構である世界

——丸山　薫「犀と獅子」

犀と獅子

犀が走つてゐた
その背に獅子が乗り組つてゐた
彼は嚙みついてゐた
血が噴き上り　苦痛の頸をねぢつて
犀は天を仰いでゐた
天は蒼くひつそりとして
昼間の月が浮んでゐた

これは絵だつた
遠く密林の国の一瞬の椿事だつた
だから風景は黙し
二頭の野獣の姿もそのままだつた
ただ　しじまの中で
獅子は刻々殺さうとしてゐた
犀は永遠に死なうとしてゐた

一瞬が永遠である〈絵〉

前連はまさしく〈遠く密林の国の一瞬の椿事〉だが、しかし実は〈これは絵〉だったのだ。〈絵〉であるということは、それはそれとして一つの現実といえよう。しかし〈絵〉はそこにリアルに描かれているもう一つの現実をさし示しているものでもある。〈絵〉自体が一つの現実であると同時に〈絵〉はそこにえがかれたもう一つの現実を示す虚構である。

いずれにせよ、前連は〈現実をふまえ〉たものにちがいない。

にもかかわらず、〈これは絵だつた〉というとき〈現実をこえた〉後連の世界となる。ほかならぬ〈絵〉だからこそ、〈風景は黙し〉〈二頭の野獣の姿もそのまま〉である。そのことは、そのまま〈現実をふまえた〉ものであるわけだが、だからこそ、それをふまえ、しかも、それをこえたところに〈獅子は刻々殺さうとしてゐた／犀は永遠に死なうとしてゐた〉という、日常的な常識的な意味をこえた虚構の世界がうかびあがる。

〈一瞬の椿事〉でありながら、この虚構世界は、〈永遠〉の死、いや〈永遠〉につづく〈苦痛〉が現実のものとなる。この矛盾が止揚されたところにこの詩の美が結晶する。

先に述べたように〈絵〉は、それ自身一つの現実である。しかし、〈絵〉は、ある現実をふまえ現実をこえた世界として、虚構でもあるのだ。つまり、この詩の世界は現実であると同時に虚構であるという二重構造をもった世界というわけである。

それは〈一瞬の椿事〉として〈絵〉の中に時空が凍りつき、〈二頭の野獣の姿もそのまま〉である。にもかかわらず〈獅子は刻々殺さうとしてゐた〉。〈一瞬〉停止した時間の中に虚構の時間が〈刻々〉と流れるのだ。しかも、それは〈永遠に死なうと〉する無限の時の流れでもある。

虚妄の苦痛

〈一瞬〉の〈苦痛〉が同時に〈永遠〉のものであるという矛盾。しかし、矛盾はそれにとどまらない。実は、この〈一瞬〉の〈苦痛〉も〈永遠〉の〈苦痛〉も、それは現実のものではなく、〈絵〉なのだ。

ということは、〈一瞬〉にせよ〈永遠〉にせよ、いずれにせよ、それは〈絵〉空事であってみればすべて虚妄の〈苦痛〉なのだ。そもそも苦痛などというなまなましいものはどこにも存在しないのだ。

〈絵〉だからこそ、それは〈一瞬の椿事〉でありながら、同時にそれは〈刻々〉と〈永遠〉につづくはずの〈苦痛〉ともなる。しかも、結局、それは〈絵〉なるが故にすべては〈色即是空〉なのだ。（〈色〉とは現象のことであり、〈空〉とは実体がないことを意味する。）

12

無意味《ナンセンス》の意味
——谷川俊太郎「であるとあるで」

であるとあるで

であるはであるでなかろうか
であるがでないであるならば
でないはであるになるだろう
でないがであるでないならば
であるはでないでなかろうし
でないであろうがなかろうが
であるはであるであるだろう

あるではあるででうろかなか
あでるがででないあなばるら
いなはであるにでうるだろな
ないでがでるあでいななばら
はあるでなでいでなろうしか
いなでであがろうかながろう
でるはあでるあであだろうる

ナンセンス詩

前連は言っていることの意味が読みとれるが後連はさっぱり意味がわからない――というのが大方の読者の感想であろう。

後連の各行は、それに対応する前連の各行の文字の配列順序を変えたものであるということに気づく読者もあろう。たとえば前・後連の初行は、

(前)　であるは　であるで　なかろうか
(後)　あるでは　あるでで　うろかなか

といった具合に対応している。

しかし、後連の各行がそれに対応する前連の各行の文字の配列を変えたものであるとしても、そのことの意味は解せない。

つまり、この詩は一般に「ナンセンス詩」という範疇に属するものとされよう。つまり、無意味な詩というわけだ。

たしかに、後連はチンプンカンプンである。何らの意味もない。したがって、まず読みあげることに困難さえ感じさせる「文章」である。いや文章ではない。たんなる文字の羅列にすぎない。

しからば前連は、意味のある文章ということになるだろうか。

たしかに、それぞれの行は明確な意味をもった文章である。いや前連の文章全体が論理的でさえある。

〈であるはであるでなかろうか〉といわれると、「それは、そうだ」と答える以外にない。いわば「一は一ではなかろうか」というに等しい文章である。

次にもし〈であるがでないであるならば〉という仮定をすれば、したがって、〈でないはであるになるだろう〉ということにもなる。

意味ある無意味

しかし考えてみれば、これは文法的、論理的には正しくても仮定そのものも、また結論も、まったくばかげている。つまり「有」が「無」でないならば、「無」は「有」でない——ということは、いわば同義反復にすぎない。

〈でないがであるでないならば〉という仮定にしても当り前のことを、もって回った言い方をしたにすぎない。だからその答えが〈であるはでないでなかろうし〉となるのも当然。同じことを裏返しにいったにすぎない。

〈でないであろうがなかろうが／であるはであるであるだろう〉つまり「有」は「有」だという結論は、あらためて〃論証〃されるまでもない、三歳の童子にもわかっていることだ。結局のところ、前連は当り前のこと、わざわざ証明するまでもないことを、もったいつけて、もってまわった言い方で「論じた」わけなのだ。前連の文章には意味はあるが何ら生産的な意味はない。わざわざ訊くまでもないことを言っているにすぎない。

しかし学者先生といわれる人々の大論文には、おおむねこういった式のものがないではない。文法的、論理的には厳密に論述されているようであるが、その結論は、わざわざ論証するまでもないことでしかない。何の価値もない何の発見ももたらさない。いわばことばの遊びにすぎない。

世の中には、スコラ哲学的な論理をもてあそぶ人がすくなくない。スコラ哲学を人は煩瑣哲学ともいう。あれやこれや屁理屈を並べたて、まことにもってわずらわしいかぎりである。非生産的、無価値な論証である。

読者は後連は無意味《ナンセンス》だが、前連は一応筋のとおった論理のある、つまり意味のある文章と思われたであろうか。本質においては両者はともに無意味である。後連がまるで何ものをも生みださぬ無価値な非生産的なものであるように前連もまた後連に負けずバカげた文章なのだ。

この詩はナンセンス詩といわれる。しかし、この詩はナンセンス（無意味）であることである意味をもった詩なのだ。無意味の意味、ばかげたことのまともな意味――それがこの詩のおもしろさなのだ。

13　自他合一の世界

——安水稔和「水のなかで水がうたう歌」

水のなかで水がうたう歌

ゆったりとしていて
ゆったりと動いていて
そのまま空までとびあがれそうで。
自分の声で話せて
だまっていても
自分の声がきこえてきて。
自分の手でさわることができて
さわらなくても

自分の手でさわられていて。
おそろしいほどのことで
おそろしいことであって
あまりのことに
私はまったく青ざめてしまう。

自分のなかで自分がうたう

〈私はまったく青ざめてしまう〉という話者の〈私〉とは、そもそも何者か。〈自分の声〉〈自分の手〉といっている、その〈自分〉とはもちろん〈私〉自身のことであるが、その〈私〉〈自分〉という話者は〈水が水のなかでうたう〉というときの〈水が〉の〈水〉であり、同時に〈水の〉の〈水〉である。

とすると、〈水のなかで水がうたう〉ということは、いいかえると「私のなかで私がうたう」「自分のなかで自分がうたう」という論理的矛盾をはらんだ表現ということになるだろう。

いったい、この矛盾をどう考えるべきか。

さらに、〈自分の声で話せて／だまっていても／自分の声がきこえてきて〉という奇妙な状態。〈自分の手でさわることができて／さわらなくても／自分の手でさわられていて〉という不可思議な関係。

いったい、この奇妙さ、不可思議さをどう考えたらいいのか。

そして、そのことを〈私〉は、〈おそろしいほどのことで／おそろしいことであって／あまりのことに／私はまったく青ざめてしまう〉という。

なぜ、それが、〈青ざめてしまう〉ほどに〈おそろしいこと〉なのか。

まず、〈水のなかで水がうたう〉という題名を論理的に考えるところからはじめよう。

おれはおれ、人は人

〈水のなかで〉の〈水〉は、状況を意味し、〈水が〉の〈水〉は主体（私）を指す。とすれば主体と状況が同一のものとなってしまい、これは自己矛盾だ。

主体と客体（自と他といってもいい）の総体を状況という。とすれば、主体と客体（自と他）が同一のものということにもなる。

〈私〉（自・主体）は「私」である。「おれはおれ、人は人」という。自分と他人は別個の存在である。自と他は、何らかの関係はあるにしても、たがいに己れの存在を主張する自立したものとして考えられている。それは一般の人間観であり、世界観であるといえよう。

ところで「私のなかで私がうたう」といえば、誰でもがおかしいと思うにちがいない。しかし、〈水のなかで水がうたう〉とあると、奇異に感じないだろう。なぜなら、流れ渦まく〈水のなかで水が〉あるときはせせらぎの音をたて、あるときは、ごうごうと渦巻き荒れ狂うことを〈うたう〉とたとえているものとして納得するはずである。

〈水のなかで水がうたう〉ということは、「全体のなかでその部分がうたう」といいかえてもいい。それはそれで、うなずける。水はどこをとっても、それもまた水だからである。しかし、これを「私のなかで私がうたう」といいかえると、先ほどから述べてきたように奇妙な、不可思議なものとして、読者は抵抗を感じるにちがいない。

ところが仏教哲学においては、（そして、おもしろいことだが今日の最先端をいく物理学的世界観においても）〈水のなかで水がうたう〉（あるいは「私のなかで私がうたう」）という矛盾を止揚《アウフヘーベン》・統合するのだ。

仏教哲学においては、〈私〉（自分・自己・我・自我）という存在は因と縁によって生じ、また因と縁によって滅する、と説く。「私は私」という自己限定する考え方、つまり〈私〉を実体とみなす考え方を否定する。

私という現象

宮沢賢治の表現をかりると、〈私という現象〉（『春と修羅』序）となる。これは実体という概念を否定して、〈私〉という存在を因縁によって生じた〈現象〉と見ることである。

〈私という現象〉は、ありとあらゆる因縁のインドラの網の結び目の一つとしてある。つまり状況であり主体でもある〈私〉は、〈一切即一〉であり、逆に〈一即一切〉なのだ。（〈一即多〉〈多即一〉ともいう。）

〈私という現象〉は、ありとあらゆる因縁をはなれては存在しえない。〈私〉は〈私〉をささえているすべてのものによって存在（現象）している。相手あっての〈私〉である。ここで相手というのは、誰でもいい。何物でもいい。親でもいい、子でもいい。妻でもいい、友でもいい。いや、犬や猫でもいい、いやいや、草や木や、そのへんの石ころでもいいのだ。〈私〉という存在（現象）は、他の一切のものとの関係においてしかありえない。

〈私〉を〈私〉として自己限定することを否定しているのだ。

このような人間観、世界観によれば、他者の声も〈自分の声〉なのだ。そして他者の手ももちろん〈自分の手〉であって決しておかしくない。

だからこそ、〈私〉は〈自分の声で話せて／だまっていても／自分の声がきこえてきて。／自分の手でさわることができて／さわらなくても／自分の手でさわられていて〉というのだ。

しかし、〈私は私〉という自己限定する人間観、世界観に馴れ親しみ、そのような思想でこり固まっている現在の私どもは、自分自身を自己限定できないことは、〈私〉という存在の消滅であり、否定であると考える。だからこそ、〈おそろしいほどのことで／おそろしいことであって／あまりのことに／私はまったく青ざめてしまう〉というのだ。

自他合一の虚構世界

しかし、この〈おそろしいこと〉は、逆に考えると、自己を〈私〉一人の小さな〈私〉に自己限定することではなく、〈私〉という現象は、大きな〈私〉つまり、まわりのすべて一切を即〈私〉と見るならば、それは、全世界が〈私〉であるというきわめて壮大な夢を描かせてくれるのだ。それも、しかし、また〈まったく青ざめてしまう〉ほどの〈おそろしいこと〉にちがいない。いや〈おそろしい〉ほどにすばらしいことと言うべきかもしれない。

〈おそろしい〉という一語には、したがって、〈青ざめて〉しまうほどの畏怖の念と同時に、不可思議絶妙なるものへの畏敬の念という矛盾するものが止揚・統合されているといえよう。まさに、そこにこの詩の弁証法的構造を見ることができるということである。

さらに付言すれば、この詩は水というものの現実——全体が水であると同時にその部分もまた水である——をふまえ、その現実をこえて主体の〈私〉が同時に状況の〈私〉でもあるという自他合一の虚構世界が成立しているといえよう。それは、もちろん水を一人称視点〈私〉に設定するという虚構の方法がもたらしたものである。

14　一即一切・一切即一
——高見　順「天」

天

どの辺からが天であるか
鳶の飛んでゐるところは天であるか

人の眼から隠れて
こゝに
静かに熟れてゆく果実がある
おゝ　その果実の周囲は既に天に属してゐる

この詩の評価

〈高見順の詩を言う時、忘れることの出来ない作品に「天」がある〉という上林猷夫は「天」について次のように書いている。

この「天」は、詩集『樹木派』のなかで、私の好きな詩である。それは、高見順の焦燥、願望が、諦観ともいうべき人間的成熟の域に到達していると見るからである。天高く飛んでいる鳶よりも、人の眼から見えない、静かに熟れてゆく果実に注ぐ高見順の眼には、あらゆる過去を清算集約した全量が凝縮されている。そこには、限りない人間への愛が、秩序のある広い拡がりを持って、内面的に深い世界を構築しているからである。

小海永二もこの詩を〈詩としては大変すぐれたものである〉と高く評価する。

これは極めて抽象度の高い思弁的な詩であって、ここには、作者の天上への憧れとも言うべき一つの思念がうたわれている。〈天〉というのは単なる空ではなく、天上の世界、一種の永遠の世界である。〈人の眼から隠れて〉〈静かに熟れてゆく果実〉というのは、静かに充実しつつ営まれてゆく詩人自身の生を暗示する。内部の心象イメージであろう。

「天」は〈内面的に深い世界〉（上林）、〈一種の永遠の世界〉（小海）といわれる。さて、私は、この詩をどう解釈したか。まず詩句に即して述べることにしよう。

天に属しているもの

〈どの辺からが天であるか／鳶の飛んでゐるところは天であるか〉という問いは、まずもって、物理的、空間的なものとしての〈天〉を、高さでとらえようとしている。常識的な〈天〉という考え方からのこの問いかけに対して後連の答がある。

現実にわれわれは、空を眺める。天を仰ぐともいう。そのばあいの天は、たとえば鳶の飛んでいるあたりの高さぐらいからなのか、それとも、もっとずっと高いところを指しているのか。もちろんさだかには、ここからとはいいがたい。

ところが、この詩は、〈人の眼から隠れて〉〈静かに熟れてゆく果実〉〈その果実の周囲は既に天に属してゐる〉と答える。

しかし、これは常識的には「答」になっていない。なぜ果実のあるところが〈既に天〉なのか。この「答」は逆に読者に対してあらたな問いとなって立ちあらわれる。

〈人の眼から隠れて〉ひっそりと〈熟れ〉ている〈果実〉は、〈隠れて〉いるとはいえ、あきらかに読者の眼の前にあるのだ。この眼前の〈果実〉が〈天に属してゐる〉とするならば、それを眼前にしている読者もまた〈天に属してゐる〉わけなのだ。もちろん、〈鳶〉も〈天に属してゐる〉わけであろう。

果実をならせている木も鳥も、そして読者という人も、いや、果実と果実をとりまくすべて、一切が〈天に属してゐる〉というべきであろう。

しからば、なぜ、一切が〈天に属してゐる〉のか。問いはさらに深まる。

インドラの網

一個の果実が熟すためには、それをとりまく一切のもの、日の光、雨風、大地……細かくいえば、花粉を媒介する小さな虫けらにいたるまで、すべての天地の恵みをうけてはじめて一個の果実となる。空とぶ鳶もけっして無縁ではない。ただ、その関係がわれわれの常識的な眼にはとらえられないだけである。世界はすべて、ありとあらゆるものがインドラの網の目としてつながりあっている。

〈風が吹けば桶屋が儲かる〉式に一つの図式を考えてみよう。たとえば、鳥が果実をついばむ、その種子はやがて、鳥によって運ばれ、いずこかに排泄される。糞は肥料となって発芽した種子を育む。もちろん、土も水も風も陽も、すべてがその双葉を育む。やがて、その木は花を咲かせ、虫に蜜を与え、やがて、また鳥や人に果実を恵む……

ここには、わずかに一本の糸をたどるように図式化して見てきたが、大自然は、はかり知れぬ無限のインドラの網の目によって一個の果実を包みこんでいる。

この恵み、恵まれる関係の総体が〈天〉なのだ。〈その果実は既に属してゐる〉だけではない。〈その果実〉が〈既に天〉を形成しているのだ。一個の果実は、一切の〈天〉の恵みをうけて〈静かに熟れ〉ていくのである。そして、その果実自身が〈天〉の恵みとしてまわりのものに己れをささげてもいるのである。〈天〉とはたがいに生かし生かされる関係にあるものの一切を指している。

一即多・多即一

前にあげた安水の詩「水のなかで水がうたう歌」を想起してほしい。〈一即一切・一切即一〉（あるいは一即多・多即一、あるいは自他合一）という天地自然の摂理について語った。

これまで、アイデンティティということが強調されてきた。〈私〉の私であるゆえんをとらえたいということだ。私は私、おれはおれという自己主張ともいえよう。自己限定といってもいい。自己同一化ともいえよう。

己れがほかならぬ己れであることを確認したいのだ。自己があやふやになり、あいまいになることをおそれるのだ。だからこそ、〈一即一切〉ということを己れがなくなる、うすれてしまう、ぼやけ、あいまいになる――つまり自己喪失としておそれるのだ。そのことが、〈青ざめてしまう〉畏怖の念となることについて述べた。

一個の果実が〈天に属してゐる〉ことは、いわば〈一即一切〉である。それは〈一切即一〉でもある。

〈天に属してゐる〉ことの〈おそろし〉さと、「すばらしさ」を思うべきである。

眼前に一個の果実が〈静かに熟れてゆく〉という現実をふまえ、しかし、その現実をこえて、一個の果実に、〈一即一切・一切即一〉の相を見るところに虚構の世界が創りだされる。

一個の果実が〈静かに熟れてゆく〉平凡な事実の中に、はかり知れぬこの宇宙の不可思議な摂理を見るべきである。

15 自己の存在証明
——石原吉郎「木のあいさつ」

木のあいさつ

ある日　木があいさつした
といっても
おじぎをしたのでは
ありません
ある日　木が立っていた
というのが
木のあいさつです
そして　木がついに

いっぽんの木であるとき
木はあいさつ
そのものです
ですから　木が
とっくに死んで
枯れてしまっても
木は
あいさつしている
ことになるのです

私は私である

挨拶といえば、まずは自己紹介であろう。教師であるならば、「〇〇小学校五年担任の教師をしております〇〇と申します」といった具合にだ。

われわれは肩書付で他者とつきあっている。どこそこの何々……といった形で社会的に存在しているといっていい。

したがって、「私は私である」という自己の存在証明が必要となる。

しかし、〈木はあいさつ／そのもの〉である。〈木〉は〈木〉として立っていることによって、ほかならぬ己れを〈木〉として、人々に自己の存在証明をおこなっているといっていい。〈木が立っていた／というのが／木のあいさつ〉である。

いや、〈木が／とっくに死んで／枯れてしまっても〉木は木であることにかわりはない。だから〈木は／あいさつしている／ことになるのです〉という。

〈おじぎをしたのでは／ありません〉何ら〈あいさつ〉の儀礼なしにでも木は、そこに立っているだけで松であるとか桜であるとか無言のうちに自己を紹介しているのだ。

人間もかくありたいという願望がこの詩にこめられていよう。（それをこの詩の真実という。）

発想のおもしろさ

木は立っているだけで何の木であるかを語っていることを〈木はあいさつ／そのものです〉と人間化して発想するところに虚構の方法があり、虚構の方法によって創造された詩を虚構の世界とよび、この発想がひきおこすこの詩のおもしろさが虚構された美なのだ。

もちろん、前述したようなきわめて大真面目な主張が〈ある日　木が立っていた／というのが／木のあいさつです〉という、どこか人を喰ったような、また話をはぐらかすような軽妙な味わいがつまりは、この詩のおもしろさ、美ということなのだ。

16 天を見下ろす逆説

――山之口　貘「天」

天

草にねころんでゐると
眼下には天が深い

風
雲
太陽
有名なもの達の住んでゐる世界

天は青く深いのだ
みおろしてゐると
体軀《からだ》が落つこちさうになつてこはいのだ
僕は草木の根のやうに
土の中へもぐり込みたくなつてしまふのだ

天を見下ろす

草にねころんでゐると
眼下には天が深い

〈天〉つまり空はふつう見上げるものであるが、〈ねころんでゐると〉もちろん、〈天〉(空)は、〈眼下に〉いわば見下ろす形となる。この現実をふまえて、話者の〈僕〉は、〈天が深い〉という。

ここで天が高いというべきところを、〈眼下には〉という条件のもとでは、〈深い〉と表現するほうが似つかわしい。しかも〈天が深い〉という言い方はこのあとの連とひびきあって日常の意味をこえたものとなってくるはずである。

つづいて二連の〈風／雲／太陽〉という現実の題材を、〈有名なもの達〉と表現することで、〈天〉が現実をふまえながら現実をこえた〈有名なもの達の住んでゐる世界〉と化す。つまり〈天〉は、現実の空であると同時に現実をこえた虚構の世界となる。それは、いわば、人間世界に擬せられたものとなる。

さらに三連で〈天が深い〉を変化発展させて〈天は青く深いのだ〉という。〈有名なもの達の住んでゐる〉〈天〉は、なんと魅惑的に〈青く深いのだ〉ろう。それは〈僕〉にとってあこがれの世界でもあろう。

〈眼下に〉〈青く深い〉〈天〉を〈みおろしてゐると／体軀《からだ》が落つこちさうになつてこはいのだ〉。その世界が〈深い〉からこそ、そこに落ちることのこわさを思う。

〈天〉へ〈落つこちさう〉というが、しかし、それは実は〈天〉に昇っていくことである。〈有名なもの達の住む〉世界の一人に加わることを意味している。

それにしても、かくも魅惑的な〈青く深い〉〈天〉の世界へ上昇することが何故にかくも〈こはい〉のだろうか。〈有名なもの達の住んでゐる世界〉の一人になることは、俗なたとえをとれば「立身出世」ということであろう。

自分自身が〈こはい〉

〈僕〉ならずとも誰もが、その〈世界〉の一員になることを望むにちがいない。しかし、「立身出世」は、多くの場合、人間としての堕落とひきかえにしか実現しない。だからこそ〈僕〉は〈こはいのだ〉。

ここで〈こはい〉というのは、〈有名なもの達の住んでゐる〉〈天〉の世界が〈こはい〉ととらえてもいいが、それだけではない。むしろ、〈落つこちさうに〉なることを心ひそかに願っている自分自身の弱さこそが〈こはい〉のだ。〈天〉にあこがれ、上昇志向する自分自身の弱さを自覚しているからこそ、立身出世を〈落つこちさう〉とおそれているのである。

だからこそ、〈僕は草木の根のやうに〉弱い自分をしっかりとささえ守ってくれるであろう〈土の中へ〉仲間たちの中へ〈もぐり込みたくなつてしまふのだ〉。

見上げるものとしてある〈天〉を、〈みおろして〉というところに、現実をふまえ現実をこえる発想がある。

魅力的だから、あこがれるから、だからこそ、それを〈こはい〉とおそれる逆説のおもしろさがこの詩の美といえよう。

17　自己分裂・喪失の悲喜劇

――藤富保男「ふと」

ふと

ぼくは時時ベンチに坐って考え込む
あのこと　を
ぼくは　その時いつも
ぼ　と　く　になってしまうのである
ぼ
が坐っていて
く

が立っていて
二人で口を開けて月を見ていることがある
月は後向きになって
煙を吐いて留守になる

頭が重い
象がぶら下っているからである
もう　いけない

走れ　走る
走った　橋っ　橋っ　走った

ところで
走っているのは
ぼ　でも
く　でも

ぼく自身でもなく
橋でもなくなってしまう

もう　いけない　が
象にまたがって
一人で走っている

自己の分裂・対象の喪失

ぼくは時時ベンチに坐って考え込む
あのこと　を

これは、いわば日常の風景である――といっていい。やがて、この詩は〈現実をふまえ〉、〈現実をこえる〉ものとなっていく。

〈あのこと〉というときの指示語〈あの〉は、話し手と聞き手の間で共通理解されていることがらを指示するときの用法である。たとえば、夫が妻に「おい、あれを持って来てくれ」、「ああ、あれですか」といった具合に、説明不要の場合に用いられる。

つまり、話者の〈ぼく〉が〈あのこと〉といったとき、本来ならば聞き手〈読者〉は、「ああ、あのことか」と理解できるはずのものであるが、この詩にあっては、〈あのこと〉というのは何の事なのか？　と逆に読者は関心を示すものとなっている。いわば読者に対する仕掛となっていて、このあと、〈あのこと〉が何を指示しているか、何を意味しているか、わかってくるはずのものである。

ぼくは　その時いつも
ぼ　と　く　になってしまうのである
ぼ
が坐っていて
く
が立っていて
二人で口を開けて月を見ていることがある

〈ぼくは　その時いつも／ぼ　と　く　になってしまうのである〉は、いわばことば遊びである。〈ぼく〉ということばが〈ぼ〉と〈く〉に分裂し、〈ぼ／が坐っていて〉〈く／が立っていて〉というのは、いわば〈ぼく〉という人間の主体が引き裂かれていることを意味している。

大仰にいうならば近代人の自我の分裂ということであろう。

〈二人で口を開けて月を見ていることがある〉。〈ぼく〉は一人であるはずのものが、いまや、〈ぼ〉と〈く〉の〈二人〉に分裂して、しかも、どちらも口をぽかんとあけて〈月を見ている〉。

ところが、せっかく〈月を見ている〉にもかかわらず、

月は後向きになって
煙を吐いて留守になる

事柄としては何のことやら意味不明である。

しかし、これでは、せっかく〈二人〉が見ているにもかかわらず、相手の〈月〉にそっぽを向かれた感じでとりつく島もない。

〈ぼ〉〈く〉が何かを相手どって、何かをつきつめようとして、何かを見きわめようとして（つまり〈あのこと〉を）、自己分裂しながらも、対象をとらえようとしているのに、どっこい、その対象はそっぽを向いて〈煙を吐いて留守〉になってしまう。対象自体を失った感じである。

これは、もう、まったく〈頭が重い〉状態にならざるをえない。

自己喪失の不安感・焦燥感

頭が重い
象がぶら下っているからである
もう　いけない

あの巨大な、というよりも鈍重な〈象がぶら下っている〉、その重さをひきずっている。〈もう　いけない〉あとは、しようがない。走る以外にない。〈もう　いけない〉という思いだけが、先走っていくことになる。どうしようもないが何かしなくちゃいけないという焦燥感だけが、自分を置いてけぼりにして先へひとり走っていく。

それが、

走れ　走る
走った　橋っ　橋っ　走った

となる。

〈走〉〈橋〉はいわゆる懸詞である。「ハシ」という同音をつらねながら〈走れ　走る／走った　橋っ　橋っ　走った〉となる。

何かを架橋にして、先へ先へと〈走る〉、ブリッジ（橋）をかけつつ、つながりをつけつつ、思考を一人歩き、いや一人走りさせている。

自分の焦燥感だけが先へつっ走ってゆく。現代人の自己喪失の不安感、焦燥感、その思いだけが、目的そのものさえも喪ってすら〈走っ〉ていく。目的もなくただひたむきに走っている状態になってしまう。

そこには自己の主体を喪失し、目的も行方不明となりながら、行動のみが自己目的化している姿がある。しかし、その自己目的化されたものまでが無意味となってしまうのだ。

それがまさに、

ところで
走っているのは
ぼ　でも
く　でも
ぼく自身でもなく
橋でもなくなってしまう

これは、もう、いかんともしがたい状態である。ただ、喪失感、焦燥感だけが残ってしまう。

もう　いけない　が
象にまたがって
一人で走っている

〈もう　いけない〉という焦燥感だけが〈ぼく〉という主体を置きざりにして〈一人で走っている〉というわけなのだ。

〈ふと〉(題名) 読者が、己れに立ち返ってみると、私たちは何か意義あることをやっているかのごとく思いこみ、あくせくやっているが、ふり返ってみると、やっていることちらも分裂しており、やっている対象 (あのこと) も目的もどこかへいってしまい、定かでない。それなのに、ただひたむきにあくせくやっていることがあるのではないか。余勢をかってあくせくやっているということだけが自己目的化されてしまう。

〈ふと〉という題名は、読者に、己れ自身を〈ふと〉ふり返らせるものともなっているのだ。

現代詩——ことばの実験室

現代詩はいまやことばの実験室といわれる。ことばを極端に「いじめ」ぬき、とことん分解し、意味がなくなる寸前まできて、再構成することで、あらたな意味を創造する。〈ぼく〉ということばを〈ぼ〉と〈く〉に分解し、無意味な「ボ」と「ク」という音（文字）にしてしまう。しかし、実験といってもただ分解すればいいというものではない。分解というのは、逆に総合してそこに新しい意味を生みだすことでなければならない。あらためて、組み立てることで一つの「価値」が生みだされなければ、たんなる実験に終わってしまう。実験といってもリアリティを失ってしまってはならない。

〈ぼく〉が〈ぼ〉と〈く〉という音、あるいは文字に分解しただけならば、無意味《ナンセンス》である。しかし、〈ぼ〉が坐って、〈く〉が立っているという。人間は同時に坐って、立っていることはできない。だが、人間の精神状態は、本来できないはずの分裂した形をとる。奇妙なことではあるが精神の分裂状態というものはたしかにあるのだ。そのことをまさに〈ぼ〉と〈く〉になるという無意味《ナンセンス》によって意味づけた詩といえよう。

この詩の状況は、〈ふと〉己れをふり返り見たときに、たしかに「ありうる」こととして実感をもって受けとめられるにちがいない。

それにしても現代のわれわれのこのような状況は、こっけいでもあり、また痛ましくもあり、むなしくもある。自己分裂・自己喪失の悲喜劇、それがこの詩の美といわれるものなのだ。

18 根拠なき推理の生む虚像
――藤富保男「推理」

藤富保男の「ふと」という詩をとりあげたついでに、もう一つ、藤富の「推理」という詩を紹介しておく。
この詩もいわば「ナンセンス詩」の一つと考えられよう。

推理

かなり雨が公園をぬらしていた
のではなかった
そこに一人の犀の如き男がベンチに坐っていた
のではなかった

その人のレインハットが公園一杯に拡がろうとしている
のでもなかった
その男のわきに汽船のような女が坐っていた
のでもなかった
雨が幻想の荒縄のように降っていた
のでもなかった
公園には不必要な星が落ちてきて
男が巻尺のように　ののののののびて
海まで到着し　波の中で少々とけて行く
と
いうこともなく
結局何もないようだが
何かがあったのだ
この雨の公園で
そういう
ことに
する

否定に否定をかさねて

〈かなり雨が公園をぬらしていた〉というのは、日常的、現実的な事柄ではあるが、しかし、この詩は〈のではなかった〉と、その事柄、事実は否定されている。つまり何事もなかったわけである。

〈そこに一人の犀の如き男がベンチに坐っていた〉というのも、日常的ではあるが、〈犀《さい》の如き男〉という比喩の異常さによって、何かしら非日常的、非現実的なものに感じられる。しかし、これも〈のではなかった〉と否定され、結局、そこには何事もなかったというわけなのだ。

このあと、

・その人のレインハットが公園一杯に拡がろうとしている
・その男のわきに汽船のような女が坐っていた
・雨が幻想の荒縄のように降っていた。
・公園には不必要な星が落ちてきて
男が巻尺のように　ののののののびて
海まで到着し　波の中で少々とけて行く

と、非日常的、非現実的なイメージがくり返し展開してくるのではあるが、しかし、それらはすべて、〈のではなかった〉〈のでもなかった〉〈と／いうこともなく〉と否定される。〈結局何もない〉のだ。

非現実の現実化（虚構化）

しかし、〈結局何もないようだが／何かがあったのだ〉と、この異常とも思える非日常、非現実のものが、現実のものとされる。

もちろん、読者はこのような不合理な非現実を現実と受けとるわけにはいかない。しかし、〈そういう／ことに／する〉といわれると、それなら、それで仕方ないと受け入れることにもなろう。

それにしても、これは題名にあるとおり〈推理〉である。しかし、推理というものは、本来、しかるべき事実というものを手がかりとして、合理的に推理をおしすすめ結論に到るものである。

ところが、この詩にあっては、たとえ現実的な〈かなり雨が公園をぬらしていた〉という事実があるにしても、それは、先に見たとおり、〈のではなかった〉と否定されているわけで、結局、推理するための手がかりとなる事実は何一つないのである。

しかし、〈結局何もないようだが／何かがあったのだ〉といわれると、読者は、事実、意味の上では否定しても、イメージの上では何かがあったような感じにさせられてしまう、何故か。いくら意味の上で（事実の上で）〈のではなかった〉〈のでもなかった〉〈と／いうこともなく〉と否定をかさねても、推理によって、次々とくりだされてくるイメージはたとえ現実にありえない奇怪なことであっても、イメージとしては読者の中に残るのだ。つまり奇怪な虚像がしだいに形成されていって、あげくのはては、〈何かあったのだ〉と思いこまされることになる。

事実、根拠というものなしに推理をすすめていくと、えてして、このような奇怪な、あるいはばか気た結論に到るものである。ということを、この詩はわれわれに教えてくれる。

荒唐無稽なばか気たナンセンスの詩ではあるが、逆に、この詩から読者はこのような「推理」というものの、あほらしさと、反面、おそろしさとを、痛感させられることであろう。

無意味なことば遊びに類する詩ではあるが、にもかかわらず、この詩はきわめて現代的な寓意を秘めたおそろしい詩なのだ。

19　生命の芽ぶくドラマ
――安東次男「球根たち」

球根たち

みみず　けら　なめくじ
目のないものたちが
したしげに話しかけ
る死んだものたちの
瞳《め》をさがしていると

一年じゅう
の息のにお
いが犇めき
寄ってくる

小鳥たちの屍骸
がわすれられた
球根のようにこ
ろがっている月

葬むられなかった
空をあるく寝つき
のわるい子供たち

あすは、
すいみつ。せみ。にゅうどうぐも。

(Juin)

篠田一士の評価

安東次男の「球根たち」は〈一九五六年から三年間ほどかかって完成された十二の詩篇からなる《Calendrier》のひとつで、六月分に当たる。引用したテキストは『秩序』（第七号）に載った決定稿による。『安東次男詩集』（ユリイカ版、一九五七年）にも収められているが、行換えがかなり違っており、また表題も「六月」となっている〉という文芸評論家の篠田一士は、この詩を高く評価して評釈をつけている。

結論をさきに書いてしまうと、この《calendrier》は、ぼくの読んだかぎり、もっともすばらしい最近の詩の収穫である。これほどまでに詩的言語が緊密な構成をもち、ひとつひとつの言葉がゆるぎない重みをいだきながら、しかも、さまざまな起伏にめぐまれた豊かな空間をくりひろげている作品を外に知らない。

篠田は〈これほどまでに詩的言語が緊密な構成をもち〉〈ひとつひとつの言葉がゆるぎない重みをいだき〉と評しているが、このことの肝心な具体的な分析は見られない。

篠田は、この詩を音楽になぞらえて、次のように書く。

「球根たち」の音楽はいささか速い緩徐調――そう、まさにアンダンチーノの速度で、ぼくたちの内部を通りすぎてゆく。冒頭にならんだ三つの動物の名前は、遠い昔にきいた懐しい旋律のように、ぼくたちの優しいノスタルジーを喚起する。そして終末行もまた、夏のかがやきを象徴する三つの名詞が高らかに唱われるが、このとき読者が経験するのは、もはやノスタルジックな情感でもなければ、また六月の風情が過不足なく写しだされているといった不動の風景の厳正さでもない。前後二度行われる三つの名詞によるメロディックな喚起のあいだ、この詩の音楽は一度も魅力的な唱声を聴かせてくれない。むしろ、動物の死にまつわるブッキラボーな散文的な詩句が一見無造作にならんでいる。

そんなものかとは思うが、音楽について素人の私には、この詩が篠田のいうような音楽的構成をもつものであるか否かについて、その当否をあげつらう資格はない。

しかし、このあとの篠田の解釈に対しては異論がある。

だが、無造作にみえるのは外観だけで、詩人はおそろしく手のこんだ技巧をこらしている。たとえば第四聯と第五聯は、それぞれ俳句の句中断止の切字を思わせる堅牢な名詞止で終っている。しかし、もしそれだけならば、夏を迎える季節の風物をスナップ・ショット式にまばらにぼくたちの記憶に刻印してゆくだけで、詩としての実体は浅薄なものにな

ったであろう。ここで、第五聯の冒頭にくる

葬むられなかった
空を…………

という大変難解な詩句がすばらしい効果を発揮することになる。「葬むられなかった空」というイメージは決して唐突ではない。この死にまつわる言葉は第二聯から第四聯にかけて執拗に唱われてきた、さまざまな動物の死骸についてのいくつかのイメージと直接つながっており、それを意味のうえで逆用させた、いわば知的な遊び——つまり軽みの業くれなのだ。地をはう動物たち、一年じゅうの息のにおい、小鳥たちの屍骸……　詩人にとって六月は腐敗と死の運命にあえぐ、もっとも地上的な季節らしい。球根のイメージは、あのT・S・エリオットの『荒地』の導入部にでてくる

…… stirring
Dull roots with spring rain.

とほとんど同じように死の呪咀にかけられているが、この場合の情況は『荒地』のそれと

正反対である。
万象すべてが爛熟と腐敗への過程をまっしぐらに進んでいるときに、そうした死の呪詛から完全に免れているのは紺青の六月の空だけだ。それは穢れというものを知らず、かぎりなくひろがる空間はもはや空間というものではなく、無垢そのものの象徴と言ってもいい。無心な子供は宇宙と同じように、かぎりない彼の夢と欲望をこの青々とした空に託すことができる。

あすは
すいみつ　せみ　にゅうどうぐも

もう一度繰りかえすと、ここで夢みる子供たちは遠い彼方にいる過去のぼくたちの片影ではない。子供たちは、ぼくたちの内部の碧空を濶歩しているのだ。子供たちは、ぼくたちの想像的世界そのものなのだ。

〈葬むられなかった／空を……〉〈……寝つき／のわるい子供たち〉についての篠田の解釈を私はとらない。その理由については、後に私自身の解釈を述べるが、その前に、文芸評論家の粟津則雄が、篠田に対しての反論を書いているので、それを紹介する。

粟津則雄の反論

この詩については、篠田一士が詩集解説のなかで立入った分析を行っているが、ぼくにはいくつかの点で首肯しがたい。たとえば彼は、第五聯の冒頭に来る、

葬むられなかった
空を……

という詩について、「死の呪詛から完全に免れているのは紺青の六月の空だけだ」と言い、前からのイメージと直接つながりながら「それを意味の上で逆用させた、いわば知的な遊び――つまり軽みの業くれなのだ」と述べているが、これはひいきの引き倒しと言うものだろう。当然の成行として、彼は「寝つきの悪い子供たち」を、「限りない夢と欲望をこの青々とした空に託す」「無心な子供」ととるのだが、ぼくには、篠田が、子供というイメージに、不当に感情移入を行っているものとしか思われぬ。「葬むられなかった空」とは、捨て去られたままの屍骸のように腐敗を増してゆく梅雨空だろう。寝つきのいい子供にとってこそ、空は眠りにつくたびに死に、目覚めるたびに生れるだろうが、寝つきの悪い子供は、葬むられなかった空というこの一種の死のなかで、ひたすら見ることしか出来ぬ。

篠田に対する粟津の反論も私としては、異論がある。

実はこの詩について、私は、かつて大岡信とある雑誌で対談をしたことがある。その速記の一節を引用しておく。

私が、〈空〉〈子供〉についてはもちろん、この詩全篇をどのように解釈したか、そのおおよそのところは、理解していただけると思う。

大岡信 vs. 西郷竹彦（対談記録）

西郷　詩のテーマについてはまださだかにつかめませんが、まず〈みみず　けら　なめくじ〉とありますが、これは軟体的なイメージも与えますが、目のないものですね。それがつぎの〈目のないものたち〉につながり、そして〈瞳《め》をさがしている〉というふうにつながってくる。わたしたちは球根という題名にさそわれて読んでいく。題名も詩の冒頭の一行のように読んでいきますね。するとそこで〈目〉を〈芽〉に重ね合わせて読みたいものがあります。
大岡　おそらく安東さんも、それは考えていたんじゃないでしょうか。
西郷　球根の芽生えていない状態が一つあるわけですね。これも短歌や俳句でなされてきた技法だと思うんですが、ただ安東さんの場合は、原則的にはそういう技法ですが、意味的には非常に発展した新しいものとして作られているんじゃないでしょうか。型態といっていいんでしょうが、それぞれの連が一つの形にまとまっていますね。たとえば〈したしげに話しかけ〉で行が折れて、つぎの行に〈る死んだものたちの〉とまたがっている。つぎの連でも〈一年じゅう〉で折れて〈の息のにお〉とまたがり、さらに、〈いが犇めき〉と折れ曲がっていますね。これは一つ一つの形としては四角ですが、なんか球根のイメージを考えておられるんじゃないかと思うんです。

大岡　安東さんはこれだけの詩を書くのに、それこそ右から左から上から下から、十分せめぬいて書いたと思いますね。この詩はそういうことを十分考えながら作られていると思います。

西郷　この詩は眼で見なければならない詩というところがありますね。

大岡　そうです。ですから藤富さんの場合、と対照的。藤富さんのは、読み方によって非常におもしろいと思います。安東さんのは目でじっくりと、ほんとうにさわりながら読んでいかないとだめな詩でしょうね。

西郷　その点で日本の詩というのは、ヨーロッパの詩とちがったおもしろさがあるんじゃないか。つまり目で見るおもしろさですね。伝統詩の場合でも散らし書きというのがありますね、色紙に。言葉を散らして書いていく構図のもつおもしろさですね、絵画的な。

これも一つのおもしろさといっていいんじゃないでしょうか。

大岡 安東さんのも散らし書き的なところがありますね。

西郷 そうですね。そういう「球根たち」というイメージが、どうもぼくにはあるんですよ。作者の意図はわかりませんが、たぶんそうじゃないでしょうか。

大岡 「球根たち」ですから一つの球根ではないので、細長いのもずんぐりした球根もあるということが、おそらくあるでしょう。たまたま一区切りずつのフレーズで切れている。一区画ずつを長方形の形にしたために、短いもの長いもの、つまりフレーズの長さによって大きさがきまってきたわけですけれども、それは安東さんにしてみれば、書きながら気づいたことかもしれない。これはいけるというふうに。

西郷 わたしは丸くないところがにくいと思うんですよ(笑)。球になぞらえて行を構成していくと、あまりつきすぎてうまくない。

大岡 それはアポリネールなどがやったカリグラムですね。これは、文字の形が内容にあまりつきすぎた形になるとつまらないですね。

西郷 四角になっているので、球根を逆におもしろさとして感じさせるんじゃないかと思うんです。〈みみず　けら　なめくじ〉とはじまった詩が、最後の連で〈あすは、／すいみつ。せみ。にゅうどうぐも。〉という、非常に明るい、伸びていく、そして甘い、いのちのひらいていくイメージに飛躍しますね。これは球根のいのちの芽ぶいていくイメージかなと思うんですが。

大岡　そうでしょうね。球根のいのちですね。おそらく安東さんの書きたかったものの一つは、非常に暗くて目もない世界でひしめく気配。それは、未完成のまま死んでいくもののひしめく世界ですが、同時に、あすは芽を出すであろうものがそこに潜んでいる世界でもある。予感、予兆のひしめきの世界ですね。それがだんだん伸びていって、夏の光が溢れる開かれた世界にまでいく。そこにはせみの声のにぎやかな音もあるし、すいみつの味覚の世界もある。つまり、どこに目や鼻があるのかわからないような、原質というのかな、核の世界があって、それがだんだんふくらんで生命を開いていく時間のゆっくりした流れを、いくつかの連のあいだに経過させておいて、最後にパッと開放したんでしょうね。ここにいってみれば安東さんの詩についての考え方も出ているように思うんです。現代詩というのはある一つのことについて言っていると同時に、詩とはなにかという詩論になっているところがあります。「球根たち」という詩は、安東次男の「詩による詩論」を背景にもっている詩だと思います。

西郷　〈みみず　けら　なめくじ〉という、やや気持ちの悪い陰湿なイメージがぬめぬめと空間的にのたうっていながら、しかし読んでいくと、いのちがそのうちにうずいていてやがて開花していく時間的な流れも感じさせますね。実におもしろいですね。

大岡　そこまで読みとることは決して容易ではないだろうと思いますけれども、実際にはそういう読み方をしていくと、すぐれた現代詩は、それぞれ山あり谷あり洞窟ありで、面白いものだと思うんですが、一般的にいうとむずかしいということで片付けられてしまう。安東さんなどはいろいろな試みをしている人で、それだけに難解といえば難解な詩人だと思いますけれども、でもきっかけというのはあるんです。糸口さえ見つければ、あとは割合、素直にその糸口をたぐっていくうちに詩の全体が見えてくるんで。

詩による詩論

たしかに球根とは、見た眼には、ごろんと転がった屍のようなものである。しかし、その内面は、〈一年じゅう／の息のにお／いが犇めき／寄ってくる〉ように、一年の営みが栄養として蓄えられ、それは、球根の内面に〈犇めき〉うごめいている。それはあたかも〈寝つき／のわるい子供たち〉のごときものであるといえよう。

しかし、時来たり六月ともなれば、一気に芽を吹きだして、たくましく成長して開花する。生命のドラマが、ここにある。

最後に、大岡信は、この詩は〈詩による詩論〉でもあると語っているが、なるほどと思う。多くの詩人が、詩そのものによって己れの詩論を展開していると見られるものを書いているが、私も、そのようないくつかの例についてこれまで言及してきた。この詩も大岡の語るように、たしかに安東の詩論と見ることができよう。

20 まとめられぬまとめ
——詩の美のかぎりない多様さ

序章からはじまって、二十篇ほどの名詩をとりあげ、その一つひとつについて、これまで諸家の評釈を引用しつつ、私の虚構論をふまえての美の構造仮説によって具体的な解釈を述べてきた。

私の虚構の定義、美の定義は一つであるが、この仮説によって分析される詩の美はかぎりなく多様である。詩における美とは、まさしく詩の数ほどあるといっていい。

これまでとりあげた名詩は、詩の美というものについての自説を展開するのに格好のものを選んできた。

しかし、もちろん、詩の美は、これに尽きるものではない。

紙数にかぎりがあるので、残念ながら、とりあげるべき、またとりあげたい名詩の数々を余儀なく割愛せざるをえなかった。

たとえば北原白秋をはじめ宮沢賢治や明治、大正の詩人たちの数々の名詩、はては現代のすぐれた詩人たち、たとえば金子光晴や宗左近その他。あぐべき名詩は多い。いずれ機を見て、これらの名詩をとりあげてみたいと思う。

しかし、残された紙数で、詩の美の多様さの一端を垣間見ていただこうと考え、さらに二十篇ほどを選んだ。

ここでは一切の先行する文献の引用は割愛し、私の美の構造仮説にもとづく解釈のみを示した。

本書では、計四十篇ほどを扱ったことになる。

ごらんのとおり、美の構造仮説は一つでも、それの適用する詩の数はかぎりない。

そもそも美というものがそういうものなのであろう。

そこに詩の豊かさ、深さを見ないわけにはいかない。

以下思いつくままに詩をとりあげていく。その順序には、ことさらの意味はない。

火の記憶

広島原爆忌にあたり

木下夕爾

とある家の垣根《かきね》から

蔓草《つるくさ》がどんなにやさしい手をのばしても
あの雲をつかまえることはできない
遠いのだ
あんなに手近にうかびながら

とある木の梢《こずえ》の
終わりの蟬《せみ》がどんなに小さく鳴いていても
すぐそれがわきかえるような激しさに変わる
鳴きやめたものがいっせいに目をさますのだ

町の曲がり角で
田舎みちの踏切で
私は立ち止まって自分の影を踏む

太陽がどんなに遠くへ去っても
あの日石畳に刻みつけられた影が消えてしまっても
私はなお強く　濃く　熱く

今在るものの影を踏みしめる

何回目あるいは何十回目の広島原爆忌がめぐってくる。

広島の原爆の〈火の記憶〉は風化されつつある。

道を歩いていると〈とある家の垣根《かきね》から／蔓草《つるくさ》が〉〈やさしい手をのばして〉いる。

ありふれた日常的な風景である。

しかし、〈どんなにやさしい手をのばしても〉〈あの雲〉、あの原爆の雲が何であったのか、——その意味を〈つかまえることはできない〉。〈あんなに手近にうかびながら〉すぐ手のとどくところにあるように見えて、実は〈遠いのだ〉。広島原爆とは何であったか——原爆忌は、そのことの意味をあらためて問い返す日である。にもかかわらず、それは、なかなかむつかしい。〈手近にうかびながら〉〈遠い〉〈あの雲〉のようである。

〈とある木の梢《こずえ》の／終わりの蟬《せみ》がどんなに小さく鳴いていても〉云々の二連は、日常的な夏の蟬の様子である。しかしそれは日常の現実を描きながら（現実をふまえ）、実はくる年毎におこなわれる原爆忌のたびに、原爆とはそもそも何であったのか、そのことをめぐる論議がひとしきりもりあがるものの、いつかそれも下火となって小さな声に変わってしまう。しかし、だからこそ、再び、それは勢いを得て〈いっせいに目をさます〉。

原爆忌の歴史とは、まさにそのようなものであったといえよう。

こうした原爆忌の歴史の中にあって〈私〉は、ふと〈町の曲がり角で／田舎みちの踏切で〉〈立ち止まって自分の影を踏む〉。

それは日常の現実の何気ない一瞬の出来事にちがいない。だが、それは原爆忌のたびに、原爆とは何であったのか、歴史の〈曲がり角〉、〈踏切〉で〈自分の影を踏む〉ようにたしかめざるをえないのだ。

それは己れ自身の生きてあることをたしかめる行為でもある。

こうした自問自答をくり返す〈私〉は、たとえ、〈あの日石畳に刻みつけられた影が消えてしまっても〉〈今在るものの影〉を、しっかりと踏みしめ、あらためて、その問いを問い返すだろう。

現実をふまえた日常のイメージがそのまま非日常の非現実の原爆のイメージに転化し、かさなる。それがこの詩の虚構の構造であり、そこにこの詩の虚構の美があるといえよう。

コレガ人間ナノデス

原　民喜

コレガ人間ナノデス
原子爆弾ニ依ル変化ヲゴラン下サイ

肉体ガ恐ロシク膨脹シ
男モ女モスベテ一ツノ型ニカヘル
オオ　ソノ真黒焦ゲノ滅茶苦茶ノ
爛レタ顔ノムクンダ唇カラ洩レテ来ル声ハ
「助ケテ下サイ」
ト　カ細イ　静カナ言葉
コレガ　コレガ人間ナノデス
人間ノ顔ナノデス

題名の〈コレガ人間ナノデス〉が、題をふくめて四度くり返される。そのたびに読者は、いや、これはもう「人間ナノデハナイ。人間ノ顔ナノデハナイ」と強く強く否定せざるをえない。

〈原子爆弾ニ依ル変化〉とは〈男モ女モスベテ一ツノ型ニカヘル〉ことであった。一人ひとりの人間はかけがえのない一人ひとりである。この十人十色、百人百色であるはずの一人ひとりの人間がいまや、〈スベテ一ツノ型〉となってしまった。

そこには原子爆弾とそれを使用したものに対する深い怒りと、はかりがたい悲しみがこめられている。

「助ケテ下サイ」という声が大声での叫びではなく逆に〈カ細イ　静カナ言葉〉であるだけに、その声は人々の胸をするどくつらぬいてくる。

この詩は、逆説の力を存分に発揮したものといえよう。

なお、漢字まじり片仮名表記は、原爆によって一切のものが無機物化、瓦礫の山となってしまい、自然のやわらかなイメージを一瞬に失った世界を表現するのにふさわしいものとなっている。

抗議

城侑

木を盗んで山道をおりてきたら
おれにむかつて
泥棒！　と
おまえはどなつた
だからおれは泥棒だが
おまえはなにだ

おまえの山の頂上から
立木を伐つて小さい町までおれは運んだ
枝葉をつけたままにして
ひきずりおろしたのもある
おれはたいてい短く切つて束ねて運んだ
そしていま泥棒になつたわけだ
ところでおまえは
なにであると証しができるか

このおれが
薪を担いで降りてくるのを
山の途中で待ち伏せていて
おれの顔が見えたときに
泥棒！　と叫んで
近づいてきただけのことじゃないか
それ以上になにをしたのだ
おれにたいして

なんだといつておまえは名乗る

さあ　おおきな声でいつてもらおう
おれにむかつて
泥棒！　といつたふうに
おまえ自身を

〈泥棒〉といわれた〈おれ〉は相手の〈おまえ〉に対して、〈おまえはなにだ〉〈おまえは／なにであると証しができるか〉〈おれにたいして／なんだといつておまえは名乗る〉のだ、と反問している。

もちろん、相手は山林の所有者、山林地主である。その山林から薪にするため〈木を盗ん〉だ〈おれ〉は世間の常識よりすれば〈泥棒〉にちがいない。

ばあいによれば警察沙汰にもなろう。山林地主のほうは所有権によってまもられている。「正義」のがわである。

しかし、〈おれ〉は〈おまえ〉を告発する。〈さあ　おおきな声でいってもらおう／おれにむかつて／泥棒！　といつたふうに／おまえ自身を〉と。

そもそも山というもの、つまり自然は誰のものでもなかつたし、ないはずである。それがいつのころからか、ある歴史の段階で所有権というものが生じ、ある一部の人間が自然を不法にも己れの所有物とした。

いうならば、土地はそれを耕す者に帰すべきである。そのことの主張がこの詩の裏にこめられているといえよう。

とすれば山林地主こそ「大泥棒」なのだ。〈おれ〉は〈泥棒〉だと居直っている。しかし、〈おまえ〉のほうは、それに輪をかけた大泥棒ではないかと指弾する。

階級社会における土地所有制度の矛盾をあばいた詩である。ここにはまったく被害者意識がない。受け身ではない、堂々としている。

この詩は〈抗議〉であって決して「弁解」ではない。常識を真向からたたきふせる鋭い風刺の詩である。

百人のお腹の中には

石垣りん

テーブルの上に百枚の皿
その前に百人の人
皿の上には百匹の比目魚《ひらめ》、

食器のふれ合うかすかな音の中で
魚はわずかに骨と、頭と、しっぽを残される
（乙姫様がごらんになったら、何ということか！）

百人の紳士淑女
白いナプキンで唇を拭きとって、しとやかに話すこと
「まあ、この頃の世相は何ということでしょう」

百人のお腹の中には
百匹の魚の屍。

一連の〈テーブルの上に――百匹の比目魚《ひらめ》〉
三連の〈百人の紳士淑女――「まあ、この頃の世相は何ということでしょう」〉
この奇数連は、ありふれたあるパーティの日常的風景である。
しかし、この平凡な風景もそれを虚構の眼で透視するとき、そこには、偶数連に描かれたきわめて異様な、おぞましくかつ残酷、無惨な風景がまざまざとうかびあがる。

日常の現実に非日常の風景を見出すものこそ——虚構の眼である。

われわれは、〈百人のお腹の中には／百匹の魚の屍〉のあることを見透す眼をもたねばならぬ。

匙

飯島耕一

焼け錆びた一本の匙が
日の光をいっそうまぶしいものとする
とても見ていられないほどのものにする
木々がざわめいている
この匙は
かつて一人の人間がそれで食物をたべたものである
かれがどんな顔をしていたかどんなことをしていたか
かれもおれたちも人間であるからには
おれたちは
それを
かんたんに類推することができる

かれが日の光を
まぶしがったり
木々のざわめきを愛しただろうことは
はっきりわかる
しかしかれをアウシュヴィッツで殺した者
がどんな人物だったか
おれたちには
わからない
それを思い描くことがたやすくは
できない

〈焼け錆びた一本の匙〉から〈おれたち〉読者は、この匙を使った〈一人の人間〉が〈どんな顔をしていたかどんなことをしていたか〉〈かれもおれたちも人間であるからには〉〈かんたんに類推することができる〉。

アウシュヴィッツに幽閉され、不条理の死を強いられた人間の愛と憎しみを、われわれはまざまざと思い描くことができる。それは、まさに人間的だからなのだ。

しかし、この人間たちを〈殺した者〉が、〈どんな人物だったか〉。それを〈思い描くことがたやすくは／できない〉。

それは人間の思考をはるかに超えるものだからだ。とても人間のすることではない所業だからだ。それは、およそ人間というもののなしうることではないことをしている者だからだ。

それは人間という名において呼ぶことのできぬ、ある何かなのだ。想像を絶する何者かなのだ。

20　まとめられぬまとめ

わたしを束ねないで

新川和江

わたしを束ねないで
あらせいとうの花のように
束ねないでください　わたしは稲穂
秋　大地が胸を焦がす
見渡すかぎりの金色の稲穂
わたしを止めないで
標本箱の昆虫のように

高原からきた絵はがきのように
止めないでください　わたしは羽ばたき
こやみなく空のひろさをかいさぐっている
目には見えないつばさの音

わたしを注《つ》がないで
日常性に薄められた牛乳のように
ぬるい酒のように
注がないでください　わたしは海
夜　とほうもなく満ちてくる
苦い潮　ふちのない水

わたしを名付けないで
娘という名　妻という名
重々しい母という名でしつらえられた座に
座りきりにさせないでください　わたしは風
りんごの木と

泉のありかを知っている風

わたしを区切らないで
，《コンマ》や・《ピリオド》いくつかの段落
そしておしまいに「さようなら」があったりする手紙のようには
こまめにけりをつけないでください　わたしは終わりのない文章
川と同じに
はてしなく流れていく　ひろがっていく　一行の詩

〈わたしを束ねないで〉というのは〈娘〉であり〈妻〉であり〈母〉である〈わたし〉を、さまざまな口実によって束縛するなという訴えである。と同時に、この詩は詩人としての新川和江が、〈わたし〉という詩をあれやこれやの規制によって束縛するなと主張してもいるのだ。

詩とは、詩人とは、ということについて自問自答した詩、あるいは詩による詩論ともいえよう。

紙風船

黒田三郎

落ちて来たら
今度は
もっと高く
もっともっと高く
何度でも
打ち上げよう

美しい
願いごとのように

〈美しい／願いごとのように〉は〈紙風船〉を〈落ちて来たら〉〈何度でも／打ち上げよう〉ということの比喩である。

しかし、この詩は逆に、〈美しい／願いごと〉を〈紙風船〉によって比喩したものと読みかえてもいい。

つまり、それは比喩するものが逆に比喩されるものとなる発想といえよう。

〈美しい／願いごと〉というものは誰もが思い描くにちがいない。しかし、美しい願いごとはそれが〈美しい〉ものであればあるほど、現実には実現不可能あるいはきわめて困難であって、たちまち、〈落ちて来〉るものである。

失望し、絶望させられるのが〈美しい／願いごと〉というものであり、それは、打ち上げた紙風船そのものである。

だからこそ、〈美しい／願いごと〉は〈紙風船〉のように〈落ちて来たら〉〈今度は／もっと高く／もっともっと高く〉と〈何度でも／打ち上げ〉ねばならないのだ。

この詩は〈紙風船〉と題して、実は、〈美しい／願いごと〉を主題としたものである。

落ちてきたら何度でも打ち上げる紙風船という現実をふまえ、その現実をこえて〈美しい／願いごと〉というものをうたった詩であり、そこに虚構としての美を見ることができる。

紙風船の日常性に〈美しい／願いごと〉という非日常の深い意味を見出す詩といえよう。

棒をのんだ話

石原吉郎

うえからまっすぐ
おしこまれて

とんとん背なかを
たたかれたあとで
行ってしまえと
いうことだろうが
それでおしまいだと
おもうものか
なべかまをくつがえしたような
めったにないさびしさのなかで
こうしておれは
つっ立ったままだ
おしこんだ棒が
はみだしたうえを
とっくりのような雲がながれ
武者ぶるいのように
巨きな風が通りすぎる
棒をのんだやつと
のませたやつ

なっとくづくの
あいまいさのなかで
そこだけ　なぐりとばしたように
はっきりしている
はっきりしているから
こうしてつっ立って
いるのだ

題名は「棒をのんだ話」であるが、ありていにいえば、「棒をのまされた話」である。〈うえからまっすぐ／おしこまれて〉というのは、相当に苦しい状態である。受け入れがたい何かを外側から強要され、しかも、それを受け入れざるをえない、また受け入れている。理不尽なことであり、不条理なことであり、到底、納得できぬことである。にもかかわらず、受け入れてしまう。こちらにも何か弱みがあるのだろうか。自己の主体性を、自由を、あるいは意思を奪われた状態だ。この姿の惨めさ、いたましさ、しかし、また棒をのんで硬直している姿は滑稽でもある。

棒をのませた相手も、のまされた自分も、そもそも棒の正体が何なのか、はっきりしない。何となく納得ずくでやらされている。そういう曖昧さの中で事態が進行していく。それは、おかしさ、みじめさというだけではなく、おそろしいことでもある。

そんなことがはっきりしているなら棒をかなぐり捨てればいいものを、それもできない。棒をのんで〈つっ立ったままだ〉。現代の人間の主体性を失った姿のカリカチュアが、ここにある。

動物園の珍しい動物

天野　忠

セネガルの動物園に珍しい動物がきた
「人嫌い」と貼札が出た
背中を見せて
その動物は椅子にかけていた
じいっと青天井を見てばかりいた
一日中そうしていた
夜になって動物園の客が帰ると
「人嫌い」は内から鍵をはずし
ソッと家へ帰って行った
朝は客の来る前に来て

内から鍵をかけた
「人嫌い」は背中を見せて椅子にかけ
じいっと青天井を見てばかりいた
一日中そうしていた
昼食は奥さんがミルクとパンを差し入れた
雨の日はコーモリ傘をもってきた。

自分で〈人嫌い〉と貼札を出して、観客に〈背中を見せて〉〈一日中〉〈椅子にかけて〉〈じいっと青天井を見てばかり〉いる。

自分で自分を〈人嫌い〉として宣伝しているわけである。

しかも、わざわざ、檻の中に入る。本来、檻の鍵というものは、外から他者がかけるものなのだが、この人物は、〈内から鍵を〉かけ、〈内から鍵をはずす〉。あべこべなのだ。

そうやって〈一日中〉〈人嫌い〉ということをみんなにアピールする。

〈人嫌い〉ということは俗世間とは無関係に生きていたい、あるいは生きている者のことだ。だが、この人物は逆に人前に出たがる。人の群れる動物園に、である。ほんとうに〈人嫌い〉ならば、なにも、わざわざ人前に出ることはない。どこか人目のないところにかくれていればいいのだ。

ところが、この人物、そうやって人前に己れの〈人嫌い〉を見せつけておきながら、〈夜になって動物園の客が帰ると〉自分も〈ソッと家へ帰って行〉く。もちろん、〈人嫌い〉ということを認めてもらう相手が誰もいなくなるからだ。

この人物、〈人嫌い〉といいながら、〈昼食は奥さんがミルクとパンを差し入れ〉る。〈雨の日はコーモリ傘をもって〉こさせる。

この矛盾が読者の苦笑をさそう。読者はふと、そこに己れ自身の自画像を垣間見る思いにもさせられ、先ほどの苦笑も凍る。

作者は、この人物を〈珍しい動物〉という。が、けっして〈珍しい〉とはいいきれない。その辺にいくらでも見られる人種なのではないか。むしろ、〈珍しい〉というより「嫌らしい」動物というべきかもしれぬ。

皮肉のきいた佳作である。

寂しき春

室生犀星

したたり止《や》まぬ日のひかり
うつうつまはる水ぐるま

あをぞらに
越後《えちご》の山も見ゆるぞ
さびしいぞ

一日《いちにち》もの言はず
野にいでてあゆめば
菜種《なたね》のはなは波をつくりて
いまははや
しんにさびしいぞ

〈寂しき春〉という題名は「さびしい春」とはちがう。この詩は題名から文語調ではじまり〈したたり止《や》まぬ〉とつづけられるが、〈うつうつ〉という俗語的声喩をまじえて、〈越後の山も見ゆるぞ／さびしいぞ〉という俗語調でしめくくられる。

文語調のもつみやびやかさと俗語調の軽みと親しみ深さという異質なものが一つとなり犀星詩独自の味わいを生みだしている。本来なら「木に竹つぐ」違和感を与えるはずのものが犀星詩にあっては、かえっておもしろい味わいとなっている。

〈したたり止まぬ〉という表現は、水の滴、流れを形容するものであるが、それが〈日のひかり〉を形容しているところは、すでに白秋に見られるところであるが、この詩にあっては、つづく〈うつうつまはる水ぐるま〉という水のイメージとひびきあって読者になっとくを与えるものとなっている。

それにしても、〈さびしい〉という語に〈ぞ〉という強意の終助詞をつけるのは「異様」である。これも、犀星詩の、いわば、味わいを生みだす一つの要素といえよう。

〈したたり止まぬ日のひかり／うつうつまはる水ぐるま〉という表現一つとりあげても、ここには春のアンニュイの気分と同時に、〈したたり止《や》まぬ〉自然の秘められた生命力、エネルギーをも感じさせる。なお、二連よりなる短い詩ではあるが、〈日のひかり〉〈水〉〈あをぞら〉〈山〉〈野〉〈はな〉〈波〉というイメージが天地四方にかぎりなく広がる世界をつくりだしているのはみごとである。

異質な文章体を止揚した独自の文体が生みだした美である。

いるか

谷川俊太郎

いるかいるか
いないかいるか

いないいないいるか
いつならいるか
よるならいるか
またきてみるか

いるかいないか
いないかいるか
いるいるいるか
いっぱいいるか
ねているいるか
ゆめみているか

ている。

〈いるか〉は、動物のイルカと、それが居るかという意味のどちらにもとれる曖昧さをもっている。

試みに、たとえば前連の初行は〈いるかいるか〉〈イルカいるか〉〈いるかイルカ〉あるいは〈イルカイルカ〉と三様にも四様にも読める。

ということは、正確な読解が不可能な文章なのだ。

しかし、この曖昧さが、かえって、あるときは水中にもぐり、かつ、水上にあらわれ、前に数えたイルカが、今数えているイルカなのか、さだかでない。いざ、何匹いるか数えようとすると、とまどってしまう――それがイルカというものなのだ。

まさに、この詩の曖昧さこそが、イルカというものの形態・生態を実にリアルに表現していることになるのではないか。

曖昧さこそが実はリアルな表現であるという逆説がなりたつところに、この詩の真と美とがある。

みぞれのする小さな町

田中冬二

みぞれのする町
山の町
ゐのししが　さかさまにぶらさがつてゐる
ゐのししのひげが　こほつてゐる
そのひげにこほりついた小さな町
ふるさとの山の町よ

――雪の下に　麻を煮る

〈ゐのししが　さかさまにぶらさがつてゐる〉のは、いま、眼の前にである。にもかかわらず、〈ふるさとの山の町よ〉と呼びかけているのは、〈みぞれのする町〉を遠く異郷の地にあって追憶しているのであろう。

それは過去の思い出の世界であると同時に現在の眼前の世界でもある。しかも、家の土間で麻を煮る生活のいとなみが、〈雪の下に〉と語られる。この時空の曖昧さともいえる二重映しの世界――それがこの詩の虚構の構造である。〈そのひげにこほりついた〉シャープな描写をふくみつつ、この世界ははるかな思い出の世界でもあるのだ。〈みぞれのする〉〈ひげにこほり〉つくようなきびしい凍る世界でありながら、そこは、〈麻を煮る〉紅い炎のあたたかさを感じさせる世界でもある。

雪

三好達治

太郎を眠らせ、太郎の屋根に雪ふりつむ
次郎を眠らせ、次郎の屋根に雪ふりつむ。

〈太郎を眠らせ〉〈次郎を眠らせ〉ているものは、〈雪〉であるともいえよう。あるいは、母か、祖母か。

いずれにしても、母的なイメージをとらえればいい。この世界では〈雪〉もなつかしくあたたかいものとしてあるのだ。

この世界を見ている目と心は、家の内にあると同時に外にある。この矛盾する二重性をもった視点が、曖昧ではあるが、実に鮮明な像を結んでいる。

〈太郎を眠らせ〉〈次郎を眠らせ〉というリフレインは、このあと三郎、四郎……という広がりを感じさせる。

また〈雪ふりつむ〉のリフレインも、いつまでもやむことなく降りつづけるであろうイメージを生みだしている。

まさに現実の時空をふまえ、それをこえてどこまでも広がる空間と永遠の虚構時間をつくるものとなっている。

小諸なる古城のほとり

島崎藤村

小諸なる古城のほとり
雲白く遊子《いうし》悲しむ
緑なす蘩蔞《はこべ》は萌えず
若草も藉くによしなし
しろがねの衾《ふすま》の岡辺
日に溶けて淡雪流る

あたゝかき光はあれど
野に満つる香《かをり》も知らず
浅くのみ春は霞みて
麦の色わづかに青し
旅人の群はいくつか
畠中の道を急ぎぬ

暮れ行けば浅間も見えず

歌哀し佐久の草笛
千曲川いざよふ波の
岸近き宿にのぼりつ
濁り酒濁れる飲みて
草枕しばし慰む

七五調、文語の詩である。時は浅春。

〈緑なす蘩蔞《はこべ》は萌えず〉〈若草も藉くによしなし〉〈野に満つる香《かをり》も知らず〉〈暮れ行けば浅間も見えず〉と否定態の表現が数多くくり返される。

否定態の表現は、たとえば〈暮れ行けば浅間も見えず〉と意味の上では打ち消しても、イメージの上では逆に読者の頭の中に浅間の山容がうかんでくるのだ。

ということは、眼の前の景はまだ春浅く、冬枯れた景である。

にもかかわらず、話者の目と心は、そこにまもなく訪れるであろう〈緑なす蘩蔞《はこべ》〉の緑を見、また〈野に満つる香《かをり》〉をかぎとっているのだ。

いや、去年《こぞ》の春の〈緑〉と〈香〉を想起しているのかもしれない。

いわば、この詩の世界は現在の景と同時に過去と未来の春の景を二重三重にかさねて見ているのだ。このことが他ならぬ現実をふまえ、現実をこえる虚構ということなのだ。

春

てふてふが一匹韃靼海峡を渡つて行つた。

安西冬衛

この詩の初出は〈間宮海峡〉であった。〈韃靼海峡〉は、タタール海峡あるいは間宮海峡という現実をふまえ、現実をこえて虚構された〈海峡〉であって、現実には存在しない。この詩の中にのみ存在する。

一匹のか弱い〈てふてふ〉が〈渡つて行つた〉のは、虚構の〈韃靼海峡〉であって、間宮海峡ではない。それは現実の季節としての「春」の時空から古代の時空へと遡って〈渡つて行つた〉のである。非日常的なそのような〈てふてふ〉には、か弱いイメージと逆に、秘められたきょうじんな生命力をさえ感じさせられるではないか。

母の瞳

八木重吉

ゆうぐれ
瞳《ひとみ》をひらけば

ふるさとの母うえもまた
とおくみひとみをひらきたまいて
かわゆきものよといいたもうここちするなり

〈ふるさとの母うえもまた／とおくみひとみをひらきたまいて〉とあるが、はるかに遠い〈母の瞳〉も、すぐそこにこちらの瞳のまむかいに、こちらを見つめている身近な感じさえする。しかも、〈母の瞳〉は、〈とおく〉はるかな天上の聖母マリアの慈《いつく》しみの瞳とも思われるのである。

それに行ごとにしだいに開いていく詩の形そのものが、このひらけゆく心の姿をそのままにあらわしているようではないか。

素朴な琴

八木重吉

この明《あか》るさのなかへ
ひとつの素朴な琴をおけば
秋の美しさに耐えかね

琴はしずかに鳴りいだすだろう

〈この明《あか》るさのなか〉にあり、〈秋の美しさに耐えかね〉ているのは、一人、〈素朴な琴〉のみではない。わが身も心も、この世界にあってしずかに耳をかたむけているのだ。そのとき〈琴はしずかに鳴りいだすだろう〉。主客感応、合一の世界である。

あ　め

山田今次

あめ　あめ　あめ　あめ
あめ　あめ　あめ　あめ
あめは　ぼくらを　ざんざか　たたく
ざんざか　ざんざか
ざんざか　ざんざか
あめは　ざんざん　ざかざか　ざかざか
ほったてごやを　ねらって　たたく

さびが　ざりざり　はげてる　やねを
やすむことなく　しきりに　たたく
ふる　ふる　ふる　ふる
ふる　ふる　ふる　ふる
あめは　ざかざん　ざかざん
ざかざん　ざかざん
ざかざん　ざかざん
つぎから　つぎへと　ざかざか　ざかざか
みみにも　むねにも　しみこむ　ほどに
ぼくらの　くらしを　かこんで　たたく

この詩の語法の基本は、〈あめは　○○を　たたく〉である。
〈あめは　ぼくらを　たたく〉
〈あめは――ほったてごやを――たたく〉
〈あめは――やねを――たたく〉
〈あめは――くらしを――たたく〉
という反復。

この語法をかりに、

「あめに　ぼくらは　たたかれる」と受け身にしたとすればどうか。

〈たたかれる〉ぼくらの受け身の姿、被害者のイメージとなってくる。

原文の〈あめは　ぼくらを　たたく〉はまず〈あめ〉のすさまじい強さをイメージさせながら〈ぼくら〉を受け身のもの、被害者的なものとしない語法といえよう。

だからこそ、〈ぼくらのくらしを〉たたいてくるこの自然の〈あめ〉のすさまじさと、むかいあって、〈ぼくら〉はいささかもひるんではいない、たじろいではいない、くじけてもいない。

むしろ、〈ざんざん　ざかざか……〉という〈あめ〉の声喩の明るさ、にぎやかさ、たのしさをもったリズムによって、〈ぼくら〉の心情がめいることないものとして表現されている。

この詩はたんに自然の〈あめ〉の暴威というだけでなく、ぼくらのくらしを狙ってくる社会の強圧にも屈しない〈ぼくら〉の主体性が表現されていると読むべきであろう。

平仮名による分かち書がはげしく〈たたく〉〈あめ〉の一粒一粒を視覚化させ、その声喩は〈たたく〉雨のはげしさと、それを明るく楽天的にさえ受けとめている〈ぼくら〉の主体性をみごとに形象化している。

窓

草野心平

波はよせ。
波はかへし。
波は古びた石垣をなめ。
陽の照らないこの入江に。
波はよせ。
波はかへし。
下駄や藁屑や。
油のすぢ。
波は古びた石垣をなめ。
波はよせ。
波はかへし。
波はここから内海《うちうみ》につづき。
外洋につづき。
はるかの遠い外洋から。
波はよせ。

波はかへし。
波は涯しらぬ外洋にもどり。
雪や。
霙や。
晴天や。
億万の年をつかれもなく。
波はよせ。
波はかへし。
波は古びた石垣をなめ。
愛や憎悪や悪徳の。
その鬱積の暗い入江に。
波はよせ。
波はかへし。
波は古びた石垣をなめ。
みつめる潮の干満や。
みつめる世界のきのふやけふ。
ああ。

波はよせ。
波はかへし。
波は古びた石垣をなめ。

〈波はよせ。／波はかへし。〉が、幾度もくり返される。それは、寄せては返す波というもののイメージを形としてあらわしたものである。

また書き出しと首尾照応する形で詩の終行が〈波は古びた石垣をなめ〉とあって、それは再び、書きだしにもどって再度くり返される、いわばエンドレステープをきいているようだ。まさしく永遠に寄せては返す波というもの、そのものを表現しているといえよう。さらに切れ目なくつづく詩の形がそのイメージをささえている。

中野重治の「波」は〈人〉や〈犬〉などの卑俗なものを拒否した超俗の世界であったが、心平の「波」の世界は、むしろ〈下駄〉や〈藁屑〉〈油のすぢ〉〈古びた石垣〉、また〈愛〉や〈憎悪〉や〈悪徳〉など、きわめて人間臭いものによって満たされた世界としてある。

にもかかわらず人間臭さを超えて〈億万の年〉〈涯しらぬ外洋〉につながる、まさに時空を超えた世界でもあるのだ。

ところで、この詩の題名は「波」ではない。〈窓〉である。

〈窓〉といえば、それは窓のこちらがわ（内）とあちらがわ（外—波）の両者をへだてるものであり、同時につなぐものでもある。
この長い詩の一つひとつの詩句が〈窓〉のフレームで枠どられた日々のたたずまいのように
さえ感じられてくる。
窓のこちらがわに読者は、人間と人間のいとなみを想像させられる。そこには窓から外の世
界を眺めている人の目と心を意識させられる。
窓の外に広がる世界のドラマと呼応する、窓の内がわの人間のドラマを見ないわけにいかな
い。
〈窓〉という題名は詩本文とひびきあって、この詩にいっそうの広がりと深まりをあたえる
ものとなっている。

おそろしい夕方

北村太郎

大あらしが近づいてくる
うす鼠いろの海
見わたすかぎりの空は、海と
おなじいろの雲でおおわれ、その雲は

はげしい風に追われて、絶えず一つの方向へ動いている
水平線は揺れ
沖のほうから、濁った、白い波が
押し寄せ、とちゅうで砕けながら、なお
うしろの波におされて、新しい
力となり、ふたたび崩れやすいたてがみを
ととのえ、ゆっくりせり上がり、ついに
充実した、ひろい砂浜に倒れる
大きな、にぶい音とともに、泡の
網が、たちまちはいあがり、ひろがり
一瞬とまって、すばやくひきながら
まじりあい、重なりあう叫びに
もう一つの変化を与え
追いつめてくるむきだした歯にかまれる　波が
波に襲いかかり、しぶきが
しぶきを吹きとばし、沖から岸までの
すべての水面は、しだいに

渦まくしずくのスクリーンに包まれ
くらくなってゆき
ひがし伊豆の八月の海に、ゆっくりと
大あらしが近づいてくる

台風が迫ってくる〈おそろしい夕方〉のイメージは、文章の喚起するイメージだけではない。詩の形、形態をもとらえねばならない。

この詩の形といえば、まず、切れ目なくつづく長い詩の形ということであろう。つぎに、読点「、」はあるが句点「。」がない、ということであろう。つまり句点によって、切れていないということである。

それだけではない。ほとんどの行が行跨ぎになって、次の行へ、さらに次の行へと跨がり跨がって、切れ目なく続いていくという形をもっているということだ。

たとえば、

見わたすかぎりの空は、海と
おなじいろの雲でおおわれ、その雲は
はげしい風に……動いている

すべて行跨ぎになっている。これを通常の行分けにすると、

　見わたすかぎりの空は、
　海とおなじいろの雲でおおわれ、
　その雲ははげしい風に……動いている。

となるはずである。

　ということは、読点でそれぞれ行が切れている形をとり、さいごに〈動いている〉と句点「。」で文が完結することになる。

　ところが、この詩の文章は句点もなしにしかも、すべてが行跨ぎになっているために、初行から終行まで、いってみれば一息に読みつづけなければならない形となっているということだ。

試みに句点を打ってみると、どんな形があらわれてくるか。

1　大あらしが近づいてくる。
1　うす鼠いろの海。
見わたすかぎりの空は、海と

3

……
……
……動いている。

7

水平線は揺れ
……
……
……
……
充実した、ひろい砂浜に倒れる。

13

大きな、にぶい音とともに、泡の
……
……
……
……
……
大あらしが近づいてくる。

1・3・7・13としだいに息の長い文章となっていく。文字どおりこの文章を音読してみれば、息づまる感じがしてくるということなのだ。

台風そのものが吹きあれる〈おそろし〉さもさることながら、それが刻々と迫ってくる緊張感のもたらす息づまるような〈おそろし〉さもまた格別である。

このじわじわと〈ゆっくり〉肉迫する「嵐の前の静けさ」こそが、この詩の形が訴えている〈おそろし〉さなのだ。

鉛の塀

川崎　洋

言葉は
言葉に生まれてこなければよかった
と
言葉で思っている
そそり立つ鉛の塀に生まれたかった
と思っている
そして

そのあとで
言葉でない溜息を一つする

〈言葉〉を主語とし、人物化し、しかも、話者に設定した。その〈言葉〉が〈言葉に生まれてこなければよかった／と／言葉で思っている〉。〈言葉〉が〈言葉〉を否定しながら、しかもその否定した〈言葉〉でしか、否定できないというジレンマ。皮肉である。

〈言葉〉に尽くせぬことを、しかも〈言葉〉でしか表現しえない詩というもの。ここには詩人の苦い思いがある。

〈言葉〉というものへの不信。〈言葉〉は本来、他者との間のコミュニケーションの道具であったはずだ。にもかかわらず、たがいに通じあわない〈言葉〉というもののもどかしさ。いっそ、〈そそり立つ鉛の塀に生まれた〉ほうがましだとさえ思う。もちろん、それも〈言葉〉でしか思えないところが、これまた苦々しいかぎりである。

しかし、詩人はこの〈言葉〉にならぬ思いを、〈言葉でない溜息を一つする〉と〈言葉〉で詩として書くことで実はみごとに表現しえている——という逆説。

この詩は、ことばとは何か、詩とは何か、詩人とは何かという問いにたいして、詩人自身がことばそのものによってこたえた、いわば詩による詩論ともいえよう。

以上で、すべてである。いや、すべてではない。詩の美について述べたいことのこれは「氷山の一角」にすぎない。

この章を〈まとめられぬまとめ〉と題したゆえんである。

ただ、あえて〈まとめ〉をするならば、私の文芸学の虚構論をふまえた美の構造仮説をくり返す以外にはない。

21 二相ゆらぎの世界（宮沢賢治）

――その1「烏百態」

〈からす〉と〈烏〉

詩「永訣の朝」をとりあげて本格的な論証にはいる前に、詩「烏百態」からはじめることにします。表記法の「でたらめさ」が、実は「でたらめ」でも「うっかりミス」でもなく、あきらかに、作者の意図的なものであるらしいことが、まずは、納得していただけるのでは、と思われるからです。

　　烏百態

雪のたんぼのあぜみちを

ぞろぞろあるく烏なり

雪のたんぼに身を折りて
二声鳴けるからすなり

雪のたんぼに首を垂れ
雪をついばむ烏なり

雪のたんぼに首をあげ
あたり見まはす烏なり

雪のたんぼの雪の上
よちよちあるくからすなり

雪のたんぼを行きつくし
雪をついばむからすなり

たんぼの雪の高みにて
口をひらきしからすなり

たんぼの雪にくちばしを
ぢつとうづめしからすなり

雪のたんぼのかれ畦に
ぴよんと飛びたるからすなり

雪のたんぼをかぢとりて
ゆるやかに飛ぶからすなり

雪のたんぼをつぎつぎに
西へ飛びたつ鳥なり

雪のたんぼに残されて
脚をひらきしからすなり

西にとび行くからすらは
あたかもごまのごとくなり

いかがでしょうか。〈烏〉と〈からす〉、つまり、漢字と平仮名の表記法が、一、二箇所どころか、すべての連に渉って、アト・ランダム（いきあたりばったり・でたらめ・無作為）に使われています。ほかの語句のばあい、たとえば〈雪〉とか〈首〉、〈たんぼ〉〈あるく〉などには、表記の「みだれ」（本書では、「ゆらぎ」と称することにします）は、何ひとつ見られません。あきらかに〈からす〉と〈烏〉という表記だけが、意図的に書き分けられていることはたしかです（ほかに、烏と密接不可分な意味をもつ語、〈飛ぶ〉と〈とび〉が、あります。また〈雪のたんぼ〉と〈たんぼの雪〉というのがありますが、今はそのことには触れません）。

では、何故、この連は「平仮名」で、あの連は「漢字」なのでしょうか。たとえば一連は〈烏〉とあるが、二連は〈からす〉とあります。この両者の表記のちがいについて読者のあなたには、**整合的、かつ妥当性のある解釈（説得的な理由づけ、意味づけ）**は多分、見出せないでしょう。いや、ほかのどの連をとりあげても同様、なるほどという解釈は生みだしがたいと思われます。仮に、その連で当てはまる解釈でも、ほかの連に当てはめようとすると、その解釈が当てはまらなくなるからです（そのような解釈は整合性がない、といいます）。何故なら、この表記法は、まったく恣意的なものであり、無作為なものであり、アト・ランダムなものであるからです（作者がそのようにアト・ランダムに漢字・平仮名を振り分けているとしか考えられません）。だからこそ研究者の誰もがとりあげて問題にしなかった（あるいは、なしえなかった）のであろうと思われます。

しかし、実は、その恣意的であり、無作為であり、アト・ランダムに見えるそのこと自体に、意外でしょうが、**哲学的、科学的、文芸的に深遠なる意味づけ**が、作者賢治によってなされているると考えられるのです。

といっても、これだけではまったく納得できないでしょうが、この問題の解明は、しばらく棚上げして、まずは西郷文芸学の「イロハ」について、この問題の解明に最小限必要な限りでの概念・用語について、若干説明しておきたいのです。遠回りに思えましょうが、これこそが逆に近道と考えるからです。

話者の話体（語り手の語り方）と、作者の文体（書き手の書き方）

すべて文芸作品というものは、小説でも童話でも、詩でも、歌でも、ジャンルの如何を問わず、**話者（語り手）**が語るところを、**作者（書き手）**がアレンジして（仕立て直して）文章として書き表す、と考えられます。作者が話者に「変身」して、話者の語るところを作者が書き記す、と考えてもいいでしょう。よく知られた例を挙げれば、漱石の『吾輩は猫である』は、作家漱石が、「吾輩」という猫を作者として、話者でもある猫の「吾輩」の語る事柄を書き記したという体裁をとったものです。

「やまなし」をひきあいにしますと、作品の結末に〈私の幻燈はこれでおしまひであります。〉とありますが、この〈私〉は、話者（語り手）といいます。作者・賢治ではありません。作者賢治が設定した「語りの役」をあたえられた人物です。

童話「やまなし」は、**話者（語り手の「私」）**が、蟹の兄弟の見たこと聞いたこと、思ったこと、したことのすべてを語っているのです。**話者が想定した聴者（聞き手）**に語ったすべてを、**作者は、想定した読者**に向けて文章として表現します。

話者の寄り添っている人物（蟹の兄弟）を、**視点人物（見ている方の人物）**といいます。視点人物から見られている人物（お父さんの蟹）のことを**対象人物（見られている方の人物）**といいます。視点人物が見聞きしているすべての事柄（事物）は、**対象事物**といいます。

話者が、想定した聴者（聞き手）に向けて語る語り方を話体といいます。**作者が想定した読者に向けて書く書き方を文体**といいます。

蟹の兄弟が、おたがいに話し合っています。またお父さんの蟹との間でも会話しています。この会話している父、兄、弟のことを**話主（話し手）**といい、**話者（語り手）**と区別してください。

この図表は、これらの諸概念・用語の関係をモデルとして構想した「模式図」、モデルで、

自在に相変移《そうへんい》する入子型重層構造（西郷模式図）と呼んでいます。

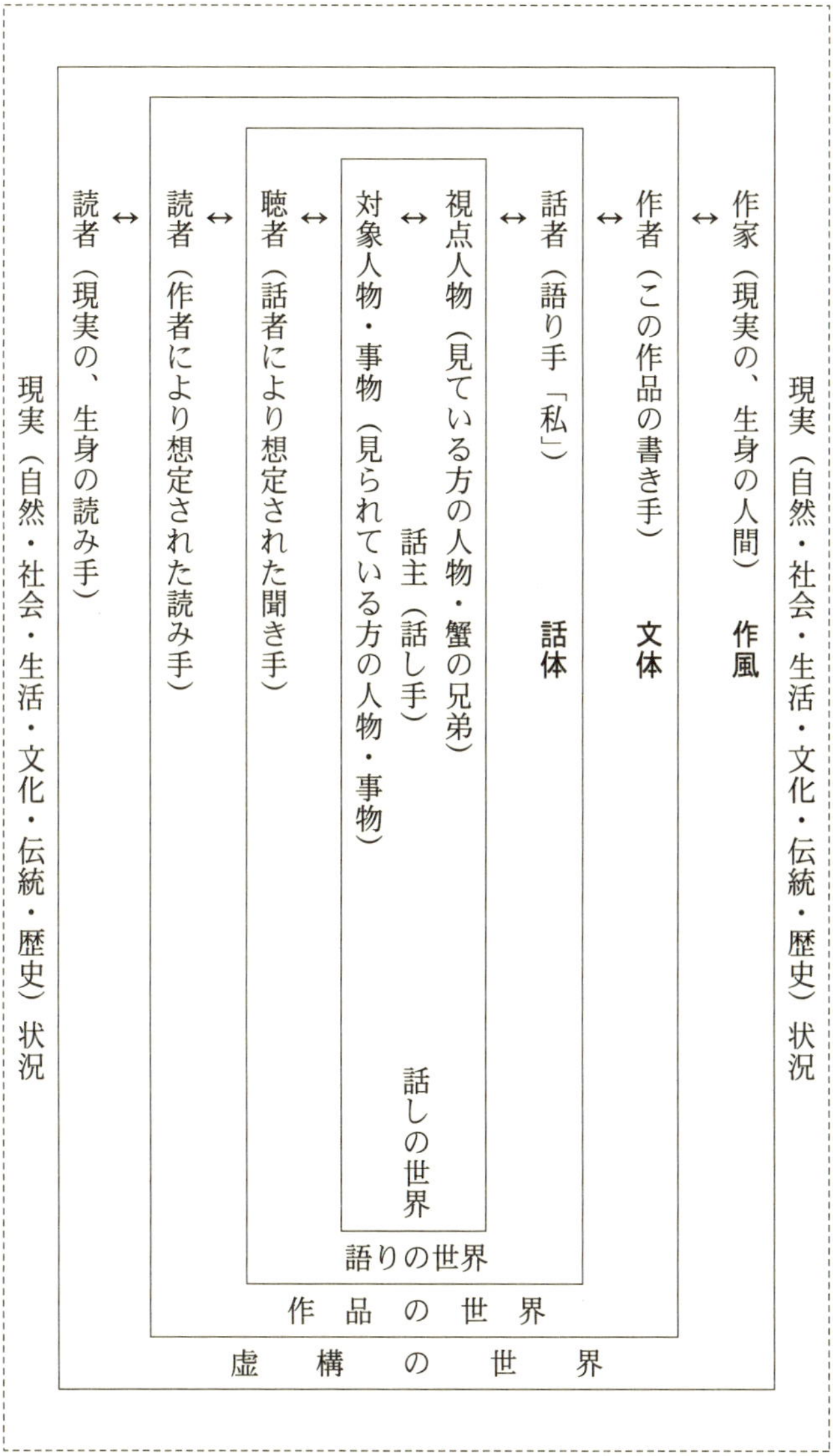

話者の話体と作者の文体

話を詩「烏百態」に戻します。

この「烏百態」のばあいでは、話者（語り手）が、一羽一羽の「カラス」の様子を語っています。この詩では、話者の「私」は文面には出ていません。日本語の表現では、一人称の主語「私」は、省略されることが普通です。

ところで、ここで筆者が、わざわざ「カラス」と片仮名書きにしたのは、話者は、平仮名「からす」とか、漢字「烏」とかを、音声を使い分けて語るわけではありません。いわばすべて同じように「カラス」と発音しているはずだからです。そのような**話者（語り手）の語り方（話体）**を示すために、本書では、便宜的に「カラス」と片仮名書きにしてみました。発音符号とでも考えてください。

しかし、一般的には、作者は、話者の語る語りを、漢字・平仮名・片仮名という表記を使い分けて書き留めます。もちろん、そのばあい、表記を統一して使用することはいうまでもありません。たとえば「烏」か「からす」か、いずれかに統一して書くのが普通です。

ところが賢治のばあい、あえて、アト・ランダムに、表記の統一をせず、一見「でたらめ」に見える書き方をしています。つまり、「文体」のみだれを意図しているかの如く見られます。

話者（語り手）　**話体**（語り方）すべて「カラス」と語る
↕
作者（書き手）　**文体**（書き方）「からす」、「烏」と無作為に表記を書き分ける

ここで、話者の話体とか、作者の文体ということを、わざわざ言い立てるのは、この両者の役割・機能のちがいと、両者の関係を抜きにしては、当面しているこの「表記の不統一」の「謎解き」は不可能だからです。そもそも、これまでこの問題が不問に付されてきた理由の最たるものは、実はここにあると思われます。「話者の話体と作者の文体」という、西郷文芸学の基本原理から派生する**「表現形式と表現内容の相関」**という考え方なしには、先ほどの疑問に明快に答えることは不可能といえましょう。

話者（語り手）がすべて同じように「カラス」と語るところを、作者（書き手）は、ある意図のもとに、ある連では漢字で〈烏〉、ある連では平仮名で〈からす〉と、異なる表記をしているのです。この書き方のことを、話者の話体と区別して**作者の文体（書き方）**といいます。

今後、本書を読まれるとき、**「話者・語り手」と「作者・書き手」**、**「話体・語り方」と「文体・書き方」を明確に区別**して読みすすめていただくようにお願いしておきます（作者の文体、話者の話体という問題については、本書の巻末に「補説」として解説しておきました）。

認識・表現の差別相と平等相

「烏百態」の一連から十二連まで、それぞれの連が、それぞれの「カラス」のそれぞれの姿態・行動を語っています。まさに題名にあるとおり「烏百態」です。人間でも十人十色といいますが、「カラス」も百羽いると百通り、みな一羽一羽個性があり、その姿態も性癖も行為もそれぞれちがいます。**その事柄・話題を話者が語っている**のです。

しかし、それにもかかわらず、「カラス」は「カラス」です。「カラス」は、すべて、どの「カラス」も色が黒く、またどの「カラス」も「カー」と鳴きます。人間もみな個性をもって生きています。でも、人間は、民族・人種の別なく、また男女の区別なく、みな霊長類ヒト科として共通するところがあります。このように共通性・同一性をとらえることを**仏教哲学では、対象を「平等相」において認識・表現**するといいます。しかし、前述のとおり、反面、どのカラスも一羽一羽個性があり、それぞれちがいます。そのように対象の相違性・差異性をとらえることを、仏教哲学では**対象を「差別相」において認識・表現**するといいます（仏教用語は、漢音ではなく呉音のばあいが多く、たとえば「男女」は「ナンニョ」、「差別」は、「シャベツ」と発音）。

すべて対象を認識・表現することにおいて肝要なことは、差別相においてとらえながら、同時に平等相においてもとらえるという、つまり**「二相」において認識・表現**するということです。このことが実はこのあと詳しく述べますが、賢治童話を問題にするときに、もっとも肝心な観点の一つであるのです（仏教用語の**「相」**は、哲学用語の**「現象」**のことで、私たちの五感で認知できるものです。科学用語の「相・PHASE」と、今のところは同様に考えてもらっていいでしょう）。

賢治は、対象を「二相」において認識・表現することを、表記の上でも漢字と平仮名の「二相」において表現しようと試みたのです。

二相ゆらぎ

漢字と平仮名という**表記の「交ぜ書き」**をはじめ、〈烏〉と〈からす〉というアト・ランダムな表記法を**「表記の二相」**と呼び、表記がアト・ランダムになっていることを**「表記のゆらぎ」**と呼び、このあと、これらを総称して**「二相ゆらぎ」**と名づけることにします。「相」とは、「人相・手相」・「様相」などの言葉からわかるように、姿・形・様子、哲学的・科学的な用語を使えば「現象」のことです。つまり漢字の相と平仮名の相とがアト・ランダム（ゆらぎ）であるということです。ちなみに「ゆらぎ」とは、現象の変化・転変を貫く法則性のとらえがたさを意味する物理学の概念・用語でもあります。つまり賢治童話の表記の「二相ゆらぎ」は、どう見ても、アト・ランダムなものとしか思えないからです。

話を詩「烏百態」に戻します。

差別相・平等相

一連から十二連までの「カラス」の姿（相）は、すべて仏教でいうところの煩悩《ぼんのう》（欲望）の姿です。一羽一羽のしていること、その姿・様子（相）がみなちがいます。まさにそれぞれのカラスが**差別相**《しゃべつ》においてとらえられています。しかし終連（第十三連）の姿は夕暮れ、すべてのカラスが等しくねぐらに帰る姿（相）です。それをすべて一様に黒い「胡麻」粒のようであると喩えています〈ごま〉は仏教の「護摩」の意味にもとれます）。点々と黒い胡麻粒のようだというのは、すべてのカラスを平等相においてとらえているのです。仏教的にいうならば、それぞれに煩悩のままに生きている「カラス」が、いずれは、「ねぐら」に象徴される安らぎの世界（西方浄土）に等しく救われるという**平等相**を見せているのです（「西方浄土」のイメージには、法華経の信奉者でありながら、熱心な浄土真宗の信者であった両親の感化を受けた幼児よりの浄土信仰のなごりを、はしなくも、こんな形でかいま見せているように思われます）。

ところで、「二相」ということを、あらためて、次のように定義しておきます。

二相とは、同じ一つの（世界・人間・もの・こと）の相反する（あるいは相異なる）二つの相（現象）である

「烏百態」でいうならば、「カラス」というものが、一面においては一羽一羽個性的に、つまり差別相において認識・表現され、反面、すべての烏が等しく平等相において認識・表現されているということです。しかも、それは、表記の面でも、アト・ランダムにゆらいでいる、ということです。まさに賢治の世界は、表現内容はもちろん、表現形式の上からも**二相ゆらぎの世界**である、といえましょう。

「烏百態」という詩は、「カラス」というひとつの「もの」の相反する（あるいは相異なる）二つの相を表現したものです。しかし、何故この連がほかならぬ漢字で、あの連は、ほかならぬ平仮名なのか、ということについての個々の理由づけや、意味づけは、いくら試みても整合的な解釈は「不可能」でしょう。

だからこそ、この表記の不整合性に「足を取られた」賢治研究者は、お手上げとなり、追求を放棄せざるをえなかった、のでは、と思われます。

実は、このように、個々の表記の「何故ここが平仮名で漢字ではないのか？」という類の問いそのものが、賢治の作品においては無意味なのです。実は、**表記が「アト・ランダム」・「ゆらぎ」であるということ、そのことこそに思想的に深い意味があるの**ですから。

では、その**「無意味の意味」**とでもいうべき、この問題の真相は何でしょうか。

「二相ゆらぎ」の思想的意味——話者の話体と作者の文体

ところで、以上のことを西郷文芸学の概念・用語を用いて分析すると、次のようになりましょう。**話者（語り手）**は、すべて「カラス」として一様に語って（発音して）いるのです。この**話者の語り方を話体**といいます。しかし、**作者（書き手）**がそれを平仮名と漢字という表記の二相でアト・ランダムに書き分けているのです。さらに二行一連として構成しています。この**作者の書き方（表記・構成）を文体**といいます。

ちなみに「烏百態」の初期形を、参考までに冒頭の一部のみ引用します。

烏百態

雪のたんぼのあぜみちを　ぞろぞろあるく烏なり
雪のたんぼに身を折りて　二声鳴けるからすなり
雪のたんぼに首を垂れ　雪をついばむ烏なり　（以下略）

ごらんのとおり、初期形から、〈烏〉と〈からす〉と表記が二相になっていて、このことから意図的であったことが窺われます。しかし最終稿とちがって、二行一連ではなく、十三行の詩になっています。作者は最終稿で、二行一連とし、十三連の詩に仕立て、また「漢字」と「平仮名」という表記の「二相形」を、提示しているといえましょう。

賢治は「漢字」「平仮名」の表記の「二相」をとることによって、対象となる「カラス」を差別相と平等相の二相において認識・表現することを**「暗示・予告・示唆・要請」**しているのではないでしょうか。

表現形式と表現内容の相関

ここにとりあげた賢治の詩「烏百態」は、これまでに具体的に述べてきたように、表記をアト・ランダムに、でたらめに、「交ぜ書き」にした**「二相ゆらぎ」という表現形式**が、そのまま表現内容を醸成するものとなっています。このことを、西郷文芸学では**「表現形式と表現内容の相関」**と呼んでいます。

このように対象を「二相」のものとして表現している詩人・作家は、実は、一人宮沢賢治だけではありません。たとえば、先にとりあげた詩人三好達治の詩「大阿蘇」も、そうです。もっとも、このばあいは「表記の二相」ということではなく、一つの対象（馬という「もの」）の「二相」ということです（ちなみに「表記の二相」は賢治にしか見られないものです）。

22　二相ゆらぎの世界（宮沢賢治）
――その2「永訣の朝」

本書の初版当時、宮沢賢治の詩は、割愛しました。というのは、賢治についてまとまった形での論考の出版を企画していましたので、そちらへ譲りましたが、最近『宮沢賢治「二相ゆらぎ」の世界』（黎明書房刊）を上梓しましたので、ここにあらためて、賢治の詩を、本書においてもとりあげることにしました。

ところで、ここでとりあげる賢治の詩といえば、高校国語教科書の定番教材ともなっている「永訣の朝」以外にないと考え、前掲書にもとりあげましたが、前掲書紹介の意味もふくめ、本書において、前掲書より転載することにしました。

最愛の妹であり、法華経の同行者でもあるトシの臨終（一九二二年十一月二十七日早朝）の様子を記した堀尾青史著『年譜・宮沢賢治伝』から一部引用します。

みぞれのふる寒い日で、南むきの八畳の病室には青い蚊帳をつり、火鉢には炭火がまっ赤に燃えていた。さいごと見て、父が何か言うことはないかときくと、トシは「また人に生まれてくるときは、こんなに自分のことばかり苦しまないように生まれてくる」といった。

いよいよ死期が迫ったとき、賢治は妹の耳へ吹きこむようにお題目を唱え、トシは二度うなずくようにして午後八時三十分、二十四歳で命を終え、賢治は押し入れに頭を入れて「とし子、とし子」と号泣した。

とし子臨終の様子を思い描きながら、詩「永訣の朝」をお読みください。この詩が発表されたのは、とし子の死の四年後（一九二六〔大正十五〕年十二月・賢治三〇歳・『銅鑼』第九号）のことでした。詩に書き入れられた日付は、臨終の日付になっています。賢治はこれら一連の詩を「無声慟哭」と名づけています。〈慟哭〉とは声を上げて嘆き悲しむことです。〈無声〉とは、胸ふさがりて声にも出せぬ姿です。まさに深甚なる悲しみの極致を、賢治は〈無声慟哭〉という矛盾をはらむ「二相」において表現したといえましょう（賢治は妹トシを「とし子」と書いていますから、それに倣います）。

詩「永訣の朝」全文を引用します（傍線は筆者）。

永訣の朝

けふのうちに
とほくへいつてしまふわたくしのいもうとよ
みぞれがふつておもてはへんにあかるいのだ
（あめゆじゆとてちてけんじや）
うすあかくいつそう陰惨な雲から
みぞれはびちよびちよふつてくる
（あめゆじゆとてちてけんじや）
青い蓴菜のもやうのついた
これらふたつのかけた陶椀に
おまへがたべるあめゆきをとらうとして
わたくしはまがつたてつぽうだまのやうに
このくらいみぞれのなかに飛びだした
（あめゆじゆとてちてけんじや）
蒼鉛いろの暗い雲から

みぞれはびちよびちよ沈んでくる
ああとし子
死ぬといふいまごろになつて
わたくしをいつしやうあかるくするために
こんなさつぱりした雪のひとわんを
おまへはわたくしにたのんだのだ
ありがたうわたくしのけなげないもうとよ
わたくしもまつすぐにすすんでいくから
（あめゆじゆとてちてけんじや）
はげしいはげしい熱やあえぎのあひだから
おまへはわたくしにたのんだのだ
　銀河や太陽、気圏などとよばれたせかいの
そらからおちた雪のさいごのひとわんを……
……ふたきれのみかげせきざいに
みぞれはさびしくたまつてゐる
わたくしはそのうへにあぶなくたち
雪と水とのまつしろな二相系をたもち

（-------は筆者。後で説明する、とし子のやさしさとけなげさにかかわる部分）

すきとほるつめたい雫にみちた
このつややかな松のえだから
わたくしのやさしいいもうとの
さいごのたべものをもらつていかう
わたしたちがいつしよにそだつてきたあひだ
みなれたちやわんのこの藍のもやうにも
もうけふおまへはわかれてしまふ
（Ora Orade Shitori egumo）
ほんたうにけふおまへはわかれてしまふ
あぁあのとざされた病室の
くらいびやうぶやかやのなかに
やさしくあをじろく燃えている
わたくしのけなげないもうとよ
この雪はどこをえらばうにも
あんまりどこもまつしろなのだ
あんなおそろしいみだれたそらから
このうつくしい雪がきたのだ

（うまれでくるたて
　こんどはこたにわりやのごとばかりで
　　くるしまなあよにうまれてくる）
おまへがたべるこのふたわんのゆきに
わたくしはいまこころからいのる
どうかこれが天上のアイスクリームになつて
おまへとみんなとに聖い資糧をもたらすやうに
わたくしのすべてのさいはひをかけてねがふ

「表記の二相」、「呼称の二相」ということが、童話のみならず、詩においても意図されていることが、一読、納得されるであろうと思います。この詩は、高校の定番教材としても定評がありますが、実は、この詩は、教師にとっては、どのように扱ってよいかきわめてむつかしい教材とされています。しかし「二相ゆらぎ」という西郷文芸学の理論によって教材分析を試みるならば、この詩のゆたかな深い意味を十分に汲み取ることが可能であるはずです。現に筆者自身、岡山市の就実高校で岡山の高校数校の生徒を対象に、この授業を試み、生徒にも参観の教師にも納得していただけた経験があります。

高校国語の定番教材として多くの教材研究と実践記録が出されています。しかし、結論よりいうならば、ほとんどの論考が、仏教哲学（特に法華経の世界観）についての理解がないため、この詩にこめられた作者の深い思いが正しく理解できていないように思われます。

これまでの研究の問題点のすべては（具体的にここにはとりあげませんが）、「二相ゆらぎ」という観点で分析することで、そのほとんどの疑問は氷解するであろうと思われます。

まず、この詩における「表記の二相」と「呼称の二相」ということから検討してみましょう。

筆者の知るかぎり、これまで教材研究においても、賢治研究者の研究論文においても、このような観点で作品分析がなされたことはなかったと思います。「二相ゆらぎ」という観点での作品分析とは、ある意味では「特異な方法」といえましょうが、本書のテーマにしたがって、ここでは、まずこの観点から分析をすすめてみたいと思います。

〈みぞれ〉〈あめゆき〉〈あめゆじゆ〉〈雪〉〈雪と水とのまつしろな二相系〉

まず分析・解釈に先立って、この詩の表記・呼称について調べるところからはじめます。
・〈みぞれ〉〈あめゆき〉〈あめゆじゆ〉〈雪〉〈雪と水とのまつしろな二相系〉
順序にしたがって抜き書きしてみます。

　みぞれ　　　みぞれがふつておもてはへんにあかるいのだ
　あめゆじゆ　（あめゆじゆとてちてけんじや）

みぞれ	みぞれはびちよびちよふつてくる
あめゆじゆ	（あめゆじゆとてちてけんじや）
あめゆき	おまへがたべるあめゆきをとらうとして
みぞれ	このくらいみぞれのなかに飛びだした
あめゆじゆ	（あめゆじゆとてちてけんじや）
みぞれ	みぞれはびちよびちよ沈んでくる
雪	こんなさつぱりした雪のひとわんを
あめゆじゆ	（あめゆじゆとてちてけんじや）
雪	そらからおちた雪のさいごのひとわんを
みぞれ	みぞれはさびしくたまつてゐる
雪と水　まつしろ　二相系	雪と水とのまつしろな二相系をたもち
雪	この雪はどこをえらばうにも
雪	このうつくしい雪がきたのだ
ゆき	おまへがたべるこのふたわんのゆきに

雪と水との二相系

抜き書きしてみただけでも、この詩における「ミゾレ」が重要な意味を担って存在する形象

〈イメージ〉であることが、推定できます。まさに「ミゾレ」は「表記の二相」でもあり、「呼称の二相」でもあります。〈あめゆじゆ〉とは、花巻方言で〈みぞれ〉のことで〈あめゆき〉ということです。雨（水）と雪（氷）の二相系（液相と固相）という物理学の概念・用語を、賢治は、この詩においてあえて用いているのは、この「二相」ということが、仏教哲学における、また賢治世界におけるキーワードでもあるからです。

〈アイスクリーム〉は、大正七年の暮れ、日本女子大生のとし子が重病で倒れ東京の病院に入院したとき賢治はその付き添いをしましたが、回復のきざしが見えたとき、当時はまだ珍しかったアイスクリームをあがない、あたえました。その折、妹が大変に喜んだことを思い出して、このように表現しているのであろうと思われます。しかし同時にアイスクリームはみぞれ同様、**液相と固相の二相系**のものであるということです。

兜率天・中有ということ

〈アイスクリーム〉の箇所は、宮沢家所蔵本では、最後の三行を次のように書きあらためています。

どうかこれが兜卒の天の食に変つて
やがておまへとみんなとに

聖い資糧をもたらすことを

（註・「卒」は「率」の誤記）

〈兜率《とそつ》の天〉とは、天上界の六欲天の第四で、仏となるべき菩薩の住まいといわれます。現在は弥勒《みろく》菩薩が住んで説法し天人が遊楽する宮殿です。弥勒菩薩が兜率天からこの世界に下って来るのを待望する下生《げしょう》信仰と、それまで待てないので現在弥勒菩薩がいる兜率天に死後生まれることを望む上生《じょうしょう》信仰があります。賢治が願っているのは、おそらく後者と考えられます。死後、とどまるところを「中有《ちゅうう》」ともいいます。中有は中陰ともいいます。岩波『仏教辞典』によれば、

前世での死の瞬間（死有《しう》）から次の生存を得る（生有《しょうう》）までの間の生存、もしくはそのときの身心をいう。その期間については七日、四九日（七七日）、無限定などいくつもの説がある。

中国においても、日本においても、兜率往生を求める者が多く、賢治も、妹トシは、中有、つまり兜率天にとどまり、何らかの生を得て、この世に姿を現す（後有《ごう》という）と考えていたのでしょう。仏教は「輪廻転生」を前提として説かれてきましたが、輪廻説を否定した釈迦は、

「もう私はどこにも再生しない、私は生死（輪廻）を解脱した」といい、「後有（アフター・ライフ）を受けない」（不受後有）と宣言し、来世を否定しています。しかし多くの仏教徒は、また賢治も、「転生」を信じていたといえましょう（ちなみに、筆者自身は、前世から現世へ、現世から来世へという輪廻転生を信じているものではありません。しかし、一刹那一刹那を生き死にしている刹那消滅という意味での「輪廻」というものを考えています）。

平仮名とローマ字表記

〈あめゆじゆとてちてけんじや〉ということばが丸括弧（　）で括られています。これはとし子のことば（方言）ですが、この後のローマ字によるとし子のことば（方言）とが、対となっていて、これも平仮名とローマ字という「表記の二相」と見ることができます。

〈ふたつのかけた陶椀〉〈ふたきれのみかげせきざい〉〈ふたわんのゆき〉

「永訣の朝」のなかの〈ふたつのかけた陶椀〉とは、事柄的に不自然です。口を潤す程度のみぞれを妹のとし子は、求めているのです。それに、いささか不審に思えることは、欠けた椀など病者の身辺にあろうはずがありません。たとえあったとしても、おそらく実際は、欠けてはいない椀を一個もって外へ飛び出したにちがいないのです。妹のとし子が求めているのは口を潤すに必要なひと椀の「ミゾレ」にすぎないのです。〈ふたわん〉とは、「はて？」と首を傾けたくなります。はしなくも、同じこの詩のなかで作者は〈こんなさつぱりした雪の**ひとわん**を　おまへはわたくしにたのんだのだ〉と書いています。またそのあとにも〈そらからおちた雪のさいごの**ひとわん**を・・・・〉とも詠んでいます。（太字―筆者。以下同）

では、何故あえて作者は〈ふたつ〉ということにこだわっているのでしょうか。これはあきらかに詩の作法における虚構の方法と考えられます。

この「永訣の朝」とならぶ詩「無声慟哭」のなかに、次のような詩句があります。

ただわたくしはそれをいま言へないのだ
（わたくしは**修羅**をあるいてゐるのだから）
わたくしのかなしさうな眼をしてゐるのは
わたくしの**ふたつのこころ**をみつめてゐるためだ

現実には、〈ひとわん〉のはずです。詩のなかでも、このあとに〈ひとわん〉とあります。事柄的には〈ひとわん〉のはずのものを作者は〈ふたつのこころ〉とひびきあわせ、あえて〈ふたつのかけた陶椀〉といったのでしょう。しかし常識的には不自然です。虚構したのであろうと考えられます。〈ふたわん〉とは、また〈ふたきれのみかげせきざいに〉とは、賢治の矛盾葛藤する〈ふたつのこころ〉の象徴であろうと考えられます。〈かけた〉という表現も虚構のものです。わざわざ〈かけた〉椀をもって出たわけではありますまい。すべては賢治自身の「信と迷」の葛藤する修羅のこころ〈ふたつのこころ〉を象徴するものと考えられます。〈あめゆき〉と書き、〈みぞれ〉と書き、〈あめゆじゆ〉と書く、また〈雪〉と書き、〈ゆき〉と書く。また、とし子の花巻方言による内言をローマ字表記で、丸括弧（ ）に包む形で、平仮名とローマ字という表記の「二相ゆらぎ」によって表現しているのは、これも「ふたつのこころ」の象徴であるといえましょう。修羅とは、賢治のばあい、前述のとおり「信」と「迷」の二つの心の葛藤と考えられます。この表記の上での「二相ゆらぎ」は、作者賢治自身の葛藤する心の姿（修羅）の象徴でもあるのです。

妹とし子を〈まつすぐに〉と表現しているのは、まさに兄賢治の教えたであろう法華経の教えを信じ、それに向かって〈まつすぐに〉すすんでいくということではないでしょうか。このような妹とし子を賢治は〈けなげな〉と褒め称えているのです。そして、妹とし子は、迷いの姿を見せる兄に、無言の「はげまし」を送っているのでしょう。そのことを賢治は〈やさしい〉というのです。

二相系の存在としての「修羅」

賢治は『春と修羅』という詩集の「序」において、自分自身を〈修羅〉と呼んでいます。

（前略）

いかりのにがさまた青さ
四月の気層のひかりの底を
唾しはぎしりゆききする
おれはひとりの修羅なのだ
（中略）
まことのことばはうしなはれ
雲はちぎれてそらをとぶ
ああかがやきの四月の底を
はぎしり燃えてゆききする
おれはひとりの修羅なのだ
（中略）
すべて二重の風景を
（中略）
まばゆい気圏の海のそこに
（後略）

断片的に引用しましたが、賢治は、自分が立っているこの地上を、〈気層のひかりの底〉、

〈かがやきの四月の底〉といい、また〈まばゆい気圏の海のそこに〉ともいうのです。まさに、賢治は己の拠って立つところを、〈底〉〈そこ〉という「表記の二相」によって表現しているのです。また己を〈修羅〉という矛盾をはらみ、あらがいもだえる「二相的」な存在として表現しています。

このような世界を賢治は「二重の風景」といい、私は「二相系の世界」というのです。なおこの詩の詩形が波打っているのは、私は、それを「二相ゆらぎ」を視覚的に表現したものと考えています。

賢治における修羅

一般に世間では「修羅」といえば、悪神のイメージでとらえていますが、法華経では、一方では悪神としながら、他方では、八部衆の一として善神に扱っているのです。つまり、「悪神でもあり、善神でもある」という存在なのです。まさしく相補原理を具現化した存在といえましょう。「修羅」そのものが「二相系の存在」なのです。

賢治は、父政次郎氏とともに関西地方を旅行し、そのとき奈良を訪れ、「興福寺の門前に宿泊した」という記録がありますから、おそらく興福寺をも訪れ、阿修羅像を見ているのではないかと思われます。それはさておき、今日、国宝として、拝観される興福寺の阿修羅像は、まるで少年のような童顔に、こころなしか憂いを秘めたやさしさが、訪れる若い人たちにも、たいそう人気をえています。

たしかに、現在の多くの仏像のように、拝観者のためのトップライトによる照明の下では、やさしく優雅なお顔に見えて、およそ阿修羅というものに対する既成概念に反するものとしてあります。しかし、仏寺の平常の明かりの下では、つまり側面の窓の明かりとか、お灯明の明かりによって、側面あるいは正面、やや下から照らされたとき、それは、はっとするような厳しい眼差しが感じられるそうです。私はこの角度からの照明で拝観したことがありませんが、仏像写真家の西川杏太郎氏の所見「永遠の名像―阿修羅」（『阿修羅』毎日新聞社刊）によれば、阿修羅像も、視角により、条件如何により、相反する二面を見せるものとなるというのです。これは能面にもいえることです。「あおぐ」と「うつむく」とで、まったく相反する表情を能面は見せてくれます。

賢治の「修羅」は、この能面のように、また興福寺の阿修羅像のように、相反する両面を見せてくれるものではないでしょうか。このように解釈することが法華経の「諸法実相」の教義にもかなうものと考えられます。

転生ということ

この詩における「二相」についてさらに考究を深めるに先立って、「転生《てんしょう》」について、若干触れておきたいと思います。

同じ仏教でも、たとえば、浄土宗では、死後、死者の魂が地獄と極楽のいずれかに行くと考えられています。しかもひとたび、地獄か極楽のいずれかに行くと、永久に再び変わることはないとされます。しかし、賢治の信奉した法華経では、いわゆる死後の世界はないのです。地獄も常寂光土（つまり極楽）も、「あの世」にはない、「この世」にあるといいます。人は死んでも、一時「中有《ちゅうう》」（この詩では兜率天）にとどまるも、再び、この世（後有《ごう》という）に生まれ変わるのです。人間に生まれ変わるか、畜生に生まれ変わるか、それはさまざまです。「転生」ということを、とし子は信じているからこそ、臨終の床で〈うまれでくるたてこんどはこたにわりやのごとばかりでくるしまなあよにうまれてくる〉（今度生まれてくるときは自分のことばかり考えることのない人間に生まれ変わりたい）という意味のことをつぶやいたのです。とし子には、法華経が教えるように、死後のあの世という考えはありません。再び生を受けてこの世に生まれ変わる「転生」を信じているからこそそのことばです。

浄土真宗では、たとえ極悪犯罪を犯した人間でも、「南無阿弥陀仏」と念仏を唱えれば極楽浄土へ成仏できると教えます。「南無」というのは、「帰依《きえ》」つまり、くだけていえば「すべてを、阿弥陀さまに、おまかせします」という意味のサンスクリット・梵語です。親鸞の浄土真宗における絶対帰依の阿弥陀仏は、その意味では、いわばキリスト教の絶対唯一の神と紙一重で通じるものを感じさせられます。

詩のなかには、まったく触れられていませんが、臨終の床にあるとし子に対して浄土真宗の篤信者である両親は、娘の極楽浄土への成仏を願い、おそらく念仏（南無阿弥陀仏）を唱えて欲しいと切に願ったであろうと考えられます（たとえ口には出さずとも、賢治にもとし子にも、それは痛いほど感じとられたはずです）。賢治にしてみれば、「転生」という法華経の教えるところを信じ、またそれをとし子にも教えていたにちがいありません。

後に賢治自身が病を得、己自身の死を覚悟した時点で、いわば「遺言」のような形で認めた父政次郎に当てた封書があります（一九三二〔昭和六〕年・九・二十一つまり死の二年前の、はからずも同じ命日に当たる日であった）。

この一生の間どこのどんな子供も受けないような厚いご恩をいたゞきながら、いつも我慢で心に背きたうたうこんなことになりました。今生で万分の一もつひにお返しできませんでしたご恩はきっと次の生又その次の生でご報じいたしたいとそれのみを念願いたします。

ここにはあきらかに「次の生」（転生）が語られています。賢治も、とし子も、「転生」を信じているからこそ、父母の願うように念仏を唱えることはなかったでしょう。だからこそ、おそらくとし子は兄賢治を必死の思いをこめて見つめていたにちがいありません。しかし、賢治にしてみれば、今際《いまわ》の際《きわ》に妹の「すがるような」眼を見返しながら、心は千々に乱れたでありましょう。幼少より阿弥陀仏の慈悲の心に触れてきたであろう賢治にとって、無理からぬことです。そのような兄の心の葛藤を、思いやって、みぞれを採ってきてくれと、息詰まるこの場から兄を救ってくれた、その妹の思いやりを、賢治は〈やさしい〉と詠っているのです。そして、一人で信じる道にすすんでいこうとする妹を〈けなげな〉と称えているのではないでしょうか。このような解釈は、もしかすると私一人のものかもしれませんが、法華経の教義と、文芸学的な観点からは、整合性のある、妥当な解釈と考えられます。

賢治は、これらのことについて、詩「永訣の朝」のなかでも、その後の「詩」のなかでも具体的には一言も触れてはいません。それは、絶対に口には出せない「迷い言」であったでしょう。しかし、「青森挽歌」などの一連の挽歌を詠むと、賢治の深い迷いの跡がまざまざと感じとれます。白い鳥が、悲しげに鳴き交わしながら飛び去っていく姿を目で追いながら賢治は、亡き妹とし子が白い鳥に転生した姿を兄に見せてくれていると思うのです。いや思いたかったということでしょう。また、ある詩では、どんな形でもいいから、自分に転生の「あかし」を見せて欲しいと切に願っていることばを連ねています。次に、それらのいくつかを列挙してみましょう。

転生の証を求めて

〔　〕括弧内は筆者（西郷）の注。

無声慟哭

〔前略〕
わたくしが青ぐらい修羅をあるいてゐるとき〔法華経を信ずる心と迷い〕
おまへはじぶんにさだめられたみちを
ひとりさびしく往かうとするか
信仰を一つにするたつたひとりのみちづれのわたくしが
あかるくつめたい精進の道からかなしくつかれてゐて
毒草や蛍光菌のくらい野原をただよふとき〔賢治の迷いの姿・修羅〕
おまへはひとりどこへ行かうとするのだ〔〈野原〉〈のはら〉表記の二相が見られます〕
〔中略〕
どうかきれいな頰をして
あたらしく天にうまれてくれ
〔中略〕
ただわたくしはそれをいま言へないのだ
〔わたくしは修羅をあるいてゐるのだから〕

わたくしのかなしさうな眼をしてゐるのは
わたくしのふたつのこころをみつめてゐるためだ〔信と迷の葛藤〕
ああそんなに
かなしく眼をそらしてはいけない
〔後略〕
〔〈巨きな信のちから〉のもとで生きて行くべきと思いながらその一方で、信仰に疑問を抱いてもいる修羅の心、その分裂・葛藤は、今ひたすら転生を信じて逝こうとしている妹とし子への裏切りであるのです。もし、自分の修羅の心を察知されたら、とし子は迷いのうちに死んで行くしかないのです。〕

白い鳥

〔前略〕
二疋の大きな白い鳥が
鋭くかなしく啼きかはしながら
しめつた朝の日光を飛んでゐる
それはわたくしのいもうとだ　〔「白い鳥」は妹ではないかと思う〕

死んだわたくしのいもうとだ
兄が来たのであんなにかなしく啼いてゐる
　（それは一応はまちがひだけれども
　　まつたくまちがひとは言はれない）
あんなにかなしく啼きながら
朝のひかりを飛んでゐる
　（あさの日光ではなくて
　　熟してつかれたひるすぎらしい）
〔後略〕

〔〈朝の日光〉〈朝のひかり〉〈あさの日光〉は、「表記と呼称の二相」〕
〔この詩にも〈野原〉〈のはら〉の「表記の二相」がある〕

青森挽歌

〔前略〕
あいつはこんなさびしい停車場を
たつたひとりで通つていつたらうか

どこへ行くともわからないその方向を
どの種類の世界へはひるともしれないそのみちを
たつたひとりでさびしくあるいて行つたらうか
〔中略〕
とし子はみんなが死ぬとなづける
そのやりかたを通つて行き
それからさきどこへ行つたかわからない
それはおれたちの空間の方向ではかられない
感ぜられない方向を感じやうとするときは
だれだつてみんなぐるぐるする
〔中略〕
たしかにとし子はあのあけがたは
まだこの世かいのゆめのなかにゐて
落葉の風につみかさねられた
野はらをひとりあるきながら
ほかのひとのことのやうにつぶやいてゐたのだ
そしてそのままさびしい林のなかの

いつぴきの鳥になつただらうか　　　　〔鳥に転生したであろうか〕
〔中略〕
あいつはどこへ墜ちやうと
もう無上道に属してゐる
力にみちてそこを進むものは
どの空間にでも勇んでとびこんで行くのだ
〔後略〕
〈北〉〈みなみ〉、〈世かい〉〈せかい〉、〈私〉〈わたくし〉

オホーツク挽歌

〔前略〕
いますするどい羽をした三羽の鳥が飛んでくる
あんなにかなしく啼きだした
なにかしらせをもつてきたのか　　〔転生の証しではないのか〕
〔後略〕

噴火湾（ノクターン）

〔前略〕
七月末のそのころに
思ひ余つたやうにとし子が言つた
《おらあど死んでもいゝはんて
　あの林の中さ行ぐだい
　うごいで熱は高ぐなつても
　あの林の中でだらほんとに死んでもいいはんて》
〔中略〕
そのまつくらな雲のなかに
とし子がかくされてゐるかもしれない
ああ何べん理智が教へても
私のさびしさはなほらない
わたくしの感じないちがつた空間に
いままでここにあつた現象がうつる

それはあんまりさびしいことだ
（そのさびしいものを死といふのだ）
たとへそのちがつたきらびやかな空間で
とし子がしづかにわらはうと
わたくしのかなしみにいぢけた感情は
どうしてもどこかにかくされたとし子をおもふ　〔転生したとし子の存在を確認したい〕

青森挽歌　三

〔前略〕
あいつが死んだ次の十二月に
酵母のやうなこまかな雪
はげしいはげしい吹雪の中を
私は学校から坂を走つて降りて来た。
まつ白になつた柳沢洋服店のガラスの前
その藍いろの夕方の雪のけむりの中で
黒いマントの女の人に遭つた。　〔転生した妹とし子の姿を見た……と、一瞬思う……〕

帽巾に目はかくれ
白い顎ときれいな歯
私の方にちよつとわらつたやうにさへ見えた。
（それはもちろん風と雪との屈折率の関係だ。）
私は危なく叫んだのだ。
（何だ、うな、死んだなんて
い丶位のごと云つて
今ごろ此処ら歩てるな。）
又たしかに私はさう叫んだにちがひない。
〔後略〕

己の修羅を見つめる

一連の挽歌は、詰まるところ、賢治の、己の〈ふたつのこころ〉を見つめての修羅の「旅」の記録であった、ともいえましょう。妹とし子に対する挽歌でありながら、己の信仰告白の詩でもあったのです。つまりは自分自身を「二相ゆらぎ」の存在として、あらためて確認せざるをえない「旅」であったと考えられます。

これらの詩のことばの裏に、私は賢治の「信」と「迷」の葛藤を痛いほど感じとるのです。

賢治自身が、己の死に臨んで、すべての残された原稿を「迷いのあと」であり、処分して欲しいと、父親に言い残したのも頷けます。

とし子亡きあと、賢治は、「信」と「迷」の葛藤に身もだえし、そのような己の姿を詩集『春と修羅』の「序」のなかで〈おれはひとりの修羅なのだ〉と詠ったのでした。まさに賢治自身が「信・迷」の「二相ゆらぎ」に身もだえしていたであろうと思われるのです。

賢治の詩における「美」とは、まさしく、この「信」と「迷」の矛盾葛藤の生みだす独自の文体があたえる味わいといえましょう。

賢治は、妹「トシ」を「とし子」とも呼んでいます。彼女も、また、賢治にとっては、「呼称の二相」で表現されるところの存在であった、といえましょう。

以上、「二相ゆらぎ」をキーワードとして、詩「永訣の朝」を分析・解釈してみました。これまで難解とされた詩の深い悲しみの実相が鮮やかに照射されてきたように思われますが、いかがでしょうか。

ところで童話「やまなし」は、「永訣の朝」などの一連の詩（初期稿）に書かれた妹トシの没後、（つまり自らを「修羅」に擬するほどの心の葛藤を経て）新聞紙上に発表されたものであるのです。いわば、賢治の晩年の珠玉の作品といっていいでしょう。

補説　西郷文芸学の基礎的な原理
――主として「話者の話体と作者の文体」について

本書に展開している論説の背景となっている西郷文芸学について、そのなかのいくつかの基礎的な原理について、概略、説明しておきたいと思います。といっても、主として、「話者の話体と作者の文体」ということに焦点をあてて、ということになりますが。はじめに、西郷文芸学のさまざまな概念・用語の相互関係を一覧するために西郷模式図というものをおめにかけましょう。

文芸作品の自在に相変移《そうへんい》する入子型重層構造（西郷模式図・モデル）

模式図でわかるとおり、文芸の構造は、**「入子」型、つまり重層構造**になっています。以上のことを、文芸学の用語を用いて表現すれば、「読者は語り手に同化し、かつ聞き手にも同化して」ということになります。「同化」というのは、その人物の身になる、気持ちになる、と

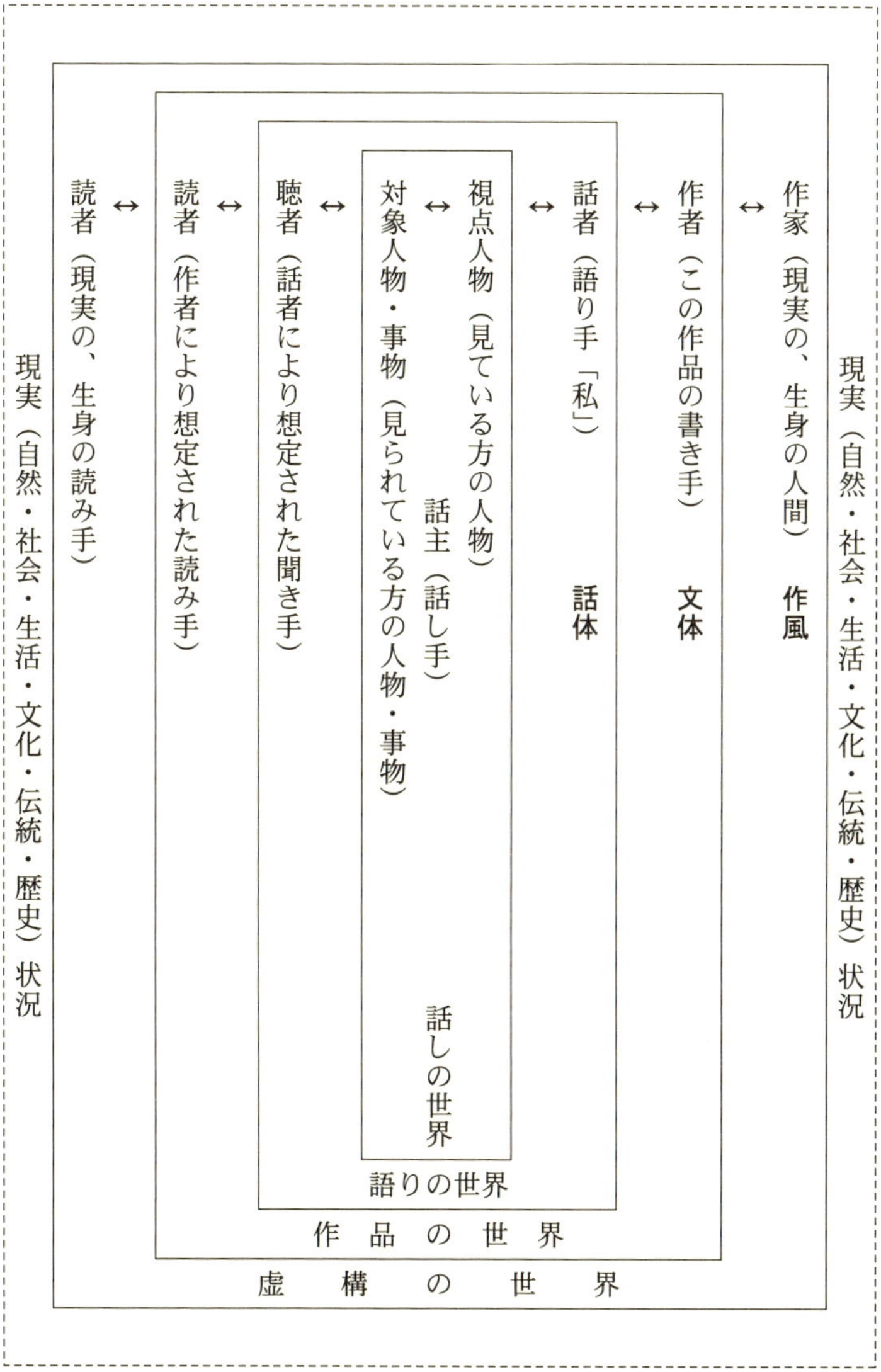
現実（自然・社会・生活・文化・伝統・歴史）状況
作家（現実の、生身の人間）
作風
↔
作者（この作品の書き手）
文体
↔
話者（語り手「私」）
話体
↔
視点人物（見ている方の人物）
話主（話し手）
↔
対象人物・事物（見られている方の人物・事物）
話しの世界
↔
聴者（話者により想定された聞き手）
語りの世界
↔
読者（作者により想定された読み手）
作品の世界
↔
読者（現実の、生身の読み手）
虚構の世界
現実（自然・社会・生活・文化・伝統・歴史）状況

いうことです。同時に、「読者は、語り手をも、聞き手をも異化する」ということにもなるのです。「異化」というのは、その人物を外側から脇から見て思うことです。実際の読みというものは、実は語り手が語る人物にも同化したり、また異化したりして読みすすめる、ということになるのです。

また、読者は、語り手の身になり読んでいくと同時に、聞き手の側にも立って読んでいく、ということになります。

文芸作品を読むという行為は、このように、実に複雑・微妙なイメージ体験をすることといえましょう。このように「同化」と「異化」をない交ぜにした読みを文芸学では切実な、ゆたかな「共体験」を目指す読みと呼んでいます。「共体験」とは、同化と異化を表裏一体に体験することで、読書体験とはすべて共体験であるといえましょう。

視点と対象の相関（詩）

詩を引用して、具体的に「**視点と対象の相関**」ということを説明しましょう。

このばあい、**語り手の語る**「**対象**」というのは、**語る**「**ことがら**」（**話題**ともいう）だけでなく、**聞き手・聴者も対象**となります（要注意）。

以上のことを詩「山頂から」で説明しましょう。

山頂から

小野十三郎

山にのぼると
海は天まであがってくる。
なだれおちるような若葉みどりのなか。
下の方で　しずかに
かっこうがないている。
風に吹かれて高いところにたつと
だれでもしぜんに世界のひろさをかんがえる。
ぼくは手を口にあてて
なにか下の方に向かって叫びたくなる。
五月の山は
ぎらぎらと明るくまぶしい。
きみは山頂よりも上に
青い大きな弧をえがく
水平線を見たことがあるか。

作家　小野十三郎（現実の人間・すでに他界の人）

作者・書き手は、「小野十三郎」（この作品とともに存在する人物）

読者・読み手は、作者がこの詩を書くにあたり読者として思い描いていたであろう読者で、**「想定される読者」**と呼びます。**「本来の読者」**ともいいます。今この詩を読んでいるあなたのことは**「現実の、生身の読者」**と呼び、一応「想定される読者」と区別します（現実の、生身の読者は、想定される読者の身にもなる、ということがあります）。

「ぼく」は話者・語り手です。「ぼく」は作者・書き手「小野十三郎」ではありません。作者の「小野十三郎」が、この詩に相応しい話者・語り手として選んだ「ぼく」という人物です。作家は自分自身をモデルとした作者・話者を設定することもあるが、逆に自分とは性格も立場も異なる人物を話者・語り手に選ぶこともあります。いずれにせよ両者は理論的に区別すべきです。その上で両者の関係を論ずべきです。

聴者・聞き手の「きみ」も、話者・語り手の語りかける相手としての人物として作者が選んだものです。つまり**「話者により想定された聴者」**ということです（賢治の童話「猫の事務所」の〈みなさん〉）。聴者・聞き手は現実の読者ではありません。しかし**「現実の、生身の読者」**であるあなたは、話者・語り手の「ぼく」・「私」から直接「きみ」・「みなさん」と自分に呼びかけられているような気持ち（錯覚？）になるでしょう。

話者・語り手の「ぼく」は山頂からの「情景」を、聴者・聞き手の「きみ」に語り伝えているのです。**「情景」**とは読んで字の如く「情」に映じた「景」であり、「情と景」ではありません。「景」によって映発された「情」ともいえましょう。主観がとらえた客観、まさしく**主観と客観の相関関係（表裏一体）**と考えるべきです。二元論的「読解論者」は、「情景」を「風景」と同様に考えてしまう誤りをおかしています。

「山にのぼると　海は天まであがってくる。」という詩句は、客観的な「景」ではありません。「ぼく」が「山にのぼる」という**条件**の下で、「海が天まであがってくる」という以外にない実感をことばにすると、このような詩句・表現となるのです。まさに**「主観と客観の相関」**、**あるいは「視点と対象の相関」**ということです。

「なだれおちるような若葉みどりのなか。」という表現も、主観・客観の相関、視点・対象の相関、まさに**「情景」**なのです。「山頂よりも上に　青い大きな弧をえがく水平線」とは、「情」に映じた「景」以外の何ものでもありません。「景」のみの表現、「情」のみの表現というものは、あり得ません。大乗仏教の哲学は、このことを、精神と物体、主観と客観という**二元論**に立つ西欧諸国の哲学に反して、**相関論**に立つ**「依正不二《えしょうふに》」（客観と主観は相関的）**、**「二而不二《にふに》」（二にして二にあらず）**ということを主張してきました。西郷文芸学は、西欧諸国の文芸理論ではなく、東洋的相関論、「二而不二」の哲学的立場に立つものです。たとえば、賢治の童話「谷」のなかの怪物めいた崖のイメージ（相）は、まさしく幼い少年の〈私〉という人間の主観のとらえた客観（崖）の相であるということです。視点と対象の相関、主観と客観の相関、ということです。

なお、**話者・語り手の語り方（話体）**は、語る「ことがら」と語る相手、つまり聴者・聞き手が誰であるかによって、規制されます。つまり語り手が相手どる対象（物事と聞き手）によって**語り方（話体）**が変わってくる、ということです。

なお、**作者・書き手の書き方**のことを**「文体」**といいます。**話者・語り手の語り方・話体**をふまえ、それをふくみ、それをこえる形での**書き方・文体**については、このあとで具体的に詳説します。散文ならば、ずらずらとつづけ書きにするであろう話者の語り内容を、この詩では長短の句としてあしらい（アレンジして）、しかも**逆三角形の詩形**にまとめたところに、散文とちがう「序破急」の呼吸が感得されます。

賢治の童話（たとえば「二人の役人」）の話者（語り手）が、「ミチ」と語るところを作者は〈道〉と書いたり〈みち〉と書いたり、「表記」をアト・ランダムに書き記します。賢治の作品においては、とくに話者の話体と作者の文体の関係に注意すべきです（**作者の文体と話者の話体との関係とちがい**は、さらに後述）。

二元論的世界観というのは、先にも説明しましたが、いわば唯一絶対の神を立てる世界観です。つまり創造者と非創造者、あるいは創造者と破壊者という二分法の見方考え方です。精神と物体（肉体）、主観と客観という二元論の考え方がこれまで西欧諸国の哲学・科学を今日見る如き高嶺にまでおしすすめてきました。その功績は否定できません。

しかし今や二元論は「壁」に突き当たり、あらためて東洋の相関論的世界観が見直されつつあります。東洋の世界観は、「二而不二」つまり主体と客体は別個の「二」ではあるが、しかしその認識・表現においては「相関」的、つまり「不二」であり「一如」であると考えます。**西郷文芸学は、二元論ではなく相関的哲学、つまり「二而不二」の哲学的立場**に立つものです。一言でいえば**相関原理に立つ哲学**といえましょう。しかも、この立場は**現代の最先端をいく量子論の科学的世界観**をもふまえるものであるのです（西欧の現代哲学もフッサールの現象学など、主客相関的な考え方をとるようになってきましたが）。

形象の相関（詩）

「おと」　工藤直子

おと　　　　　いけしずこ（工藤直子）

ぽちゃん　ぽちょん
ちゅぴ　じゃぶ
ざぶん　ばしゃ

ぴち　ちょん
ざざ　だぶ
ぱしゅ　ぽしょ
たぷん　ぷく
ぽつ　どぼん・・・

わたしは
いろんな　おとがする

工藤直子は作家（詩人）です。「いけしずこ」は作者であり、かつ話者（わたし）でもあります。なお、「わたし」は、見ている方の人物（視点人物）でもあり、見られている方の人物（対象人物）でもあります。つまり「わたし」（視点人物）が「わたし」（対象人物）とほかのものたち（対称人物）とのかかわりを見て、思ったことを「わたし」（話者）が語っているのです。その語りを、作者の「わたし」（いけしずこ）が書いているということになります。もちろん、実際にペンで書いているのは、作家（詩人）の工藤直子です。

ところで、この詩のほとんどが**声喩《せいゆ》（擬声語・擬態語）**ですが、たいていの人が「水の音」

の表現と、いいます。

しかし、これらの声喩は、正しくは、水の形象と水に落ち込むさまざまな物の形象との相関関係の表現というべきです（水そのものには、音はありません）。

この世の〈もの〉は、すべて単独に孤立して存在するものはありません。**すべての〈もの〉（形象）は、すべての他の〈もの〉（形象）との相関関係において存在する**のです。形象は無数の（あるいは無限の）他の形象との網の目のなかにあるのです。そのことを仏教は「インドラの網」の喩えで説明します。それは、この世のすべてのものは網の目のひとつひとつにある珠玉に喩えられ、それぞれの珠玉がたがいに映発し合って、かがやくというのです。**「一即一切」「一切即一」（華厳経の教義）**

この詩の**題材は「水」ですが、主題は「人間」**です。人間は、小さく打てば小さくひびき、大きく打てば大きくひびく存在です。自己と他者との相関関係のありようによって、さまざまな反応を示すものであるのです。**つまりは人間の無限の可能性を示唆（詩の思想）**するものといえましょう。

村野四郎の「鉄棒」を例にとり、あらためて、文芸理論的なことについて解説したいと思います。

鉄棒　〔二〕

村野四郎

僕は地平線に飛びつく
僅に指さきが引っかかった
僕は世界にぶら下った
筋肉だけが僕の頼みだ
僕は赤くなる　僕は収縮する
足が上ってゆく
おお　僕は何処へ行く
大きく世界が一回転して
僕が上になる
高くからの俯瞰
ああ　両肩に柔軟な雲

「地平線」というのは、鉄棒の比喩ですが、日常の**「説明の方法としての比喩」**ではありません。西郷文芸学では**「虚構の方法としての比喩」**といいます。「僕」にとって鉄棒は遙かに遠い存在、なかなかに到達しがたい存在であることを意味づける比喩です。

鉄棒のイメージが「地平線」から「世界」へと変化発展して、巨大になっていくこととひびきあう形で相関的に、普通の背丈の人間、つまり等身大の「僕」が、現実の背丈をこえたすばらしい人間＝巨人の「僕」に変身していく。もちろん現実には等身大の僕ですがイメージとしては心身ともにすばらしい人物に変身します。

「鉄棒」と「僕」の形象がともにふくらみ、両者は連れ合って相関的に発展していく。「僕」という人物像の飛躍的な発展があります。ここには対象・客体を変革することが、主体の変革にもつながるという**思想（形象相関の原理）**が見られます。

形象相関・全一性の原理は、虚構（文芸）の世界の原理であるだけでなく、現実の私たちの世界の原理でもあるのです。いや、**現実の世界が相関的**だからこそ、その反映としての虚構の世界が「形象相関・全一性の原理」に支配されているというべきかもしれません。

「鉄棒」につづき、さらにテーマを発展させたものとして、次の詩を紹介しましょう。

「ナワ飛びする少女」　藤原定

ナワ飛びする少女

藤原定

半円の縄が
天を小さく切ったとき
もう君は足許のそれを飛び

半円の輪が君の頭上を越えてき
君がまたそれを越える
たえず君をつつむ円球を形づくるために

そうして掬いとる天と地との交替から
生じる律動を　君の眼がかがやいて歌う
跳躍の中にこそ　生のよろこびがあると

少女よ
額が汗ばみ　頭髪がかるく叩いている
君を冷まし　君をなだめるように

ナワ飛び→半円の縄→天→半円の輪→君をつつむ円球→天と地との交替から生じる律動、と**変化発展する筋**。

自らの行為によって生の喜びのある世界を生みだし、そのなかで自分自身も喜びにあふれて生きている。すばらしい世界は、どこかにあるものではない。誰かからあたえられるものでもない。この少女はナワ一本で、自分の行為によって、このようなすばらしい世界を生みだしているのです。しかもそのことで自分自身をも変革しているのです。そういう生き方こそ生き甲斐のある生き方ではないか。その意味を語り手・話者は少女に教えているのです。しかし少女自身は、自分の行為の意味を認識してはいません。だからこそ、この意味を教えるところに教師の役割があるといえましょう。ここから私たち教師は、学習ということの意味、教授ということの意味を引き出すことができるでしょう（このように、読者がほかならぬ自分自身にとっての意味を引き出すことを**典型を目指す読み**といいます）。

ところで、条件はあたえられるものではありません。**自分で生みだし、さらによりよい条件に変えていくという主体的なもの**であるといえましょう。

芸術家（たとえば仏師）は、対象（木）を刻むことで芸術的に、あるいは宗教的に価値ある彫刻（仏像）を創造していきます。その対象変革の行為そのものが、同時に彼を芸術家（宗教家）として変革することになるのです。**人間は対象を変革するという形で相関的に、自己変革の可能性を得る**というべきです。

相関ということを、子どもにも解ることばでいうならば**「つれあって　かわる」**ということです。これこそが**望ましい人間観・世界観**といえましょう。私が会長を務めている文芸教育研究協議会は創立以来、そのことを目指す指導を展開してきました。その理論的根拠となるものが西郷文芸学であり、教育的認識論であるのです。そして、この理論体系の原理となるものが、今述べつつある**「相関・全一性の原理」**なのです。

作家（＝詩人）の作風と作者の文体、話者の話体のちがいと関係

三者のちがいと関係を、本文では、説明していませんので、詩人草野心平の詩を例にとって、説明しようと思います。「作家」と「作者」という呼称にとくに注意して読みすすめてください。両者の関係とちがいこそが問題となるところですから。

作家（詩人）草野心平は、数多くの富士山の詩を書いています。「富士山の詩人」と呼ばれる所以です。

たとえば「天」という詩（この詩についての詳しい分析は本文一八五頁参照）。

天

草野心平

出臍のやうな。
五センチの富士。
海はどこまでもの青ブリキ。

あんまりまぶしく却つてくらく。
満天に黒と紫との微塵がきしむ。
寒波の縞は大日輪をめがけて迫り。
シヤシヤシヤシヤ音たてて氷の雲は風に流れる。

人間も見えない。
鳥も樹木も。
出臍のやうな五センチの富士。

戦前、富士山は国体の象徴として崇められました。そのような対象を語り手（話者）は「出臍のやうな」という、きわめて卑俗なものに喩えています。しかも富士の霊峰を「五センチ」と形容します。また広大なる太平洋や日本海の海原を「青ブリキ」と譬喩します。このような**反常識的な表現**は、いささか異様でさえあります。

視点が天空遙かな虚空より日本列島の全域を俯瞰しています。話者の視点のこの異常な高さは、国体の象徴をも脚下に見据えるという精神の高さ（作者の**観点の高さ**）を意味しています。ところで、富士のような題材、あるいは事柄を形容するのに、語り手・話者は、あえて**卑俗な語り方（話体という）**をしているのです。そのことの結果生じる作者の文体効果が、この詩の「美」といわれるものです。まさに文芸の「美」とは、文体を離れて云々することはできません（文体とは、この作品の文体であり、この作品の作者の文体でもあります）。

ところで、**「富士山の詩人」**といわれる一方で、草野心平は**「蛙の詩人」**ともいわれます。分厚い一冊の詩集に納められるほど蛙の詩が数多くあります。詩人は蛙のことを「第百階級」と呼びます。かつて「第三階級」というのがありましたが、蛙は、さらに最底辺の、どん底の、さらに、そのまたどん底の住人という意味です。その蛙を主人公とした一編です。いかにも蛙に相応しい俗にくだけた語りかけの話体を包む**文体**です。

えぼ

草野心平

いよう。ぼくだよ。
出てきたよ。
えぼがえるだよ。
ぼくだよ。

びっくりしなくってもいいよ。
光がこんなに流れたり崩れたりするのは。
ぼくがぐるぐる見回しているせいではないだろ。
やりきれんな。
まっ青だな。
においがきんきんするな。
ほっ雲だな。

そっちでもこっちでもぶつぶつなんか鳴きだしたな。

けっとばされろ冬。
まぶしいな。
青いな。
やりきれんな。
春君。
ぼくだよ。
いつものえぼだよ。

富士山の詩と蛙の詩は題材が極端に対照的です。蛙の詩は蛙に相応しく、ざっくばらんな、べらんめえ調の文体です。**題材に相応しい文体**といえましょう。しかし、この蛙の詩にも「けっとばされろ冬」といった風の**心平さんらしい個性・作風**が見てとれます。文体はそれぞれの詩の題材に相応しく、それぞれ異なる文体をとっていますが、いずれも、どこか人を食ったような草野心平その人の風貌を感じさせます。その個性こそが**作家の作風**というものです。

蛙の詩をもう一遍紹介しましょう。

秋の夜の会話

草野心平

さむいね。
ああさむいね。
虫がないてるね。
ああ虫がないてるね。
もうすぐ土の中だね。
土の中はいやだね。
痩せたね。
君もずゐぶん痩せたね。
どこがこんなに切ないんだらうね。
腹だらうかね。
腹とつたら死ぬだらうね。
死にたくはないね。
さむいね。
ああ虫がないてるね。

対話形式の詩というものです。甲と乙の**話し手・話主**が交互に話し合っている科白を、**語り手・話者**が語っているという形式のものです（ここで話者と話主とを混同せぬよう）。日常的な語り方（話体）で語られることは、しみじみとした哀歓の情に彩られた「死」への、しかし、どこかとぼけたような、でも寒々とした、切なく、暗く、沈んだ想いです。「死」について語りながら、その「切なさ」を「腹だらうかね」と語るあたり、どこかわびしい、しかしどこかとぼけたユーモアさえ感じさせます。「死」を話題にしながら、なにやら「生命賛歌」の曲想を裏に感じさせられます。この曰く言いがたい味わいこそが、この詩の**文体的「美」**といわれるものです。つまり矛盾を止揚したところに「美」が成立するのです。

以上、三編の詩を見てきて、お気づきのとおり、文体、その文体効果というものが、すぐれた詩においては**「美」的体験**を生みだすものである、ということです（もちろん、いうまでもありませんが、読者が、文体をまさに文体としてとらえたときに、ということです）。

作家（詩人）の作風と作者の文体・話者の話体

今同じ一人の作家草野心平の詩を三編紹介しました。

「富士山」の詩の作者草野心平と、「蛙」の詩の作者草野心平の文体はそれぞれの題材や主題に応じて、それぞれちがったものとしてあります。「富士山」の詩の話者は、崇高なる題材を卑俗化する話体を選び、「秋の夜の会話」の話者は、蛙のような卑賤な題材を借りながら

「死」をかいま見せる話体を選んでいます。以上のような題材が、それぞれの話体によって語られることで、そこにそれぞれの文体が現れます。

それぞれの作者が、作品の題材・主題に応じて、しかるべき語り手・話者を選びます。その語り手・話者の語る話体によって、題材との関係において、かつ読者との関係において、独自な文体が生まれます。したがって、話体と文体は作者が選ぶという、きわめて意図的なものであるのです。作者が設定した語り手（話者）が表現内容（題材・主題）に応じて、また読み手・読者に応じて話体を選ぶことで、結果として、独特な文体が生まれるのです。

語り方（話体）は語り手に依ります（たとえば、作家は女性でも、語り手は老爺ということもあるのです。その逆も）。

題名をはじめ、表記や句読点などの記号、改行などは、すべて作者が選ぶもので、語り手（話者）にかかわるものではありません。語り手の語り方（話体）に応じて、題材との関係で文体が生まれるといえましょう。読者がどうかかわるかということによって、**文体は結果として現前**するものです。

ところで、それぞれの作品の文体は、それぞれでも、**作家の作風**は、いずれの作品にも共通してとらえられます。いわば、**作家の個性の表れ**といえましょう。それは作者が話体・文体を選ぶのとちがい、作家は作風を選ぶものではありません。自ずから発露してくるものです。にじみ出て来るものといえましょう。

作風、文体、話体は、一つの作品において、それぞれのちがいを見せながら、当然のことながら、三者に通底するものを感じさせます。三者の間には、密接不可分な関係があります。この三者は、英語ではすべてスタイル（style）と呼称するため、我が国では、三者の関係が曖昧となり、概念（定義）の混乱をきたしています。相互に区別しながら、かつ相互のかかわりを相関的に押さえるべきです。

草野心平を例にとると、たとえば、富士山や蛙を題材・対象に選んだばあい、その話体、文体は、それぞれにちがいます。しかし、そこには、いずれにも共通するもの（つまり作家・詩人の作風）を見てとれます。「富士山」のばあい、崇高な題材を卑俗化することで、超俗の世界に転化するという逆説的な、心平独自の作風を感じさせます。「蛙」の詩のばあい、卑賤な題材を借りて、**俗を超えた逆説の世界**を現出させる、これらはすべての心平詩に共通する独自の作風（詩風）といえましょう。

作風ということの例を一、二挙げてみます。

たとえば、高村光太郎を「男性的」な作風の詩人とするなら、佐藤春夫は「女性的」な作風の詩人といわれます（詩人のばあい、作風を詩風ともいいます）。

詩人の独自の詩風（作風）を表すのに、世間では、ある種の詩人をとりあげて、犀星節とか、中也節などということがあります。このばあいの**「節」というのは詩風（作風）**を表すものです。

ところで、西郷文芸学は国語教育の分野では広く知られていますが、一般の読者、また詩の研究者の方々には不案内であろうと考え、今説明してきたこともふくめ、必要最低限の概念・用語についてメモしておきたいと思います。

作家の作風・作者の文体・話者の話体

・西郷文芸学の文体論は、一般の文体論とは原理的に異なる。
・世間では、たとえば「谷崎の文体」という言い方がされるが、それは、誤りである。「谷崎の作風」というべきである。
・近現代文芸において、話主（話し手）の科白をカギ「　」で囲むが、日本の古典では話主の科白は話者の語りの地の文と一体となる。これは話主の科白も話者が語るというあり方を示している。ただし古典の出版では現代の読者の便を考えて「　」をつけることが多い。詩のばあい、科白のカギ「　」を省略することがある。
・文体と作風の関係は、たとえば、着物・ドレス・ジーパン・その他、出かけて行く先により、つまり目的・条件により着るものを変えることに似ていよう。着るものによりイメージ（文体）が変わる。しかし着ている人の個性（作風）は変わらない。
・視点と文体と対象（聞き手・読者）と話体と文体の関係。
・話体を包みこむ文体。

・表現内容と表現形式との相関関係……文体が決まる。文体効果。
・文体と美。虚構の美。美は、話体・文体・作風の総体にかかわる。
・場面により話体・文体を変えることあり。
・文語・口語・俗語・方言など、文章体・話体を選ぶ↓文体となる。
・幼い子どもの科白を片仮名書きにするのは作者の工夫である。外人の科白も片仮名書きにすることがある。片言のイメージを表現する工夫。表記の形象性。
・作者が語り手を選んだことで、自ずから話体は決まる。文体は、話体をふまえて、作者が選ぶ。
・対象（話題・聞き手）との相関性により（話体・文体）を選ぶ。
・一つの作品の話体と文体と作風は、それぞれ微妙にちがうが、三者の間には密接不可分な関係がある。
・文体をいろいろと変える作家（谷崎・川端…）と、ほとんど変えない作家（深沢七郎…）とある。
・作家によっては、作品のジャンルにより作者名（ペンネーム）を変えることがある。
・作者名、文体は作家が選ぶものである。しかし作風は、身についたもので、恣意的に選べるものではない。
・作家によっては、初期・中期・晩期により作風が微妙に変化するものがある。
・同じ作品を文体を変えて書くことがある（たとえば、常体と敬体。それぞれの味わいがあり優劣は決めがたい）。

・様式美との関係。ジャンル別の関係。

視点の相変移《そうへんい》（相関論の観点に立つ）

※詳しい解説は省略。

・作家→作者→話者→話主・視点人物
視点が変移する。変身、化身、分身するといってもいい。視点の変移ともいう。
・西欧諸国の文芸論は二元論の立場に立つため、これらの概念相互の間を明確に分断する。
・西郷文芸学では、これらの概念をそれぞれに明確に定義（概念規定）すると同時に、これらの概念相互の間を分断せず（一線を画さず）、相互に、自在に、転移・変移・スライド・オーバーラップする相補原理（相関論）の立場に立つ。一見曖昧・ルースに見えるが、むしろ西郷文芸学の理論の方がゆたかな深い読みを保証する。
・うつり・うごき・かわる　・がわから・よりそう・かさなる
・直接話法・間接話法・自由間接話法には、視座の変移という見方がない（二元論）。
・物理学の相転移と文芸学の相変移。
・読者も、この観点に立って、視点を転移・変移させながらゆたかな深い読みをなし得る。
・話者と作者との同化・異化の共体験が美の構造を形成する。
・作家が作者に変移し、さらに話者に変移する。また、さらに視点人物、対称人物にも変移する。それらは相互にオーバーラップする。

様式・作風・文体・話体（俳諧の連歌を例として）

・一つの作品は、様式・作風・文体・話体が、分かちがたく一つに融合したものである、しかし分析にあたっては、それらを個別にとりあげると同時に、総合的にまとめることが肝要である。
・日本の演劇を例にとれば、能の様式・狂言の様式・歌舞伎の様式などがある。
・歌を例にとれば、長歌・反歌・短歌、また、連歌・俳諧の連歌、連句・俳句とさまざまな様式がある。
・長歌から短歌が生まれ、短歌の長句と短句を交互に唱和するという形で連歌という様式が生まれた。さらに、そこから、百韻、五十韻、また歌仙というさまざまな様式が生まれた。
・様式とは、歴史・社会的に（集団的に）醸成されたものであり、それを、作者が意図的に選ぶものである。
・芭蕉の俳諧を例にとり、様式・作風・文体の関係を説明する。
・芭蕉は、俳諧の連歌のなかの歌仙という様式を選び、それを独創的・芸術的なものに仕上げた。そして、そこに芭蕉独自の個性、つまり作風（俳風という）を生みだした。芭蕉の作風・俳風のことを世間では、「蕉風」と呼ぶ。
・ところで、同じ歌仙という様式でも、芭蕉と蕪村、一茶では、それぞれその「作風・俳風」がちがう。

・しかし、同じ芭蕉の歌仙でも、たとえば、「猿蓑」と「虚栗」とは、それぞれ作風・文体が異なる。いわゆる「わび・さび・しおり」といわれる作風・文体から「軽み」といわれる作風・文体へと変化・発展した。
・したがって、一つの歌仙（作品）には、様式と、作風と、文体が、渾然一体となって結晶しているといえよう。
・このような事情は、文芸作品一般についてもいえることである。
・「昔話」「説話」「物語」というものには、独自の様式があった。後の作家たちは、この様式をふまえた形で、自分の作風によって作品世界を構想した。でき上がった個々の作品は、ある様式をもち、その作家の個性的な作風を感じさせる、しかし、それぞれの作品に相応しい文体をあたえられたものとして虚構される。
・伝承される口承文芸（たとえば昔話）において同一作品が、語り手によって、語り手の個性（作風）によってそれぞれ独自な語り世界となるのである。

話者の話体と作者の文体の関係

・作者の文体は、話者の話体をふまえ、それを包みこみ、それをこえて成立する。まさに現実をふまえ現実をこえる虚構ということの構造そのものである。
・話者の語る言葉を作者は、そのままに文章表現するばあいもあるが、表記の上である工夫を凝らし、またつづけ書き、分かち書き、行跨ぎなどの工夫を加えたりする。また、ある形式をとることもある。ときには、ある様式に当てはめて表現することもある。話者の話体をふまえながら、微妙に文体を変えることもある。
・たとえば、中原中也はソネットという様式に当てはめて話者の語りをアレンジする。
・文体がそのまま話体であるとはいえない。子ども向けの詩のばあい、「うた」という題名のもとに、話者の語りを、たとえば3・4・5という音数律によって再構成することもある。このばあい、もとの話体は、文体から推測する以外にない。まさしく、文体とは話体をふくみ、それをふまえ、それをこえたところに創生されるものである。
・漢詩の「起承転結」の様式をふまえた日本の近世の詩の作法。
・近・現代詩の多くは、これまでの様式を否定して、「自由詩」として確立した。

虚構の方法としての文体

・一つの作品の文体は、話体・作風・様式を一つに渾然一体のものとして成立する。このあり方を生みだすものが、虚構の方法といわれるものである。虚構の方法とは、複数の表現方法が複合されたものである。そのなかで主たるものと従属的なものとがある。
・すべては、文体に統合される（もちろん、文体から話体や様式や作風を引き出すことは可能である）。

おわりに

先に黎明書房編集長武馬久仁裕氏の懇請によって『名句の美学〈上・下巻〉』を上梓したが、ひき続き『名詩の美学』をどうにかまとめることができた。

武馬氏の寛容に甘えてずいぶん大幅に遅れてしまったことを、氏ならびに読者の方々にお詫び申し上げる。

さて、『名句の美学』で提起した私の美の構造仮説については、新聞・雑誌十数種の書評のいずれもが大変好意的に評価してくださった。それに勇を得て、再び美の構造仮説を武器として名詩四十篇の美の追究を試みた。

もっとも詩における美については、すでに三十年以上も前から、私の主宰する文芸教育研究協議会（文芸研）において講演・研究会などの席で、あるいは私の責任編集である『文芸教育』誌上で、また単行本においてたびたび述べてきている。

本書の中のいくつかの詩の解釈は、これらの成果をふまえて書かれたものである。

なお、現代詩については、長年おつきあいいただいている詩人にして評論家の宗左近氏の学恩を蒙っている。記して深甚の謝意を表したい。

また、宮沢賢治の詩については、近く『賢治童話「やまなし」の世界――二枚の青い幻燈です』（仮題・黎明書房）に触れるはずで、本書では見送った。

増補版あとがき

本書の増補版を出すにあたり、あらためて全巻を読み直してみたが、補説したいところは二、三あったが、幸い訂正すべきところはなかった。

ただ、初版当時、まだ確定にまでは至らなかった「虚構論に基づく文芸の構造仮説」が、たびたびの検証を重ね、最近、確定したことを機に、おおまかではあるが巻末に「増補」として追加できたことは、たいへんありがたく思う。

なによりも、本書初版の折、心残りであった宮沢賢治の詩を今回の「増補」で追加することができてほっとしている。できればこれを機会に、『宮沢賢治「二相ゆらぎ」の世界』（黎明書房刊）をも、一読いただければありがたい。

最後になったが、出版事情の厳しい折から、増補再版に踏み切っていただいた黎明書房社長武馬久仁裕氏に感謝申し上げる。また本書の「増補」にあたり、編集部の村上絢子さんには、適切にして綿密な校正をしていただいた。紙面を借りて御礼申し上げる。

著　者

著者紹介

西郷竹彦

1920年，鹿児島生

文芸学・文芸教育専攻

元鹿児島短期大学教授

文芸教育研究協議会会長

総合人間学会理事

著書『文学教育入門』（明治図書）

『虚構としての文学』（国土社）

『文学の教育』（黎明書房）

『国語教育の全体像』（黎明書房）

季刊『文芸教育』誌主宰（新読書社）

『実践講座　絵本の指導』全５巻責任編集（黎明書房）

『西郷竹彦文芸教育著作集』全23巻（明治図書）

『法則化批判』『続・法則化批判』『続々・法則化批判』（黎明書房）

『名句の美学〈上・下〉』（黎明書房）

『増補・合本　名句の美学』（黎明書房）

『名詩の美学』（黎明書房）

『名詩の世界』全７巻（光村図書）

『子どもと心を見つめる詩』（黎明書房）

『西郷竹彦文芸・教育全集』全36巻（恒文社）

『増補 宮沢賢治「やまなし」の世界』（黎明書房）

『宮沢賢治「二相ゆらぎ」の世界』（黎明書房）

増補《ぞうほ》　名詩《めいし》の美学《びがく》

2011年８月10日　初版発行

著　者　西《さい》 郷《ごう》 竹《たけ》 彦《ひこ》

発行者　武　馬　久仁裕

印　刷　株式会社　チューエツ

製　本　株式会社　澁谷文泉閣

発行所　株式会社　黎《れい》 明《めい》 書《しょ》 房《ぼう》

460-0002 名古屋市中区丸の内３－６－27　ＥＢＳビル

☎〈052〉962-3045　ＦＡＸ〈052〉951-9065　振替・00880-1-59001

101-0051 東京連絡所・千代田区神田神保町1-32-2　南部ビル302号

☎〈03〉3268-3470

落丁本・乱丁本はお取替します。　ISBN978-4-654-07625-3